Japan Gateway

日本ゲートウェイ

Nire Shuhei
楡 周平

祥伝社

日本ゲートウェイ

目次

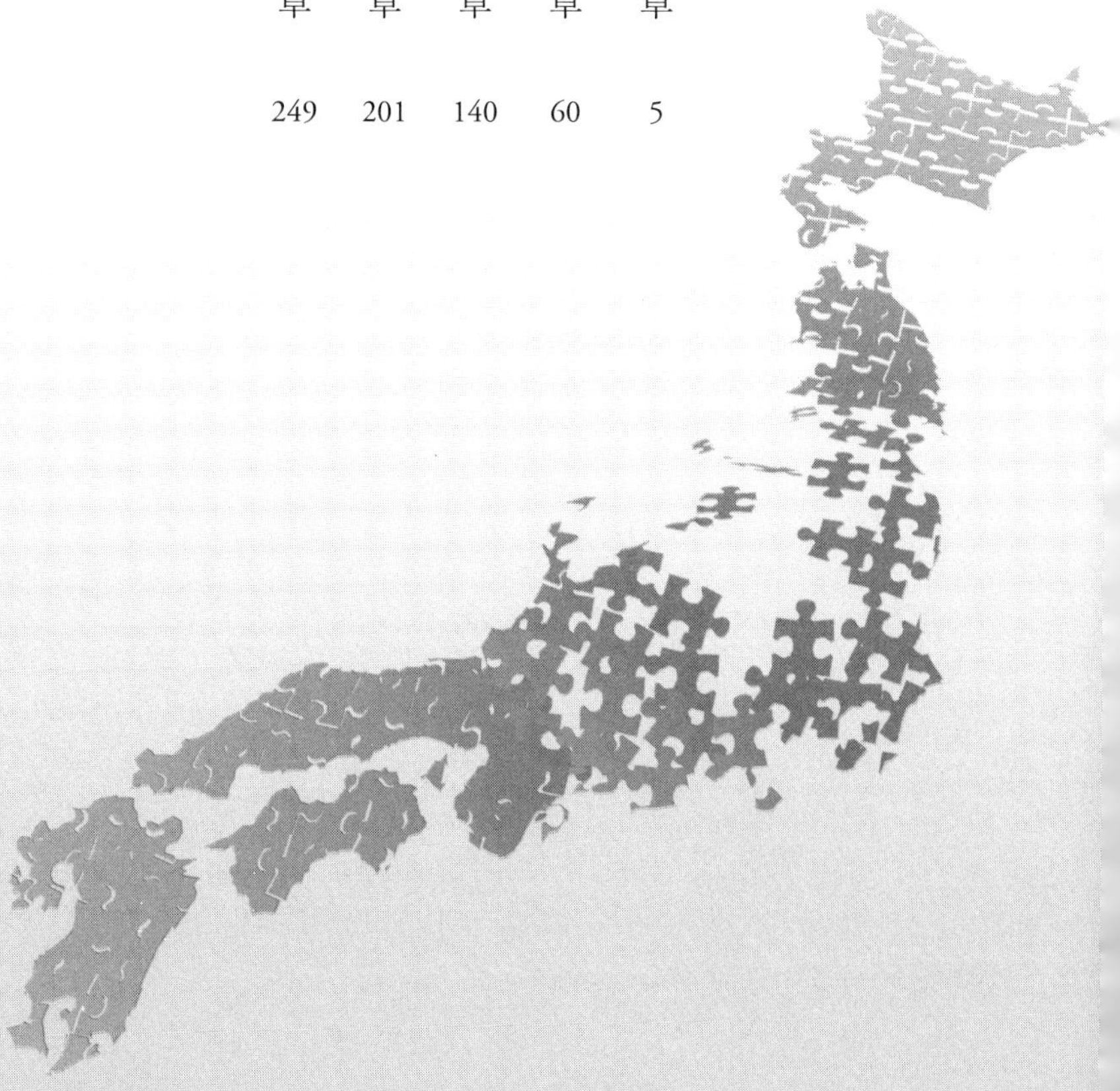

装幀　岡　孝治
写真　PIXTA（ピクスタ）

第一章

1

「もう、どうしていいのか分かりません。時短に酒の提供自粛《じしゅく》がこうも長く続いたのでは、このビジネスモデルは成り立ちません。それ以前に、飲食業なんかやるなって言われてるも同然ですよ」

『株式会社築地《つきじ》うめもり』の社長室で、店舗管理部の石倉信昭《いしくらのぶあき》が声を荒らげた。

石倉がそう言うのも無理はない。

『築地うめもり』が〝死の通り〟と称される元麻布《もとあざぶ》のコンパス通りに、〝ポップアップレストランビル〟を開設して早二年が経《た》つ。

テナントの全てが飲食店というビルは当たり前にあるが、全店舗が一カ月ごとに入れ替わるのは前代未聞だ。しかも本来ならば、現地に足を運ばなければ味わうことができない料理を供する地方の名店ばかりを集めたこともあって、営業開始前からメディアの取材が殺到し、その後も依頼は引きも切らず。お陰で開店当初から連日満席、客の評判も上々で、出店希望の問い合わせの対応に追われる日々が続く好調ぶりだったのだ。そこで、大阪に二号店をと計画していたところに、まさかの新型コロナである。

「石倉君の気持ちは分かるけど、明《あ》けぬ夜《よ》はない、夜明け前が最も暗いとも言うじゃないか。この二百年の間にも、コレラにスペイン風邪《かぜ》が百年ごとに大流行したが、人類はいずれの大禍《たいか》も乗り越えてきたんだ。絶対に収まる時がやってくるさ」

部下に弱気を見せるわけにもいかず、楽観的な言葉を口にしたものの、梅森大介《うめもりだいすけ》も、今回ばかりはほとほと参っていた。

なにしろ、社会を大混乱に陥《おとしい》れているのは、目に見えないウイルスだ。しかも、短期間のうちに変異を繰り返すため、ワクチンの開発が追いつかないだけでなく、都度《つど》感染力が増すという性質《たち》の悪さだ。治療薬の開発に成功すれば、ただの風邪になると言われるものの、それがいつのことになるのかは誰にも分からない。

となれば、最も有効な感染防止策は、人と人との接触を避《さ》けること。閉鎖空間の中に複数人が集《つど》う状況を作らないことだ。さらに飲食店には感染防止の観点から、客に酒の提供を控《ひか》えるよう要請されたのだ。

酔《よ》いが回れば声が大きくなって飛沫《ひまつ》が飛ぶ。感染者がいようものなら、クラスターになりかねないというのが、その理由である。

ランチはともかく、夕食に酒はつきものだ。まして、築地うめもりの事業の柱は寿司《すし》のチェーン店である。

昭和の時代、「クリープを入れないコーヒーなんて……」というコマーシャルがあったが、それに対するうけは、「星のない夜空のようなものですね」だ。

寿司屋にとって酒はまさにクリープ。うめもりに限らず、飲食業の売上げに占める酒類の割合は極めて高く、ランチや出前程度では機会損失を埋められるものではない。

しかも、自治体は酒の提供自粛と引き換えに補助金を出すと言ったものの、個人経営の店はともかくとして、うめもりの規模ともなると無きに等しい額でしかない。

コロナウイルスが国内で確認されてから一年半。うめもりにしても、これまでの内部留保を取り崩しながら、かかる状況を凌《しの》いでいるというのが実情だ。

「酒を出せないんだもの、そりゃあ苦しくなるさ。まして、君のところはテナントを集めることができなくなったんだから、なおさらだよなあ」

梅森は石倉に理解を示し、「でもさ、苦しいのは飲食業界だけじゃないんだよ。酒を出すなと言われれば酒屋だって苦しい。酒屋が苦しくなれば、酒造メーカーも苦しくなるし、営業時間が短くなれば、食材の需要が減る。食材納入業者、果ては生産者も苦しくなるんだ」

諭《さと》すように言った。

「ですよねえ……」

石倉は唸《うな》るように言い、重い溜息《ためいき》を吐《つ》く。

「実際、感染が拡大し始めた直後には、うちの近所のスーパーやパン屋の店頭に、今までならまずお目にかかれなかった食材が並び始めたからね」

「それは、どんな？」

「トリュフとか。聞いたこともない名前のチーズとか、高級レストランでしか使われなかった食材なんだがね」

「えっ、広尾《ひろお》あたりなら、前から売ってる店もあったのでは？」

「トリュフなんか売ってるもんか。買ったって、それに相応《ふさわ》しい料理を作る腕がなけりゃ台無しだもの。それならレストランに行った方が、よっぽど安くつくってもんさ」

苦笑を浮かべた梅森だったが、すぐに真顔になると話を続けた。

「チーズはイタリア産で、パン屋で売っていたんだけどね、店の入り口に張り紙がしてあって、そこにこう書いてあったんだ。『レストランに納品される予定だった空輸品です。使い切れなくて困っています。助けて下さい』って……」

何を言わんとしているのか察しがついたのだろう。

深刻な表情をして話に聞き入っている石倉に、梅森は言った。

「密を避けろ。時短しろ。酒を出すなと言われたら、客は外食を避けるよな。客足が落ちれば、当然食材の需要も落ちる。ところが、生産量が限られる食材は争奪戦だ。コロナ騒動が終わった後のことを考えれば、発注をキャンセルするわけにもいかない。かくして輸入業者の元には発注済みの商品が続々到着する。保存が利《き》く缶詰《かんづめ》の類《たぐ》いはまだいいが、トリュフやチーズは賞味期限が短いからそうはいかない。となれば、叩《たた》き売るしかないもんな」

「そう言えば、うちの近所のスーパーにも、普段はまずお目にかかれないような高級マグロなんかが並んだ時期がありましたね。それもべらぼうに安い値段で……」

「豊洲《とよす》の仲買の皆さんも大変だよ……。もちろん、漁師や農家の皆さんもね……。世間は飲食業が感染拡大の温床《おんしょう》のように言って営業自粛を迫《せま》るけど、川の流れと同じで、下流で水が滞留すれば、上流は大洪水。食のサプライチェーンの中に身を置く人間は、皆一様に大変な思いをしてるんだ」

「おっしゃる通りです。観光業に比べれば随分《ずいぶん》マシですからね……」

石倉は神妙な顔をして頷《うなず》く。

「その点、うちは恵まれている方だよ」

梅森は言った。「内部留保にはまだ余裕があるし、山が高ければ谷深しと言うが、逆もまたしかりだ。騒動が収まれば、これだけ長い期間我慢を強《し》いられてきたんだもの、世間は解放感で満ちあふれ、爆発的な消費を生むに違いないんだ。だからもう一息だ。ここでめげてしまったんじゃ、これまでの我慢が無駄になってしまう。それじゃあ、あまりにも悔《くや》しいじゃないか」

石倉だけに言ったのではなかった。収束する兆《きざ》しすら見えない現況に、ともすると心が折れそうになる自分に言って聞かせたのだ。

「そんな日が、一日でも早く来ることを祈るばかりです……」

そう言いながらも、目を伏《ふ》せたままでいる石倉に、

「だから、今のうちに、その時に備えておかなければならんのだ」

梅森は努めて明るく語りかけた。

「備えるって……何をです？」

「新しい事業だよ」

「新しい事業？」

石倉はきょとんとした表情になって、問い返してきた。

無理からぬ反応ではある。

危機的状況の中にあっても経営者たるもの、部下に弱気を見せるわけにはいかぬ。そんな気持ちに駆られて、つい口が滑ってしまったのだ。

だから、返すこたえも取ってつけたようなものになってしまう。

「だってさ、このままコロナにやられっぱなしってのも悔しいだろ？　ほら、昔から言うじゃないか。〝ピンチはチャンス〟って」

「では、お考えがおありなんですね」

まあ、そう来るよなあ……。

備えておかねばと言うからには、何か考えがあってのことに違いないと思うのも無理はない。

しかしだ。

「いや、ない……」

梅森は、正直にこたえた。

「ないって……」

呆気《あっけ》に取られる石倉に向かって梅森は言った。

「私はね、この騒動が収まった後の社会は、人の価値観、ひょっとすると人生観すらも一変してしまうんじゃないと思っているんだ。結果的に、ビジネス環境も大きく変化するんじゃないかとね」

「ビジネス環境と言えば、密を避けろと言われてテレワークを導入した企業も多いですからね。でも、この騒動が収まるのは、コロナウイルスが脅威ではないと認識された時ですから、また元の日常に戻るのでは？」

「もちろん、その可能性は否定しないけど、中にはテレワークでも業務は充分こなせると分かった経営者もいると思うんだよ。経営的見地からすれば、テレワークは魅力的な勤務体系だからね」

「魅力的？」

「そりゃあそうさ。固定費が大幅に削減できるんだもの」

梅森は即座に返した。「なんと言っても、オフィススペースの大半がいらなくなるからね。うちは自社ビルだけど、オフィスを借りてる会社は毎月一定額が家賃として出ていくんだ。必要最小限で済《す》むとなりゃ、そりゃあ大きいよ。それに什器《じゅうき》、備品の類いだっていらなくなるし、通勤費だって減らせるからね。削減分はそのまま利益。従業員の給与に反映することもできるんだし」

「なるほど、固定費ですか……」

「大体さ、営業マンはオフィスにいたんじゃ仕事にならない。一日の大半は、外にいることの方が多いんだよ。なのに、オフィスには営業マンの数だけ、席があるだろ？」

「おっしゃる通りです」

「一日の大半は空席なのに、坪数万円の家賃を払うなんて、無駄以外の何物でもないよ。最近では個々の席は設《もう》けない、フリーアドレスを取り入れている会社もあるけど、まだまだ少数だしね」

「テレワークでも充分仕事が回ることが実証されたとなれば、経営者は――」

「どうすると思う？」

梅森は、石倉の言葉を遮《さえぎ》って問うた。

「オフィスを縮小……するでしょうね」

「高額な家賃を支払っている会社は特にね。そうなれば、うちのビジネスにどんな影響が出ると思う？」

「なるほど」

梅森が言わんとすることを察したのだろう。果たして石倉は続ける。

「うちの店舗《てんぽ》は繁華街、オフィス街、地代の高い場所がメインです。テレワーク従事者が増えるに従って、店舗周辺の昼間人口が減少していくとおっしゃるわけですね」

「うちの店は接待でもよく使われるからね。ランチの売上げが減少、接待利用も激減じゃ、それこそ会社がもたないよ。もちろん、テレワークはメリットだけじゃない。デメリットも散々言われているから、私の考えは杞憂《きゆう》に終わるかもしれないけどさ。いずれにしても最悪の事態に備えて、今から策を練《ね》っておくに越したことはないんだよ」

「ごもっともです……」

頷く石倉に向かって、梅森は言った。

「この騒動は、まだまだ続きそうだし、急ぐ必要はないが、長いトンネルを抜けた時に備えて、一つ考えてみようじゃないか」

「分かりました。滝澤《たきざわ》さんにも、そのように伝えておきます」

コンパス通りで展開していた事業が、事実上の開店休業状態となったこともあって、『築地うめもり』本社で企画を担当している滝澤由佳《ゆか》の名前を口にした。

2

「やーや、本当に困ったもんだ。コロナが収まんねえごどには、人が入ってこれねえんだもの、店やってる人だずも、どうにもなんねえって頭抱えてすまってさあ……」

『緑原酒造《みどりはらしゆぞう》』を訪ねて来た熊沢健治《くまざわけんじ》、通称・クマケンは、悄然《しようぜん》と肩を落としたままマスク越しに溜息を吐いた。

「今年の夏も、入居者の家族の来訪は遠慮してもらうことになったんだってな」

山崎鉄郎《やまさきてつろう》の言葉に、

「んだど……」

クマケンは眉間《みけん》に深い皺《しわ》を刻《きざ》みながら頷き、話を続ける。

「『プラチナタウン』の入居者へのワクチン接種はとっくに済んだのだげんと、東京はまだまだだす、テレビがひっきりなしに県を跨《また》いだ移動は控えろど語んだもの。入居者は高齢者ばっかりだす、万が一感染すたらとんでもねえごどになってすまうがらね」

クマケンがそう言うのも無理からぬ話ではあるのだ。

コロナ騒動が勃発《ぼっぱつ》して一年半。二〇二一年六月に入った今もなお、世界中を席巻《せっけん》するコロナウイルスの感染拡大は収まる気配がない。

プラチナタウンが開業してから、介護職を中心に雇用が発生し、新たに飲食店や商店も開店しと、緑原町には若者の姿が目立つようになった。

健康な高齢者を集め、楽しい老後を暮らしてもらうと言うのがプラチナタウンのコンセプトだ。町の人口に占める高齢者の割合が開設以前よりも高くなったこともあって、ワクチン接種は早いうちに進んだのだったが、何しろ正体がはっきり解明できていないのがコロナである。

医療機器が整備された病院が間近にあるとはいえ、医師の絶対数は限られている。もし感染者が出て、パンデミックに繋《つな》がろうものなら、医療崩壊どころの話ではない。しかも、密閉・密集・密接の三密に加え、移動、飲食に関しても、避けろと言われたのでは、孫どころか家族の来訪もご遠慮願うほかなく、この一年半は、例年開催されてきたサマースクール、ウインタースクールも中止となってしまったのだった。

「夏休み、冬休みは、店やってる人たちの稼《かせ》ぎ時だったんだもの。二年も続くと、さすがに厳しいよなあ……」

「休みの時だげでねがすよ。外食をする人もめっきり減って、飲食店をやってる人は皆困ってんの。まあ、家賃が安いがら何とかなってんげんとも、こんな状態がもう一年も続いだら、店を畳《たた》んですまう人が出てきても不思議でねえよ」

目に見えないウイルスが、猛烈な勢いで人間に次々に感染していく。しかも、驚異的と言えるほどの速さで変異して行くのだから、その恐怖は尋常《じんじよう》なものではない。

専門家の見解を聞くまでもなく、感染に最も効果的な防御策は、「接触しない」、「集わない」に決まってる。生活物資の調達は止《や》む無しとしても、外食などもっての外《ほか》だ。かくして、飲食店は開店休業。絶体絶命の窮地《きゆうち》に立たされてしまうことになったのだ。

「施設の職員は若い人が多いからなあ。遊びにも出かけたいだろうし、飲みにも行きたいだろうに、どっかで感染して入居者にうつそうものなら取り返しのつかないことになるもんなあ。フラストレーションも溜《た》まっているだろうに、よく辛抱《しんぼう》してるよ」

「そりゃあプラチナタウンは有名だもの。クラスターなんて起きようものなら、全国ニュースになるべさ。皆それを分がってるがら、我慢に我慢を重ねてるんだよ」

クマケンは「我慢」と言うが、これも東北の過疎《かそ》の町に高齢者施設を設けたメリットの一つかも知れないと鉄郎は思った。

実際、緑原町では今に至ってもなお、唯《ただ》の一人の感染者も出ていない。その理由として考えられるのは、概《がい》して真面目《まじめ》、我慢強いと言われる従業員たちの東北人気質もあるだろうが、豊かな自然の中でシニアライフを謳歌《おうか》しようとやってきた居住者たちが、施設外の人間と接触する機会が極めて限られているからだろう。

「その点、陶芸、生け花、絵画なんかのサークル活動は施設内だし、外に出るのは農業、園芸、ゴルフとテニスぐらいのもんだしなあ。感染予防にはまず換気って言うけど、屋外活動は完璧な自然換気の中でやるんだもん、入居者のライフスタイルは、さほど変化なしってところかな」

「それでも、バンドとかカラオケが禁止になって、そっち方面を楽しんでいた人だづは、結構フラストレーション溜めてるみだいだよ。それに施設内の飲食店が酒の提供を止めですまったもんで、呑み会が開けなぐなってつまんねえど語っている人だづも結構いるみだいなんだよね」

クマケンは、そこでふと気がついたように問うてきた。「酒ど言えば鉄ちゃん、あんだのどごはどうなの？　やっぱり売上げ落ちでんの？」

「それがなあ、有難《ありがた》いことに、それほど商売に影響は出ていないんだよ」

鉄郎はこたえた。「幻とか、入手困難とか、メディアが煽《あお》った酒は爆発的に売れるけど、そんなの一瞬だ。それに、地酒愛好家はたくさんいても、酒蔵は全国にごまんとあるから、同じ銘柄をずっと飲み続ける人は、そうはいないんだよ。できるだけ、多くの銘柄を試してみたいって傾向があるからな。本来なら、売上げが減るところなんだろうが——」

「伸びだの？　なすて？　飲食店が酒を出さなくなれば消費量だって落ちるべさ」

「通販だよ」

鉄郎は言った。「やっぱり、家飲みが増えてんだよな。ネットで注文して来る客が増えてるし、海外も同じなんだろうな。輸出はそれ以上に伸びててさ」

「なるほど……、そういうわげがあ……」

「冷凍食品の輸出も、アメリカでも外出を控えろ、店内飲食も禁止だって州がたくさんあって、スーパーも冷凍食品の通販に力を入れ始めてさ。注文数が激増してるんだ」

クマケンは、役場を退職して以来、農業に勤《いそ》しむ日々を送っている。農業と言っても個人消費を目的とするもので、規模は大きくはないのだが、それぞれの野菜の収穫は一定期間、それも短期に集中する。「食べ切れないから」と言って訪ねて来ては、新鮮な野菜を持ってくるのだ。

今日も、「今年は出来が良くて」と、トウモロコシを袋いっぱいに入れて訪ねて来たのだった。

「でもさ、やっぱり素直には喜べないんだよなあ」

鉄郎は続けた。

「ずっと、うちの酒を買ってくれていた飲食店からの注文が激減してるんだよ。それって商売がうまくいっていないってことの証《あかし》だし、彼らにも生活があることを考えると、やっぱり思いは複雑でさあ……」

「通販って言えば、好調なのは酒に限ったことでねえど聞くもんな。ネット通販の会社は軒並み絶好調だそうでねえが」

「そりゃあ、ネット通販の会社が好調なのであって、出店者もそうなのかと言えば違うんじゃないかな」

鉄郎は首を傾《かし》げた。「ネット通販の利用者って、同じ商品を買うなら最安値の店を選ぶから、大量仕入れ、薄利多売の大手量販店が圧倒的に有利なんだよ。クマケン、お前だってそういう使い方してるだろ？」

「それは、そうだげんともさ……」

「それにさ、ネット通販は消費者と販売者の距離を無きも同然にしたんだよ。冷凍、冷蔵、温度管理が必要な物でも、注文の翌日には大抵届く。消費者には全国の店が買い物の対象になったし、商店側は全国が商圏になったんだから、双方にとって夢のような環境が整《ととの》ったんだけどさ」

「けどさって、なに？」

クマケンは話の先を促す。

「少なくとも、売り手側は競業者が増えすぎて、消費者の目に留まりにくい。メディアに取り上げられでもしない限り、なかなか売上げには繋がらないってことになってしまっているように思えるんだよ」

「なるほどなあ……」

クマケンも思い当たることがあるらしく、首を傾げながら腕組みをし、ぽつりと漏らした。

「そう言えば町内でも、ネット通販をやってるどごがあるんだげんとも、売上げは思わしぐねえど聞くもんなあ」

「最近も、新牧地《しんぼくち》の上山《かみやま》君が相談に来てさ」

新牧地とは町内にある地名で、かつて牛の放牧を行っていた地域を拡張したのを機に、頭に

〝新〟をつけて呼ぶようになった地域のことである。

「燻製《くんせい》工房をやってる上山君のごと？」

「そう、その上山君……」

鉄郎は頷くと、続けた。

「彼は自分が造る燻製は、味、質共に自信があると言ってね。実際、美味《うま》いと俺も思うし、素材にしても鹿、ホロホロ鳥、イワナとか帆立《ほたて》とか、ローカル色も出ているし、バラエティにも富んでいる。でもさ、味の良さは実際に食べてみて分かるのであって、ネットで画像を見ただけで買う気になるかって言えば、そんなことはないんだよな」

「自家製の燻製を通販で売ってる店は、全国にはたくさんあるべすね……」

「ところが、隣《となり》にある牧場の乳製品は、テレビで紹介された途端《とたん》に馬鹿売れし出したそうでね。それも、朝の情報番組で、地方局が取材した映像が流れた途端に注文殺到――」

「あっ、それ俺も見だよ！　チーズどかヨーグルトだどか、女子アナが目を丸くすて、大絶賛すたものね」

「上山君、しみじみ言ってたよ。オールドメディアと言われるけれど、テレビの力はやっぱり凄《すご》いって。それで、どうしたらうちの工房の味を広く知ってもらえるだろうかって……」

「んで、テッちゃん、何か策を出したの？」

「策？……」

鉄郎は、そこで短い間を置くと、「策は……ない……」

あっさりとこたえた。

「ないって……。それじゃあ上山君、がっかりしたんでねえの」

クマケンの口調には、明らかに非難の色が籠《こ》もっていた。

「あのなあ、クマケン……。策が簡単に浮かぶようなら苦労しねえよ。浮かばねえもんは、浮かばねえんだからしょうがねえじゃねえか」

「そんでもさ、テッちゃんなら——」

「ああ、うっとうしい！」

鉄郎は、なおも食い下がろうとするクマケンを遮った。

自分に向けられた言葉だと思ったのだろう。

ぎょっとして身を固まらせるクマケンに向かって、鉄郎は言った。

「全く困ったもんだよなあ、このマスク。いつになったらしなくて済むようになるんだよ。息苦しいったらありゃしねえよ！」

3

「えっ……。融資には応じられないって……。本当に東亜《とうあ》がそう言ってきたのか？」

血相を変えて社長室に飛び込んできた幸輔《こうすけ》の報告を聞いて、富島栄二郎《とみしまえいじろう》は椅子《いす》の上で腰を浮かした。

「つい今し方、金村《かねむら》副頭取から電話があって、御社はオーバーローンの状態が長く続いている。もうこれ以上の融資はご勘弁願いたいと……」

「まさか……そんな……」

栄二郎は絶句した。

マルトミ百貨店は明治初期、日本橋《にほんばし》に創業した呉服屋を前身とする百貨店業界の老舗《しにせ》である。先の大戦中は空襲で店舗が焼失し、苦しい時代もあったのだが、戦後の高度成長の波に乗って急成長。地価が高騰《こうとう》し、融資が受け放題であったバブル期には、店舗数は関東を中心に十を超えた。

しかし、我が世の春を謳歌した時代は長くは続かなかった。

バブル崩壊と同時に日本経済が陥《おちい》ったデフレによって、業績は瞬《またた》く間に悪化。十を超えた店舗も閉店が続き、さらにインターネットが社会に浸透するにつれ、ネット通販が普及し始めると、売上げは年を追うごとに激減。今では、日本橋本店を残すのみとなっていた。

「メインの東亜に断られたとなると、他行も融資には応じないでしょうね……」

幸輔は暗い声で言いながら、反応を窺《うかが》うかのように栄二郎の顔を上目遣《うわめづか》いで見る。

「まいったな……」

栄二郎は唸り、「このままだと、運転資金は半年ももたんぞ。それまでに何とかしないと、うちは……」

「多額の負債を抱えて倒産してしまう」と喉《のど》まで出かかった言葉を飲んだ。

「義兄《にい》さん。何とかしないとっておっしゃいますがね、そんなの無理ですよ」

幸輔は力ない声で言う。「ただでさえ業績が低迷し続けているところに、このコロナです。営業自粛を要請されて、食品売り場以外のフロアーは全部閉めて、その間売上げはゼロ。なのに支援金は、それこそ雀《すずめ》の涙だったんですよ。しかも、うちに限らずデパートの顧客は高齢化が進む一方だし、若い世代はネット通販、ブランド物は直営店です。銀行じゃなくても、十年スパンで考えたら、デパートの将来なんてお先真っ暗に見えますよ」

幸輔は富島姓だが、栄二郎と血は繋がってはいない。

栄二郎の妹、寿々子《すずこ》と結婚したのを機に、富島家に婿養子《むこようし》に入ったのだ。

マルトミ百貨店は上場こそしているものの、代々富島家の長男が社長に就任してきたオーナー会社である。ただし後継者は一定期間他社で修業を積む決まりがあり、栄二郎もその慣例に従って、大学卒業と同時に総合商社の四井《よつい》商事に入社した。

当時はバブル真っ盛りの頃で、マルトミの業績も絶好調。父親の誉《ほまれ》も、時代に乗り遅れてはならじとばかりに事業のさらなる拡張に血眼《ちまなこ》になっていた。

そんなところに寿々子との結婚の許しを請いに現れたのが幸輔である。

二人が出会ったのが、汐留《しおどめ》のディスコと聞かされた時には、誉も難色を示したらしいが、外資系の投資銀行に勤務していると知った途端、態度が一変した。

なにしろ、株、土地、ゴルフ会員権、絵画と、資産と目される物の全てが投機の対象となり、瞬く間に暴騰した時代である。中でも、外資の投資銀行の情報収集能力はずば抜けて高く、バブルに沸く日本経済の中にあって、莫大《ばくだい》な収益を上げていたのが彼らだったからだ。

生まれついたその日から、マルトミを継ぐことを宿命づけられていた誉は、富島姓への愛着が強く、当時は事業の多角化も考えていただろうから、その際には新たに設立する会社を幸輔に任せたいとでも考えたのだろう。

寿々子との結婚を機に富島姓を名乗るようになった幸輔は、マルトミに入社。いきなり財務部長に就任し、今は副社長として経営全般に携わる立場にある。

「しかし、そんな大事なことを、金村さんはなんで君に返事をよこしたんだ？　知らぬ仲じゃあるまいし、私に直接伝えるのが筋ってもんだろう」

栄二郎は、ふと思いつくままを口にした。

「言えなかったんじゃないですか」

幸輔は即座に返してきた。「義兄さんとは、金村さんが法人融資部の課長だった時代からの付き合いです。百貨店業界が不振に陥ってからというもの、義兄さんと二人で、危機的状況を乗り切ってきた間柄でもありますしね。うちの財務事情はよく知っていますし、引導《いんどう》を渡すことにもなりかねないのですから、さすがに……」

「引導を渡すって……。幸輔君、縁起でもないことを言うもんじゃないよ」

「頼みの綱だった東亜から追加融資を断られたら、そうなりますよ」

声を荒らげた栄二郎だったが、幸輔の見解に反論できるはずもない。

沈黙した栄二郎に向かって幸輔は言う。

「十を数えた支店の閉鎖。人員整理に伴《ともな》う費用。店舗の改装費用。そのことごとくを支援してくれたのは東亜です。テナントにしたって、高級ブランド品はデパートよりも直営店で。アパレルは業界自体が壊滅状態。黒字なのは食品ぐらいのものじゃないですか。八フロアーもある本店の中で、何とか商売になっているのは、地下一階だけですよ。このままじゃ経営が行き詰まるのも、時間の問題なのは誰の目にも明らかです」

確かに幸輔の言う通りなのだ。

「コロナさえなければなあ……。状況は全然違っていたはずなんだが……」

正直に本音を吐露《とろ》できるのも、身内同士であればこそ、運命を共にする間柄であればこそである。

「頼みの綱だったインバウンド需要が全くなくなってしまったところに、営業自粛ですからね。しかも、オリンピックを機に外国人観光客が激増すると期待して、大改装もやりましたし……」

幸輔も虚《うつ》ろな目で天井を仰《あお》ぎ、溜息を吐く。

減少する日本人客の穴を埋めてきたのは外国人観光客だ。限られた旅行期間の中で、観光地を巡《めぐ》り、食事をし、さらに買い物をとなれば、ブランドショップもあれば、品揃《しなぞろ》えも豊富なデパートはショッピングに費やす時間を最も効率的に使える商業施設であったのだ。

近年では経済成長著《いちじる》しい中国を始めとするアジア諸国からの観光客で連日店内は大賑《にぎ》わい。バイリンガル、トリリンガルの従業員の雇用も増やしたし、オリンピックに向けて店内の大改装も行った。満を持して世紀の大イベントに備えたのに、コロナが全てを台無しにしてしまったのだ。

「ワクチンの接種も進んでいますけど、果たしてこれで収束するのか、予断を許さない状況ですしねえ……。治療薬が出てくれれば、ただの風邪になると言う向きもありますが、それにしたっていつのことになるか分かりませんからね」

それもまた、幸輔の言う通りである。

いよいよ追い込まれた気になって、口を噤《つぐ》んでしまった栄二郎に幸輔は続ける。

「それにコロナ騒動が収まっても、インバウンド需要が回復するまでには相応の時間がかかると思います。半年や一年では、とても無理ではないかと……」

「君はそう言うがね、会社を整理するなんてことになったら、大変なことになるよ。従業員には生活があるし、我々だってそうなんだ」

「分かってます……」

幸輔は低い声でこたえた。

「銀行からの借り入れだけでも、二百億超。本店を売却しようにも、建物は築五十年も経っているし、デパートに特化した建て方をしてるから、他に使い道がない。もちろん、何をやるにしても都心の一等地だから、買い手は湧いて出てくるだろうが、足元を見て買い叩いてくるに決まってるよ。融資を全額返済できるかどうかすら怪しいもんだ……」

「それは心配しなくてもいいんじゃないですか?」

会社が絶体絶命の危機に立たされている話をしているというのに、意外にも幸輔はあっさりと言う。

「えっ？」

「誰もが欲しがる場所だと言うなら、競わせればいいじゃありませんか」

「競わせる？」

「日本橋で纏《まと》まった土地が出るなんて、滅多《めった》にあるもんじゃありませんからね。買いたいと言うからには、どんなビルを建てるのか、そこでどんなビジネスを展開するのか、確固たるプランがあってのことです。その時、買い手が購入価格の判断の基準とするのは費用対効果。つまり、投資効率になるはずです」

幸輔がかつて外資の投資銀行に居た頃、不動産売買の経験もあったことを思い出し、栄二郎は黙って先を聞くことにした。

「たとえば土地の相場は九十億。購入者側はそこに十億上乗せして、百億で購入したいとオファーしてきたとします」

幸輔はそう前置きすると話を続けた。

「相場よりも十億も高い値で購入するわけですが、そこに新たに建てたビルから、年に十億の利益を上げられれば、上乗せ分は一年でチャラ。購入に要した全金額も十年で回収できます。今のビルは五十年やそこらは充分もちますから、以降四十年間は毎年十億円の利益を産み続ける。十年で百億、四十年ならば四百億——」

「だったら、いっそ貸ビル業でもやるか」

冗談半《なか》ば、本気半ばで言った栄二郎だったが、

「ビルを建て替える原資はどうなさるんです？」

幸輔にそう問い返されてこたえに詰まった。

「義兄さん、さっきおっしゃいましたよね。従業員にも生活があるって……。最大の悩みはそれでしょう？」

幸輔は続ける。

「従業員は約千人。七割は非正規ですが、だからと言って補償もなしに解雇するわけにはいきませんし、正社員はなおさらです。それ以外に、仕入れ代金の支払いもあれば、オフィスはもちろん、什器備品の大半はリースです。途中で解約しても、しかるべき料金が発生します。第一、銀行にしたって、追い貸しして再建させた方が得か、担保の土地を転売して、そこで行われる事業に関与するのが得なのかと言えば、こたえは明らかじゃありませんか。土地を売却する引き換えに新ビルの建設費用はもちろん、事業資金を融資するとか、いくらでもやりようはありますからね。それだけ本店は魅力的な場所にあるんです」

これもまた幸輔の言う通りだ。

返す言葉が見つからず、英二郎は奥歯を噛《か》み締《し》め、天井を仰いで瞑目《めいもく》し、深く吸い込んだ息を鼻から吐き出した。

4

「ちょっと出かけてくる。夕方までには戻るから」

何かを言いかけた秘書を無視して、栄二郎は社長室を後にした。

行き先に当てがあったわけではなかった。

東亜銀行に追加融資を断られた今、早急に何らかの策を講じなければ会社が潰《つぶ》れてしまうのは時間の問題である。

社長室に一人でいると、絶望感と重圧に押し潰されそうになって、いたたまれなくなってしまったのだ。

人事、財務、法務、企画、購買、外商など、多くの部署があるマルトミ百貨店本社は、本店裏のビルにある。二つの建物は地下一階で繋がっており、本店勤務の従業員は、正規、非正規共に、本社ビル内に設けられたロッカールームで着替えを済ませ、職場に向かう。

打ちっぱなしのコンクリートの壁、リノリウムの床を薄暗い蛍光灯《けいこうとう》が照らす通路を歩き、正面のドアを開けた途端、明るい光に満たされた空間が目の前に広がった。

整然と陳列された生鮮食品。ショーウインドーに並ぶ、菓子や惣菜《そうざい》。様々な色が混在し、華やかな雰囲気に満ちた食品売り場である。

しかし、午後三時だというのに、売り場にかつての賑わいはない。

外国人観光客でコロナ前は、平日でも活況《かつきよう》を呈《てい》していた売り場も今は昔。客よりも店員の方が多いのではないかと思える惨状ぶりだ。

「追加融資には応じられない」

さっき聞かされた、幸輔の言葉が脳裏に浮かんだその時、

「社長。どうなさったんですか？」

背後から声を掛けられて振り返ると、そこに本店副支配人の北浜鶴夫《きたはまつるお》の姿があった。

「ああ、北浜君。いや、ちょっと売り場の様子が気になったものでね」

栄二郎は、咄嗟《とつさ》に思いつくままこたえると、「君は？」

北浜に問うた。

「定時の巡回です。スケジュールに余裕がある時には、なるべく店内を回るようにしておりまして」

「それは、感心なことだね」

栄二郎は頷くと、「で、どうだね。お客様の入りの方は」

こたえは分かり切っているが、敢《あ》えて訊《たず》ねた。

「正直申しまして、やはりインバウンド客がさっぱりですので、なかなか以前のようには……。コロナは世界的な問題ですので、決定的な予防薬か治療薬が出てこないことには、自助努力だけではどうにもしようがないというのが正直なところです」

「そうだろうねえ……」

経営者としては叱咤《しった》激励するべきところだが、業界全体が不振の中にある。そこに東亜銀行のことが重なると、栄二郎の声はどうしても沈んでしまう。

「それでなくてもアパレル、特に紳士服メーカーの倒産、廃業が相次いだこともありまして、品揃えも大分薄くなってしまいましたので……。カジュアルな服装でも構わないという会社も増えていますし、スーツの着用を義務づけてはいても、ネクタイは不要という風潮も高まっております。需要そのものが落ちている上に、カジュアルもブランド志向が大分薄れてしまって、ファストファッションで充分という傾向が、年々顕著になる一方でして……。かと言って、百貨店を名乗る以上は、やはり商品は揃えておかなければなりませんし……」

「百貨店の定義、客を集める戦略を考え直す必要があるのかもしれないね」

栄二郎は言った。「高度成長期の頃には、どこのデパートの屋上にも遊園地があって、休日ともなれば、親子連れが殺到したもんだが、なんでもあるのが百貨店だからって作ったわけじゃない。子供を楽しませた後は、大人の時間。屋上まで上がれば、帰りには一階下の食堂で食事を楽しみ、食事が済めば店内を見て回る。いわゆるシャワー効果を狙《ねら》っただけなんだ」

栄二郎の言葉が、自分が今話したことへの反論と取ったのだろう。

北浜は「はい」と短く返事をすると、栄二郎の話の続きを待つように、緊張した面持《おもも》ちで沈黙する。

「それが大規模な遊園地ができ始めると、デパートの遊園地は子供にすら稚拙《ちせつ》に過ぎて、すっかり魅力が失《う》せてしまった」

「はい……」

「食堂だって同じだよ。昔は、どこのデパートでも食堂は大食堂が一つだけ、それも直営でやっていたんだ。それが、今では老舗、有名店をテナントに入れるのがスタンダードになったよね。世の中は日々刻々と変化している。それに連れて客の嗜好《しこう》、ニーズも変化する。紳士服や婦人服だってそうだろ？　昔は仕入れた商品を、一つの売り場に陳列して店員が応対してたのが、ブランドをテナントに入れて、接客だって各店舗が独自に対応してるよね」

「おっしゃる通りでございます……」

「だから百貨店を名乗るからと言って、何でも揃える必要はないと思うんだ。そりゃあ、品揃えは豊富なことに越したことはないけどさ。日用品だって、ホームセンターの方が格段に品揃えは豊富だし、ブランド品にしたって、直営店には敵《かな》わない……」

自分で言っておきながら、百貨店の存在そのものが、もはや消費者のニーズと離れたところにある。時代遅れのビジネスモデルなのだと自ら語っているように思えて、栄二郎は口を噤《つぐ》んでしまった。

話を途中で中断したことを怪訝《けげん》に思ったのだろう。

北浜の視線を感じて、

「説教めいた話をしてもしょうがないな」

栄二郎は苦笑いを浮かべ、続けて問うた。

「そう言えば、君は企画部にいたことがあったね」

「はい、五年ほど前まで企画部長をしておりました」

「確か、君はオリンピックに備えて、店舗改装の指揮を執《と》ったチームの一人だったね」

経営不振に陥った元凶の一つ、不発に終わったインバウンド需要の話になるとでも思ったのだろう。北浜は顔を強《こわ》ばらせて、

「はい……」

と短くこたえる。

「オリンピックは期待外れどころか、コロナのせいで大打撃を被《こうむ》ってしまうことになったが、こうなってしまった以上は何を言っても愚痴《ぐち》になるだけだ。現実を受け入れて、当てが外れた分を取り戻さなければならない」

「おっしゃる通りでございます……。しょうがないでは、到底済むものではありませんので……」

北浜も立派な幹部社員の一人だし、日々の売上げは本店副支配人の最大の関心事の一つだ。マルトミ百貨店がどんな状況にあるかは先刻承知のはずである。

「実はね、こんな場所で話すのも何だけど、思い切った打開策を打ち出す必要があると私は考えているんだ」

特に具体的な考えがあるわけではなかったが、追加融資を断られた以上、自力で再生するしかマルトミが生き残る道はない。

栄二郎の言葉から会社の危機的状況を察したのだろう、北浜は緊張した面持ちで頷くと、問い

返してきた。

「打開策と申しますと？」

「私にこれといった案があるわけではないのだが、正直言って、従来のデパートのビジネスモデルが、とうの昔に成り立たない時代になってしまっているんだな」

言葉を探すように考え込んでしまった北浜に、栄二郎は続けた。

「それに今回のコロナ禍《か》で、お客さまの購買形態がかなり変わってきた……というか、これから先はもっと変わるように思うんだ」

「どう変わるとお考えなのですか？」

「ネット通販が成長し続けても、リアル店舗がなくなることはない。なぜならショッピングには、現物を見て回る楽しみがあるからだってまことしやかに言われてきたよね」

「ええ……」

「でもね、今回のコロナ禍ではネット通販が業績を伸ばす一方で、業態を問わずリアル店舗のほとんどが、大打撃を被っただろ？」

北浜は黙って話に聞き入っている。

栄二郎はさらに続けた。

「考えてみれば、お客さまが通販に抱くイメージもとうの昔に様変わりしてしまっていたんだな。ひと昔前の通販はカタログ通り、謳《うた》い文句通りの品なのか現物が届くまで油断できない。注文品が届くまでにも、時間を要したものだけど今は違う。評価欄を見れば、商品の善《よ》し悪《あ》し、販売主への信頼度もある程度判断がつくし、商品は翌日には手元に届く。気に入らなければ返品も可能だ。現にアパレルじゃ、リアル店舗にはサンプルしか置かず、購入した商品は翌日自宅に届けるってところも出てきているからね」

「店頭に陳列するのをサンプルに絞《しぼ》れば、店舗スペースは最低限に抑えられますし、家賃、人件費は売れようと売れまいと、毎月一定額が生じる固定費です。それが大幅に削減できて、売上げにも影響しないのならば、経営的見地からは大変な魅力ですからね」

そこで北浜はポンと掌《てのひら》を叩くと、

「そうかその手がありますね。店頭に置くのをサンプルだけにすれば、取扱品目も格段に増えますし、在庫を持つ必要もありません。バックヤードを売り場に転換すれば、取扱品目もさらに増やせます！」

目を見開いて声を弾《はず》ませた。

「でもね、デパートにこのビジネスモデルをそのまま持ち込むことはできないよ」

「えっ？……」

北浜は怪訝な表情を浮かべ、首を傾げる。

「実際に店舗に足を運ばなければ商品が買えないんじゃ、商圏が限られてしまうだろ？」

「あっ、そうですね」

「もちろん、デパートならではのメリットもある。サンプルだけとはいえ、多くのメーカーの商品を、一箇所で見て、比較することができるんだ。家電量販店のビジネスモデルがそれだからね」

「なるほど家電量販店ですか……。確かに大型家電製品を持ち帰る客はいませんものね」

先程見せた勢いはどこへやら、北浜は悄然《しょうぜん》として項垂《うなだ》れる。

「問題はそれだけじゃない」

栄二郎はさらに続けた。

「店に置くのはサンプルだけだが、陳列している商品を翌日にお届けするためには、やはり在庫を持たねばならないんだよ。つまり、取扱品を全てストックしておけるだけの物流施設が必要になるのだが、うちも含めて業界でそんな施設を持っているのは、一つとして存在しないからね」

どうやら北浜も言うは易《やす》し、行うは難《かた》しの典型例であるのに気がついたらしく、険《けわ》しい顔をして押し黙る。

完全な買い手であった時代が長く続いた名残《なごり》で、大半のデパートは大規模な物流施設を持たない。

デパートで商品を取り扱ってもらうには、まずバイヤーとの商談から始まる。商品説明、価格交渉を行い、支払条件を決め、さらに与信審査を経て信頼に足りる業者だとデパート側に認められて初めて商品を店頭に置けるのだ。しかも実際に納品する際には、検品場で業者が値札を購入。さらに指定された管理番号をスタンプで押し、それを商品に取り付ける。そして売り場に搬入するのもまた業者という時代が長く続いてきたのだ。

さすがにバーコードが普及した時点で、管理番号をスタンプで押すといった作業はなくなったものの、デパート側は発注をするだけで、納品から陳列までの一連の流れは、今も変わってはいないのだ。

テナントに入っているブランド店に至っては、在庫管理や商品補充は各メーカーが独自に行っており、こちらもまたデパートが在庫を抱える必要はない。

つまり、手間のかかる仕事の一切合切をメーカー、そしてその納品代行業者に押し付けてきたのである。

栄二郎は続けた。

「その点、ネット通販ってのは入り口と決済までの部分はＩＴだけど、そこから先は物流業なんだよな。しかも彼らには、創業時から積み上げてきたノウハウがある。いまさら後を追ったところで、そう簡単に追いつくことなんかできるもんじゃないよ」

本当はノウハウの次に、その分野に長《た》けた人材の雇用も不可欠だと言いたかったのだが、できない理由は物流施設だけで充分だ。第一、これから自社で物流施設を持つ資金的余裕などありはしないのだ。

北浜は、どう反応していいのか、何を話せばいいのか判断がつかないようで、床の一点を見つめ沈黙してしまった、

「なんか、つまらない話をしてしまったね」

そこで、栄二郎は話を打ち切りにかかった。「君も仕事があるだろうに、時間を取らせてしまった。僕は久々に店内の様子を見て回るから、ここで失敬するよ」

「そうですか、では失礼いたします……」

安堵《あんど》する内心をごまかすかのように、北浜は笑みを浮かべると丁重に頭を下げる。

一人になった栄二郎は、地下一階の食品売り場からエスカレーターを使って一階に上がった。

途端に化粧品の甘い香りが鼻腔《びこう》いっぱいに広がる。

洋の東西を問わず、化粧品売り場が例外なく一階に置かれているのは、女性が店内に入り易くするのが狙いである。そして、婦人服やアクセサリー売り場を二階に置けば、化粧品に惹《ひ》かれて店内に入ってきた女性客の足は自然と二階に向く。いわゆる噴水効果を狙ってのことだ。

だが、栄二郎の目を引いたのは売り場ではない。マルトミ百貨店一階の構造にあった。

オリンピック需要を当て込んで大改装を行ったこともあって、内部は新築と見まごうばかりの真新しさなのだが、本館は築後五十年以上も経っている。当時のニーズに合わせて作られたものだから、よく言えば特徴的、はっきり言って何とも使い勝手が悪い構造になっているのだ。

その最たるものが、化粧品売り場の隣に設けられた広場である。

当時はデパートの黄金期。開店前から入り口の前に、客が群れをなしていた時代である。本店は先代の誉が立てたのだが、さらに集客力を高めようとしたのだろう。一、二階部分を吹き抜けにして広場を設け、イベントを行うことにしたのだ。

無料の歌謡ショー、クラシックコンサート、奇術、演芸、有名人、文化人のトークショーと、広場では毎日定時に様々なイベントが開催されたのだったが、五十年の間には客の嗜好も変化する。

栄二郎が代を継いだ頃には集客効果も見込めなくなり、コストとの兼ね合いもあって、イベントの開催を取り止めたのだったが、さて、そうなると、問題はこのスペースをどう活用するかだ。

五十年の間に、新幹線や高速道路が整備されたこともあって、地方との距離は格段に近くなった。宅配便が発達し、輸送時間も短縮され、人、物の双方に革命的な変化が起きた。それに連れて地方へ足を運ばなければ食べられなかった、手に入らなかった食品が容易に入手できる環境が整い、食への関心が高まった。

ならばと真っ先に考えつくのが、地方食をメインとする物産展になるのだが、広場に隣接するのは化粧品売り場だ。芳香には違いないが、化粧品の臭いが漂《ただよ》う中で食品を売るのは不向きだし、民芸品を並べても客はまず寄りつかない。様々な企画が出ては消えを繰り返すうちに、いつの間にか客の休息スペースとなってしまったのだった。

改めて広場の構造を目にしてみると、「建物に価値はない」と言った見解はもっともだと思えてくる。

吹き抜けになった広場の二階部分は回廊が設けられていて、日々イベントが行われていた当時は広場はもちろん、回廊にも大変な人だかりができたものだった。しかし、今では文字通りのデッドスペース。ただの巨大な空間でしかない。建物ごと売りに出したとしても、使い勝手が悪すぎて建物の魅力はゼロだ。

時代の変化を読めなかったと言ってしまうのは簡単だ。こんな構造にしやがってと、恨《うら》みがましい思いを抱かなかったと言えば嘘《うそ》になる。

しかし、今己《おのれ》に課せられた使命は、マルトミ百貨店創業以来の危機をいかにして乗り切るか。従業員の生活をいかにして守るかの二点にしかない。

栄二郎はそう思うと同時に、策が浮かぶ兆《きざ》しもないことに改めて気がつき、暗澹《あんたん》たる気持ちに襲われ、その場に立ち尽くした。

5

盆休みを迎えた八月、滝澤由佳は、故郷に最も近い新幹線の駅に降り立った。

コロナ禍以前のこの時期、予約で満席だった新幹線には空席が目立ったし、高速道路の渋滞もそれほど酷《ひど》くはないと聞く。実際、以前なら盆のこの時期、帰省者で賑わっていた駅前ですら人の姿はほとんど見えない。

なにしろ、国を挙げて「移動を避《さ》けろ。東京在住者は帰省を控えろ」の大合唱だし、誰が感染しているか、どこで感染するのか分からない、脅威は目に見えないウイルスである。しかも潜伏期間は二週間。自覚症状がないだけで感染していることもあり得るのだから、帰省地にウイルスをばらまいてしまったのでは洒落《しゃれ》にならない。

だが、「自粛」と言われて早二年。日々連絡を取り合ってはいるものの、故郷に両親を残している身としては、やはり会いたい気持ちは抑え切れない。まして、震災時の津波で弟を亡くした由佳は、両親にとってたった一人の子供である。

そこで「ワクチン接種は順番がなかなか回ってこないけど、ＰＣＲ検査を受けて陰性だったら、今年は帰ろうと思ってるんだけど……」と切り出してみたのだが、

「馬鹿なこと語るもんでねえ。東京がら娘が帰って来てるなんて知れだら、大騒ぎになるぞ！」

と、とんでもないとばかりに、父の栄作《えいさく》は言う。

それも、もっともな反応で、刺激にも話題にも乏《とぼ》しい田舎《いなか》では、周囲のことを見ていないようで、それはそれはよ～く見ているのだ。感染爆発中の東京在住者は、保菌者同然。由佳の姿が目に留まろうものなら、大変な非難を浴びることになるのは目に見えている。

だから、今年の帰省も諦《あきら》めていたのだったが、こと情報の入手という点では実に便利な世の中になったもので、ひと月前に、あるＩＴ企業が職域接種のワクチンが余っているというツイートを見つけた。

即座に接種を申し込み、無事に二度に亘《わた》るワクチン接種を済ませて二週間。念のため民間の検査所でＰＣＲ検査を受け、陰性と確認されたところで、再度帰省の意思を告げたのだった。

それでも周囲の目が気になることに変わりはない。

「家には来るな。町にも来るな」と父は言い、東北新幹線の最寄り駅前の食堂で、昼食を済ませたその場から東京にとんぼ返りするのを条件に、会うことに同意したのだった。

昼近いというのに、食堂にいるのは由佳一人。

「注文は、連れが来てからにします」と席につき、水が入ったグラスを前にして十分ほど経った

だろうか。入り口の自動ドアが開き、両親が現れた。

「お母さん！」

「由佳！」

娘の名を呼ぶ母の登喜子《ときこ》は、マスク越しにも喜色満面で駆け寄ってくるなり、由佳の手を両手で握り締めた。

「久しぶりだなあ。元気そうで何よりだあ」

栄作もまた、娘の元気な姿を見て安心したのだろう。心底、嬉《うれ》しそうに言う。

「お父さんも、お母さんも、元気そうで何よりだわ。東京よりも感染者数は格段に少ないけど、周りは高齢者ばっかりだし、医療体制も充分とは言えないし、感染したら大変なことになると思うと、心配で……」

「医療体制が整っているはずの東京だって大変じゃない」

登喜子は眉《まゆ》を曇《くも》らせる。「感染しても、治療どころか薬がなくて自宅に放置だって言うし、救急車も来てくれないんでしょう？　由佳がコロナに感染したら、誰が看病するのかと思うと、気が気じゃなくて……」

「私は大丈夫よ。会社はテレワークだし、ワクチン打てば罹《かか》っても重症化しないって言うからね。それに、外出は極力避けるようにしてるから」

由佳は努めて明るく返すと、「引き籠もり同然になっちゃったお陰で、ほら見て？　すっかり太っちゃってさ」

お腹周りを摩《さす》りながら、マスク越しに笑って見せた。

「テレワークでいいなら、こっちで仕事やればいいのに」

もちろん考えはしたのだが、少なくとも週に一度は出社しないとこなせない用事が発生する。東京に出かければ、戻る度《たび》に二週間の自主隔離を強いられる。それでは東京を離れる意味がない。

「今、帰ってきたら面倒なことになるよ。感染は地方にも拡大しているんだし、戻ったら何を言われるか分かったもんじゃないもの。肩身の狭《せま》い思いをするだけだよ」

「それはまあ、その通りなんだけどね……」

登喜子は軽く溜息を漏らすと、困惑した様子で視線を落とす。

「それよりさ、注文まだなんだ。早く座ろうよ」

由佳は椅子に腰を下ろすと、メニューを見るまでもなく、声を弾ませた。

「私はソースカツ丼！　これを食べるのが帰省の楽しみの一つだからね」

ソースカツ丼をソウルフードと謳う地方は少なからずあるが、東京では滅多にお目にかかることはない。もちろん由佳が知らないだけなのかもしれないのだが、この店のソースカツ丼はちょっと変わっていて、叩いて薄く伸ばした揚げたてのロースカツを、ウスターソースをベースにしたタレに漬《つ》け、ご飯の上に敷《し》いたキャベツの千切りの上に載《の》せる。さらにその上からカタクリでとろみをつけたソース餡《あん》をかけるのだ。由佳はこれが大好物で、帰省の時には、まずこの店でソースカツ丼。東京に戻る際にも、この店でソースカツ丼を平らげ、新幹線に乗るのが常であったのだ。

「相変わらずだなあ」

栄作はマスク越しに苦笑しながら、「そしたら、俺もそれにすんべ」と言い、登喜子もまたそれに続いた。

「すみませ〜ん。ソースカツ丼、三つお願いしまあ〜す」

奥の厨房《ちゅうぼう》に向かって注文を告げた由佳は、「ところでお父さん、会社の方はどう？　密は避けろってあれほど言われたら、催事は大分減っちゃったんでしょう？」

話題を変えた。

栄作は地元の水産物加工会社の営業部長で、全国の百貨店で開催される物産展で自社製品販売の陣頭指揮に当たっている。

電話は毎日欠かさないものの、会話を交わすのはもっぱら登喜子で、栄作とはたまにしか話さないこともあって、会社の状況については詳しくは知らないのだが、苦境に立たされているのは察しがつく。

「催事はさっぱりさ……」

果たして栄作は声を沈ませ、悄然と肩を落とす。「何度も緊急事態宣言が繰り返されで、集まるな、喋《しゃべ》るなど語るんだもの、催事なんかやれるわけねえよ。工場の生産量も、二割ちょっと減ってるす……」

「二割？」

由佳は意外な気がして問い返した。「それでも、二割減で済んでるの？」

「通販がいいんだよな」

栄作は言う。「時代も変わったんだな。昔はさ、催事さ店を出す目的は、売上げを上げるため。要は現金収入を得るごどにあったわけさ。一つのデパートで年に一回、二回しか店を出さねえんだもの、催事をやると知れば、待ってましたとばかりに馴染《なじ》みのお客さんが来てけで量も捌《さば》けたのさ。ところが、ネット通販を始めてからは、いつでも買える環境ができですまったもんだから、コロナになってもあんまり影響は受けねえんだよな」

「へえっ……そうなんだ。私はてっきり、五割は減っても不思議じゃないなと思っていたわ」

「それでも、うちのような小さな会社で、二割減は大っきいよ」

「そっか……そうだよね……」

過疎高齢化が進んだ漁業を中心とした町を襲った大津波で、栄作が勤めていた会社も社屋、工場もろとも壊滅的打撃を被ったのだ。それでも苦難を乗り越えて再起を図《はか》り、ようやくこれからだという時に、今度はコロナである。水産加工場を再建するにもそれなりの資金が必要だったわけだし、金融機関からの借り入れだって全額返済には程遠いはずである。

迂闊《うかつ》な言葉を口にしてしまったことを後悔しながら、由佳は視線を落とした。

「東京だって高齢者の中にはネットが使えねえ人も多いがら、催事を楽しみにしてだ人もいっぱいいだのさ。もっとも、高齢者人口はどんどん減っていくわげだがらな。んだから、これがら先、商売を広げるためには、ネットを使える人たちをどうやって取り込むがにあったわけさ。そのためには、まず味を覚えてもらわなければなんねえべ。考えてみれば、催事の目的も、昔とは変わってすまってたんだよなあ」

「そっか……。ネットじゃ味までは分かんないものね。分かんないものは、リピーターになるわけないもんね」

「そりゃあさ、ネットさはなんぼでも商品を載せるごどはできるよ。そんでも味の好みは人それぞれだす、うちの場合は四千円以下は送料有料だがらな。お客さんだって、どんな物なのか届いてみねえば分かんねえものさ、送料払って買う気にはならねえさ」

たかが催事。されど催事である。

いまさらながらに催事の重要性を思い知らされた気がして、沈黙してしまった由佳に、登喜子が柔らかな声でありながらも、母親らしく案ずるような口調で問うてきた。

「由佳の方はどうなの？　あんたの会社も厳しいんでしょう？」

「そりゃあ厳しいわよ。寿司の方はまだなんとかなってるけど、私がやってる仕事に比べればの話でね。お酒出すなって言うんだもの、ランチはともかく、夜はさっぱり。まして、私が担当しているのは、地方の名店を東京に呼んで、一定期間で入れ替えるって商売だからね。地域を跨ぐ移動は控えろって言われたら、どうしようもないわよ」

「大丈夫なの、会社……」

「そりゃあ大丈夫よお」

由佳は笑った。「社長は明けぬ夜はないって、めげるどころか、コロナ騒動が終わった後に備えて、今のうちから新事業を考えておけって言ったそうなの」

「新事業？」

栄作は、驚いた様子で声を吊《つ》り上げる。

「テレワークに代表されるように、今回のコロナ禍では勤務形態のあり方そのものが見直されるようになったでしょう？　コロナが終わった後は、勤務形態だけじゃなく、社会の有り様も激変するかもしれない。今までの商売が、通用しなくなるかもしれないと言って」

「確かに、そうがもせねえな……」

栄作は、何事かを考え込むように腕組みをする。「コロナで逆に絶好調って業界だってあるもんな。宅配なんかその典型だ。この辺では、そんな商売は成り立だねえども、都会では無店舗で出前の飲食業が急成長してると聞くもんな」

「そうなのよねえ。今までの出前っていったら、店が自力でやるものだったけど、配達専門の業者が現れた途端、出前なんか一切やってなかった店がこのサービスを使い始めて急成長。しかもコロナで無駄な外出を控えろって言われたもんだから、利用者も増えるばかり。それまで店に行かなきゃ食べられなかった料理が、家にいながらにして食べられるわ、家飲みで酒代は遥《はる》かに安くつくわにお客さんが気づいちゃったんだもの、コロナ騒ぎが収まっても、店に足を運ぶ人が激減したって不思議じゃないわよ」

「そう言えば、この間新聞さ出てたな。冷凍食品の海外輸出が増えてるって」

「冷凍食品の海外輸出？」

そんな話ははじめて聞く。

問い返した由佳に向かって、栄作は言った。

「プラチナタウンって知ってるべ？」

「もちろん。宮城県の緑原町にある、永住型高級高齢者施設よね」

「あの事業をはじめた山崎さん……だったがな。その人がミドリハラ・フーズ・インターナショナルつう会社を大分前にはじめだのさ。何でもアメリカでは日本食がブームだそうで、緑原出身のアメリカ人と組んで、冷凍食品の輸出販売をやってんだと」

そう聞けば、ピンとくるものがある。

「なるほどねえ。アメリカのコロナ感染者数は日本の比じゃないし、ワクチン接種が進んでからはマスクをしない人が増えたけど、感染者がまた増えはじめているもんね。ネット通販の利用者が激増したおかげでショッピングモールは廃《すた》れてしまったけれど、生鮮食品はそうはいかない。スーパーには人が集まるので、利用はできるだけ抑《おさ》えたいって心理も働くだろうから、冷凍食品への需要が高まっても不思議じゃないわね」

ミドリハラ・フーズ・インターナショナルのことははじめて耳にしたし、正直なところプラチナタウンの名前は知ってはいても、山崎のことについては何も知らない。

しかし、冷凍食品に目をつけたとは、大したものだと由佳は思った。

インバウンド景気で沸《わ》いていた頃、由佳がバイトをしていた『寿司処うめもり六本木《ろっぽんぎ》店』は、連日外国人で大賑わいだったし、彼らの日本食への関心は寿司に限ったことではないことも承知している。

事実、定番のすき焼き、しゃぶしゃぶのようなハイエンドの日本食はもちろん、お好み焼き、カレー、ラーメン、うどん、たこ焼きのようなB級、C級グルメへの外国人の知識、関心の深さたるや驚くべきものがあったのだ。

だが、国土が広く、住宅地も郊外へと広がり続けているのがアメリカだ。日本食を供するレストランは人が集まる場所、つまり街の中心部に集中しているはずだから、郊外からのアクセスという難点がある。

その点、冷凍食品となれば話は別だ。どこに住んでいようと、買い溜めして冷凍庫に保存しておけば、いつでも自宅で日本食を楽しむことができるのだ。

「そんなことやってる人が、この近くにいるんだあ……」

由佳は心底感心し、思わず漏らした。

「俺も、詳しいごどは分かんねえけんども、昔商社さ勤《つと》めでだ人だと聞いたごどがあるな」

「プラチナタウンに冷凍食品ビジネスか……」

由佳は呟《つぶや》いた。

着目点といい、実行力といい、山崎という人物は既存の概念に縛《しば》られず、新しいビジネスを立ち上げる優れた才の持ち主のようだ。

「新規事業を考えろ」と梅森は石倉を通じて命じてきたが、正直なところ案どころか、手がかりすら見つけられないでいた由佳は、是《ぜ》が非《ひ》でも一度山崎と会って話をしてみたい衝動に駆《か》られた。

「お待たせしましたあ〜。ソースカツ丼ですぅ」

店主が三つの丼をテーブルの上に載せ始める。

ソースベースのタレをたっぷりと吸い込んだ、ロースカツが三枚。その上から、透明感のある褐色《かっしょく》のソース餡がたっぷりとかけられ、さらにその上に載せられた緑鮮《あざ》やかなグリーンピース。熱せられたウスターソースの香りに、嗅覚を刺激された途端、由佳は猛烈な食欲を覚えた。

「これよ！　これ、これ……。どんだけこれを食べたかったか」

由佳は堪《たま》らず箸《はし》を手にすると、もう一方の手でマスクを外《はず》しにかかった。

6

四井商事時代の同期であった、牛島幸太郎《うしじまこうたろう》と久々に会ったのは、八月も終盤に差し掛かったある日のことだった。

定年と同時に引退した牛島は、プラチナタウンに暮らすようになって四年になる。

「楽しい老後で何が悪い！」がコンセプトのプラチナタウンに入居する条件は、第一に深刻な持病を抱えていない、健康な高齢者であることだ。

いよいよ介護の手を借りなければ日常生活が送れないようになってから施設に入るよりも、毎日好きなことをやって楽しく暮らせば、長く健康でいられるだろうし、老い方も人それぞれだ。

介護を必要とする入居数も限定されるはずだし、基本的に介護士の資格を持っている従業員も、介護に限らず様々な仕事を経験できる。ジョブローテーションによるマンネリ化の防止、モチベーションの維持、向上にも繋がるはずだと考えたのだ。

着工直後からマスコミの取材が殺到したこともあって、部屋は募集からほどなくして満室、以来順調な経営が続いて来たのだったが、開設から十年も経つと寿命を迎える入居者もいる。開設当時は現役であった牛島は、ウェイティングリストに名を連ねることになり、六年の時を経てプラチナタウンの住人になったのだった。

緑原酒造に現れた牛島を、応接室に迎え入れたところで鉄郎は言った。

「こんなところで悪いな。『太神楽《だいかぐら》』で一杯やりたかったんだが、なんせこのご時世だ。人目を気にしながら飲んでも楽しくねえし、ここなら気楽かと思ってさ」

「ったくなあ……。やれマスクしろだの、集まって酒を飲むなだの、いつまで続くんだよ。これじゃあ、楽しい老後もあったもんじゃねえよ」

勧めるまでもなく正面のソファーに腰を下ろした牛島は、うんざりした様子で吐《は》き捨てる。

「こればっかりは、どうにもなんねえよ。とにかく俺もお前も、この町の住人以外の人とは接触してねえし、プラチナタウンでも今のところ感染者は出てねえからな。二人だけなら酒を飲んでも大丈夫だと思ってさ」

「それにしても豪華なツマミじゃねえか。どうしたんだこれ？　奥さんのお手製か？」

「まさか」

鉄郎は苦笑した。「太神楽も客がめっきり減っちまって、かなり苦しそうだからさ。出前取ったんだよ」

太神楽は町一番の居酒屋で、プラチナタウンが開設してからというもの、繁盛《はんじよう》が続いてきたのだったが、このコロナ禍で客の入りが激減してしまい、閑古鳥《かんこどり》の毎日だ。

「太神楽かあ……。その名前、なんか遠く、懐かしい気さえするよなあ……。酒は毎晩欠かさねえけど、家飲みが一年以上も続くと、東京に住んでいた頃の馴染みの店だったようにさえ思えてくるよ……」

「太神楽だけじゃねえよ。飲食店はみんな厳しいさ。県も時短要請に応じた店には協力金を支払ってるけど、感染者が集中している仙台《せんだい》限定だしな。感染者はまだ出ていないとは言っても、相手は目に見えないウイルスだ。しかも、高齢者はハイリスクグループだからな。酒場は危ないと言われりゃあ、誰も太神楽には寄りつかねえよ。実際、シゲちゃんには久しぶりに会ったけど、すっかり痩《や》せちゃってさ。せめて、今日くらいはと思って奮発したんだ」

牛島はテーブルの上のツマミに目を遣《や》ると、

「しっかし、奮発したもんだねえ。このステーキ、前沢牛《まえさわぎゆう》だろ？　ホヤもあるし、カツオの刺身。おっ、この鉢に盛られたのは夕顔《ゆうがお》のカス煮《に》か？」

「今日はサバと仙台麩《ふ》を使ったんだとさ」

夕顔は干瓢《かんぴよう》の原料となるもので、この辺では酒粕《さけかす》にサバの水煮缶、仙台麩と一緒に煮込んで食すのがスタンダードだ。

「これなあ、大好物なんだよ。緑原に住むまで夕顔なんて食べたことなかったからさ、初めて口にした時には、食感と喉越《のど》しの素晴らしさに驚いた……いや、感激したもんなあ」

「じゃあ、さっそく乾杯しようか」

鉄郎はマスクを外すと、ビールの栓《せん》を抜きにかかった。そして二つのグラスを満たしたところで、

「静かにな……」

と小声で言い、「かんぱい……」とさらに小さな声で続けた。

「かんぱい……」

牛島がこたえ、二つのグラスが触れ合った。

返す手で一気にビールを飲み干した牛島は、

「うっ……めえ……」

口元を手の甲《こう》で拭《ぬぐ》い、「やっぱり、一人酒とは美味《うま》さが違うわ」

心底嬉しそうに声を上げる。

「ほんとだよな……。でもさあ、お前は恵まれてるよ。今に至っても、この近辺じゃ感染者は出ちゃいないってんで、ゴルフだってコロナ前と同じようにやってられるんだもん」

「ゴルフは俺の唯一の趣味にして、生き甲斐《がい》だからな。禁止されたらストレスで病気になっちまうよ。もちろん、感染防止には最大限の注意を払ってスルーでプレイしてるし、ラウンドが終われば風呂にも入らず、着替えもせずに帰って来るんだ。なんと言ってもゴルフは、最高の自然換

気の中でやるんだもの、これでコロナに罹ったら安全な場所なんてどこにもありゃしねえよ」

頻繁《ひんぱん》にゴルフに出掛けていることを咎《とが》められたとでも取ったのか、牛島は言い訳がましい言葉を発する。

「別に、ゴルフ三昧《ざんまい》が悪いっていってんじゃないんだ。ただ、現役の人たちは大変だって言ってるだけさ」

「だよなあ……。俺たちは退職金ももらったし、四井の企業年金は結構な額だし、現役時代身を粉《こ》にして働いたご褒美《ほうび》には違いないけど、こうして老後の暮らしに不安を抱くことなく好きなことをやって暮らしてんだもんなあ……」

「実はな、牛島……」

鉄郎は空《から》になった牛島のグラスにビールを注《つ》ぎながら言った。

「町内で燻製工房をやってる人がいるんだけれど、ネット通販での売上げがさっぱりで、どうしたらいいものかって相談されちゃってさ」

「お前に何かアイデアはないかって言うわけ？」

さすが牛島、察しがいい。

「ネット通販は実店舗を持たずに日本全国、時に世界の津々浦々《つつうらうら》までもが商圏になるって言われるけどさ、理屈の上ではその通りなんだが、同類の商品を販売している出店者は山ほどある。通販サイトのトップページに表示されでもしない限り、消費者の目に触れることはないのが現実だ」

グラスを傾けながら、話に聞き入っていた牛島は、

「それはお前の言う通りだよ。ネット通販のプラットフォーマーは、全国が市場になるなんて言ってるけどさ、何画面も見るやつはそういるもんじゃゃねえ。プラットフォーマーだってその辺の事情は充分承知してるんだが、出店者を集めないことには商売にならねえんだ。無名のローカル業者が出店しても費用対効果って点では、最悪の結果に終わるだろうね」

素っ気《そけ》ない口調でこたえ、グラスに残っていたビールを一息に飲み干した。

「でもなあ、ちょっと引っかかるんだよ」

鉄郎は、ふっと肩で息を吐いた。

「引っかかるって、何が?」

「その日本全国が商圏にって言うところさ」

鉄郎は、再び空いた牛島のグラスにビールを注いだ。「ネット通販がそれだけの可能性があるのは間違いないのに、現実はそうはなっていないってのは、可能性を追求し切れていないってことだろ? それってさ、まだまだ販売方法には改善の余地がある。つまり、ネット通販事業はとば口についたばかりだってことじゃないかと思うんだ」

「だから?」

「だからって言われても、策が思いつかないから、お前に聞いてんじゃん」

「えっ……」

牛島は眉尻を下げ、驚いた様子で短く声を上げた。「おいおい、プラチナタウンを開設した上

に、冷凍食品の輸出事業を立ち上げた山崎鉄郎さんが、これといった実績もないまま定年を迎えたこの俺に、策を考えろっての？」

「お前だって商社マンだったんだ。しかも無事、定年まで四井本社にいられたんだぜ。これって、ある意味凄いことじゃないか」

「あのね、そこそこ優秀なやつは、自分が担当した事業を軌道に乗せて、社長となって転出していくの。お前だってよ〜く知ってんだろ？　総合商社で最後まで残ってるやつは、よっぽど優秀なやつか、何もできなかったやつだって言われてんのをさ」

牛島の言葉は全てとは言わずとも、当たっている部分があるのも事実である。

売買を仲介することで口銭《こうせん》を稼《かせ》ぐのは、総合商社のビジネスの一つに過ぎない。新しい事業を創出するのも商社マンの仕事の一つである。事業を創り、育て、一定の規模になれば関連会社、子会社として別会社にし、社長、あるいはしかるべきポジションに就任する。言わば会社の資金を使って、自分の受け皿となる会社を設立し、事業に専念するのだ。

そこで卓越した実績を挙げれば本社に凱旋《がいせん》。部長、役員へと上り詰めていくのだが、もちろん、その絶対数は極めて少ない。

「出向、転籍が当たり前の商社の世界で、生き残っただけでも大したもんだよ」

「俺が最後まで本社にいられたのは、業界に通じた人間が必要だったからさ」

牛島は自嘲《じちょう》めいた笑いを浮かべると、「ところで山崎、そろそろ酒にいきたいんだけど」

牛島は鉄郎の傍《かたわ》らにあるアイスペールを目で指した。「〝伊達《だて》の川《かわ》〟は、キンキンに冷えたやつが最高に美味いからな。今日はそいつが楽しみで来たんだ」

「スイスイ飲めるから気をつけろよ。酒はなんぼでもあるけど、お互い歳《とし》も歳だからな。飲み過ぎは体に毒だ」

鉄郎は含み笑いを浮かべ、四合瓶《びん》のキャップを開けた。

粘度を帯びた冷酒をグラスに注ぎ終えたところで、

「こいつをツマミに飲んでみろよ。最高に合うから」

鉄郎は満を持してテーブルの下に隠しておいた皿を取り出した。

牛島との付き合いは、半世紀近くにもなる。

彼がどんな反応を示すか先刻承知。演出効果を狙ったのだ。

「お前も、相変わらずだな。こうきたか」

それは牛島も同じである。

ニヤリと笑って、鉄郎の手元に目をやった。

「今話した工房が造った燻製だ」

それは二日前に鉄郎が買い求めたもので、既に味は確かめてある。

大分昔に口にしたことはあったが、改めて食してみると記憶の中にある味とは全く違う。研究し工夫を重ねた結果なのだろう、驚くべき美味さなのだ。

「じゃあ、一ついただいてみようか」

牛島は目元に笑いの余韻《よいん》を残しながら、牡蠣《かき》の燻製を口にした。

「えっ……」

牛島は目を丸くする。「これ……滅茶苦茶《めちゃくちゃ》美味いな……」

「だろ?」

「いや、本当に美味いよ。スモークの香りも最高にいいし、何よりこのしっとりとした口あたり、噛み締める度に滲《にじ》み出してくる牡蠣の旨《うま》み。燻製なんて滅多に口にしないけど、これなら週に二度、三度は酒のあてにしてもいいな」

「そこで、伊達の川を飲んでみ?」

勧められるままに、伊達の川を口に含んだ牛島は、再び目を丸くして驚愕《きょうがく》する。

「こ……これは……」

もはや言葉が続かない。

残った牡蠣の燻製を口の中に放り込み、瞑目して咀嚼《そしゃく》するや、すかさず伊達の川を口に含んで大声を上げた。

「訂正! 週に二度や三度じゃなくて、これ五回でも食えるぜ!」

「だからあ、声がでかいってば。潜伏期間は二週間。症状が出るまで誰が感染してるか分かんねえんだぞ。用心するに越したことはねえだろうが」

「あっ、すまん……。あまりの美味さについ……」

牛島は叱られた子供のように上目遣いで鉄郎を見ると、「しかし、こんな美味い燻製を埋もれさせたままにしておくのは、確かにもったいないよな……」

改めて皿の中の燻製に目をやった。

現役を退いて久しいとはいえ、牛島もビジネスの世界を生き抜いてきたのだ。どうやら、商社マン魂に火がついたとみえる。

「総合商社のビジネスも、俺たちがいた頃とは様変わりして、今じゃ投資がメインだ。でもさ、俺たちの時代は先進国の大都会から、途上国のど田舎まで、それこそ世界中を駆けずり回って飯の種を血眼《ちまなこ》になって探してきたもんだ……」

「それはね、山崎鉄郎さんが、穀物をおやりになっていたからですよ」

急に丁寧《ていねい》になった牛島の口調には、皮肉めいた響きがあった。

果たして、牛島は続ける。

「わたくしは国内一筋、海外駐在を全く経験しておりませんので」

「その分、国内事情には精通してんだろ？　各地方の実情は、俺なんかよりもよっぽど詳しいはずだ」

「それはまあ……」

「なんかさあ、こうして地元に高い商品性のある商材が埋もれたままになっているのを目の当《ま》たりにすると、残念でしかたないんだよ。一度買ってもらえれば絶対好きになる。生産者と消費者の双方がハッピーになる。俺たち商社マンはそんな商品を探してきたんだし、そういう関係を構築するのが喜びだったんだ」

「それは言えてるかもな……」

牛島は、こくりと頷く。「生産者と消費者を、ひいては社会を豊かにする……。商社のビジネスって洗練されたイメージを抱かれがちだけど、本来の姿はドブ板商売そのものだからな。それでも飽きずにやってこれたのは、口銭はささやかでも、世の中をハッピーにするために働いてるんだって矜持《きょうじ》があったからだ」

「俺たちも、もう七十だけどさ。まだ十年やそこらは生きるんだ。もう一度、世のため、人のためになることを考えてみねえか」

我ながら大きく出たものだ、と鉄郎は思った。

牛島を呼んだのは、あくまで燻製工房の販売促進策を一緒に考えてみたかったからなのだが、気がつけば「世のため、人のため」の話になってしまった。

「それもいいかもな」

牛島はこたえた。「ちょうど、コロナにはうんざりしていたところだ。ゴルフ以外にやることはないし、正直なところ暇《ひま》を持て余していたしね。それに、知恵を絞るのは、惚《ぼ》け防止になるだろうしな」

「よし！　今後のことは改めて話し合うとして、今日は飲もう」

鉄郎は四合瓶を手にし、牛島のグラスに酒を注ぎ入れると言った。「改めて乾杯しようじゃないか」

第二章

1

幸輔の自宅は都内有数の高級住宅地、高輪《たかなわ》のマンションにある。

寿々子と結婚した当時はマルトミ百貨店が絶頂期を迎えていたこともあって、誉が用意してくれたのだ。

富島家の財力に惹《ひ》かれて寿々子と結婚したわけではないのだが、結婚直後にマルトミ百貨店に入社し財務部長に就任。義父《ちち》の名義とは言え、労せずして自宅まで手に入れられた。思いもしなかった厚遇に、有頂天《うちょうてん》にならなかったと言えば嘘《うそ》になる。

しかも、ほどなくして長男長女と二人の子供にも相次いで恵まれるという慶事が続き、正に順風満帆、将来に不安など抱《いだ》こうはずもなかったのだが、禍福《かふく》は糾《あざな》える縄《なわ》の如《ごと》しとはよく言ったものである。

バブル崩壊と共に日本経済は不調に陥《おちい》り、デパート業界の行く末にも暗雲が漂《ただよ》いはじめたのだ。

もっとも寿々子は経営には無関心で、家庭内にこれといった変化はなかったのだが、結婚から十年、誉がくも膜下出血で急逝《きゅうせい》したのを機に状況は一変した。

誉は遺言状を残しており、弁護士立ち会いの下で開封されたそれには、富島家の財産は全て栄二郎のものとする。寿々子には、現在居住しているマンションと複数所有する別荘のうち、軽井沢《かるいざわ》の別荘を与えると記《しる》してあったのだ。

ピーク時には、四億、五億の値がついたマンションも、バブルが弾《はじ》けた途端《とたん》に大暴落。しかも当時のマンションと別荘の価値を合算すると、遺言状に優先する遺留分を少しばかり上回っていて、寿々子にはそれ以外の財産は一切入ってこないと言うのだから面白かろうはずがない。

もっとも、幸輔には、誉の心情も理解できないではなかった。

バブル崩壊と共に栄華に沸《わ》いた狂乱の時代は一瞬にして消え去り、日本経済は一転して不況のどん底に陥った。百貨店業界もその例に漏《も》れず、誉が亡くなる以前から不採算店舗が増えはじめ、会社の行く末にも暗い影が差していた。

おそらく誉は、マルトミ百貨店が万が一の事態に直面した時に備えるべく栄二郎に手厚い分与を行ったに違いないのだが、寿々子にそんな理屈が通るわけがない。

寿々子は紛《まぎ》れもないマルトミ百貨店の創業家、それも直系中の直系だ。会社は創業家の持ち物と考えがちになるのは寿々子に限ったことではないし、どうやら彼女は子育てに目処《めど》がついた時点で、マルトミ百貨店の経営に関わるつもりでいたらしいのだ。

実際、頻繁《ひんぱん》に海外に出かけては、ブランド品の研究を熱心に行っていたので、寿々子の頭の中には青写真が既に出来上がっていたのだろう。

それが、誉の残した遺言状のお陰で水泡《すいほう》に帰してしまったのだ。

しかし、遺言状の効力は絶対だ。

以来、栄二郎との仲は険悪になり、少なくとも寿々子から接触を持つことは一切なくなった。余儀なき連絡事項は幸輔を介することになったのだが、これが新たな問題を生むことになった。

誉、ひいては栄二郎に対する寿々子の怒りや不満、反発心が、仲介役となった幸輔に向けられるようになった。

栄二郎に理解を示せば烈火のごとく怒り狂い、怒声、罵声《ばせい》を浴びせかけ、時には物を投げつけてくる始末。触らぬ神に祟《たた》りなしとばかりに、寿々子の意向に理解を示すふりをしているうちに、家庭内での主導権は完全に掌握《しょうあく》されてしまった。

そして、誉が亡くなって三十年。マルトミ百貨店の経営がコロナ禍の中で、いよいよ危機的状況に直面しつつあることを知った寿々子はついに牙《きば》を剝《む》いた。

もらえたはずの資産を確保すべく、動きはじめたのだ。

「今日ね、菱蔵《ひしくら》不動産の尾花《おばな》社長とお会いしてきたの」

自宅に戻った幸輔に、寿々子は唐突に切り出した。

「えっ……尾花さんに？」

そんな話は聞いてないぞ、と返したいのをすんでのところで堪《こら》えて、幸輔は短く声を上げた。

　寿々子はお嬢様気質丸出しで、思い立ったら即実行。しかも、マルトミ百貨店は明治《めいじ》時代から続く老舗《しにせ》だから、寿々子自身も東京の財界に幅広い人脈を持つ。富島の姓を名乗れば財界人は大抵会ってくれるし、会わせてくれる伝手《つて》もある。

　ビジネスモデルとして百貨店はもう限界。早急に見切りをつけて、本店を活用して新たな事業を始めるべき、と言うのが彼女の持論なのだが、しかし、いきなり大手不動産会社の社長に話を持ちかけるとは、あまりにも乱暴、かつ拙速《せっそく》に過ぎる。

　しかし、婿養子の立場はやはり弱い。マルトミ百貨店が倒産しようものなら収入が断たれてしまう。財産と言えるものはこのマンションと軽井沢の別荘に銀行預金だけ。それもマンション、別荘の名義は寿々子だし、口座の管理も彼女に握られている。

「本店の件、お話ししてみたの」

　果たして寿々子は言う。「そうしたら、尾花さん、とても興味を示されて」

「君ねえ、こういう話は極秘に進めるものだよ。秘密は、一人に漏らせば乗算《じょうざん》的に知る者が増えていくと言われてるんだよ。万が一、お義兄《にい》さんの耳に入ったら――」

「大丈夫よぉ」

　脳天気な口調で幸輔の言葉を遮《さえぎ》る寿々子だったが、目には冷え冷えとした光が宿っている。

「同席した人はいないし、もちろん尾花さんにはまだ内密にって念を押したしね。大体、日本橋の一等地の話よ。こんな話を持ちかけられること自体、奇跡みたいなもんなんだから、尾花さんが外に漏らすわけないいじゃない」

「会社ってとこはね、現場が動かなければ、どんな仕事も前に進まないんだ。社長は最終的に決断を下すのが仕事であって、判断材料を揃《そろ》えるのは部下なんだ。秘密が守られると思ったら大間違いだ」

「そんなこと、分かってるわよ」

寿々子は反論されるのを嫌う。特に実際に組織の中に身を置いた経験がないだけに、経験に基づく意見、反論はなおさらだ。

果たして、寿々子は不快感を露《あら》わにすると、刺々《とげとげ》しい声を上げる。

「マルトミって大きな城が落ちようとしてるのよ！　城と一緒に運命を共にするのか、それとも自《みず》ら落としにかかるのか、どっちを取るのか散々議論したじゃない。その上で、あなた腹を括《くく》ったんでしょ！」

マルトミの再建策について話し合ったのは事実だが、あれは議論と呼べるような代物《しろもの》ではなかった。

寿々子の関心は、倒産が避けられなくなった場合、本来自分がもらえるはずだった富島家の資産を、たとえ一部でも確保できるかにあり、その手段を彼女が一方的に捲《まく》し立てただけである。

しかし、寿々子の勢いは止まらない。

「東亜に支援を断られたからには万事休す。自力再建なんか出来やしないんだから、考えがある人間が動かないことには、手遅れになってしまうわよ！」

再び、自分の取った行動を正当化しにかかる。

「東亜はビジネスとしてこれ以上支援はできないと判断したんだ。これから先も方針は変わらないし、いよいよ倒産となれば東亜は本店を売却して、債権を回収しにかかるだろう。でもね、本店をどうするのかは、根抵当《ねていとう》を持つ東亜が決めることだ。僕らにはどうすることもできないんだよ」

「そんなこと分かってるわよ」

寿々子は、幸輔を小馬鹿にするように鼻を鳴らす。「だから、あなたは社長にならなければならないのよ。本店をどうするかは銀行が決めるって言うけどさ、借りたおカネを返せる目処《めど》がつかなきゃそうなるわよね。だったら目処をつけて見せればいいじゃない。兄さんは策が思いつかないでいるようだけど、私にはあるんだもの。あなたが社長になって、私のプランを実現させればいいだけの話じゃない」

事は寿々子が考えているほど、単純なものではないのだが、幸輔が社長になれば、自分が思い描いているプランが実現できる。マルトミが生き残る道はそれしかないと寿々子は固く信じているから困ったものだ。

取締役会で過半数を確保した上で、会社を経営危機に陥《おとしい》れたのを理由に栄二郎の解任動議を提出すれば、後任は幸輔となる。

それが寿々子の描いたシナリオなのだが、兄妹仲が破綻《はたん》しているとはいえ、栄二郎は義理の兄である。寝首をかくような真似《まね》をするのは、さすがにどうかと思う。

「社長になれって簡単に言うけどさ。マルトミは上場企業なんだよ。お義兄さんを役員会で解任した上で社長の指名を受け、さらに株主総会で承認されないと――」

「分かってるわよ！」

寿々子は幸輔の言葉を遮って、続ける。

「あなた、投資銀行に勤めてた頃はM&Aを幾《いく》つも手がけたって言ってませんでしたっけ？　血も涙もない手を使ったことを、さも自慢げに話してたんじゃなかったかしら？」

そこを衝《つ》かれると、返す言葉に困ってしまう。

行け行けドンドン。不動産は言うに及ばず、絵画、ゴルフ会員権までもが立派な投機の対象となり、瞬《またた》く間に値が吊《つ》り上がっていったのがバブル時代だ。外資系の投資銀行はバブルの恩恵を享受した最たるもので、これと目をつけた会社や不動産、果てはゴルフ場に至るまで、カネの力に物を言わせ片《かた》っ端《ぱし》から買いまくったものだった。若くして法外な高給を食《は》む幸輔たちは紛《まぎ》れもない勝ち組で、驕《おご》り高ぶるのも当然の話なら、悪辣《あくらつ》非道なやり方も、当時は武勇伝として通用したのだ。

黙ってしまった幸輔に向かって、寿々子は続ける。

「デパートの役員をやってる間に、昔の仕事のし方、すっかり忘れちゃったみたいね。そんなことだから、いつまで経《た》っても社長になれないのよ」

「君は二言目には社長と言うけどさ。本店を売却したカネで融資が清算できたとしても、従業員をどうするつもりなんだ、それだけじゃない。業態転換を図《はか》るにしても、その他諸々《もろもろ》、後始末をしなきゃならない仕事は山ほどあるんだよ」

さすがの寿々子も、こたえに詰まって、もごりと口を動かして沈黙する。

「ビジネスで最も大切なのはクロージングと言われるんだよね」

幸輔は続けた。

「この言葉は個々のビジネスを指して使われる事が多いんだけど、商《あきな》いを畳《たた》む時にも同じ事が言えるんだ。店を出して、規模を拡大させて行くのは簡単だけど、畳む時の方が何倍、いや何十倍も労力がいるんだよ。当たり前じゃないか。大半は後ろ向きの仕事なんだぜ？」

「じゃあ、あなた、マルトミがなくなってしまったら、それから先はどうなさるおつもり？」

今度は「どうなさるおつもり」と来た。

瞬間、幸輔は背筋に冷たいものが走るのを覚えた。

寿々子の言葉には、明らかに悪意が込められていたからだ。

果たして、寿々子は言う。

「潰《つぶ》れたデパートの副社長、それも婿さんを、拾ってくれる会社があるの？　なけりゃそれからの暮らしをどうやって支えていくの？　このマンションは私の物だし、たとえばだけど離婚ってことになったら、結婚してから築いた財産は、夫婦で折半《せっぱん》が基本ですからね。そうなったらあなた、どうやって暮らしていくおつもり？」

「離婚って……」

平然と、そんな言葉を口にする寿々子に恐怖を覚えて、幸輔は言葉を飲んだ。

「たとえばの話よ。た・と・え・ば」

にっと唇の間から白い歯を覗《のぞ》かせる寿々子だったが、目は笑ってはいない。

こいつなら、本当にやりかねない。

鳥肌が立ちそうになる感覚を覚えるのを感じながら、

「そ……そうだよな……。まさかな……」

幸輔は力なく、「はは、ははは」と笑ってみせた。

「まあ、社長の件は私に考えがあるし、それにさ、従業員だって必ずしも解雇しなければならないってわけじゃないかもよ」

「どうして？　店を畳むにせよ、業態転換を図るにせよ、雇用を維持できるわけないだろうが」

「あなた、本当に投資銀行にいたの？」

寿々子は呆《あき》れたように言う。「日本橋は東京でも最高の商業地なのよ。上物《うわもの》は築五十年。ほとんど価値はないんだから、取り壊してビルを建てるわよね。じゃあ、どんなビルが建つと思う？　あなただったら、どうする？」

「そりゃあ商業施設、ホテル、マンションが入った、複合ビルだろうな」

「本店は八階建てだけど、何年か前に近くに建った高層ビルは地下三階、地上三十九階建て。つまり、あの土地には五倍以上もの床面積を持つビルが建てられるってわけ。当然、そこに入る商業施設には従業員が必要になるじゃない」

「理屈の上ではね。でも、商業施設に入るのはテナントだよ。従業員だって、それぞれの店が独自に雇うわけで――」

「そうよね」

またしても寿々子は幸輔の言葉を遮った。「従業員も独自で採用するわよね。じゃあ、どうやって人を探すのかな?」

「そりゃあ、募集して――」

「だったら、お世話して差し上げればいいじゃない」

「えっ?」

「わざわざ募集しなくとも、マルトミには正規、非正規を含めて、接客に慣れた従業員がたくさんおりますので、なんでしたらお世話いたしますよって言って差し上げればいいじゃない」

確かに、その手はある。

会社に勤めた経験がないくせに、よくもこんな策を思いつくものだと感心しながら、幸輔は異を唱えた。

「でもさあ、それにしたって、テナント次第だよ。うまく行きゃあいいけど、蓋《ふた》を開けてみたらさっぱりってことだってあるだろうし……」

「条件にしたらいいじゃない」

「条件?」

「本店を売却するに当たっての条件にするのよ。テナントに入る店には、マルトミの従業員を極力採用することって」

やっぱり、寿々子の考えそうなことだ。

そんな条件を不動産会社もテナントも飲むはずがない。

「あのさ、東京には商業施設を併設した複合ビルはいくつもあるんだよ。不動産会社だってテナントを見つけるのに必死なんだ。そんな条件つけたら――」

「極力って、義務じゃないでしょ？」

「えっ？」

「皆さんの雇用は不動産会社と交渉して、このようになりました。そういえば従業員だって安心するでしょう。将来に対する不安も和《やわ》らぐでしょ？」

やっぱり……。

要は、従業員の生活など知ったこっちゃないというわけだ。

溜息《ためいき》を吐《つ》きたくなるのを、すんでのところで堪えた幸輔に、

「社長就任のことも、私が何とかするわ」

寿々子は話を転じた。

「何とかするって、どうやって」

「明後日《あさって》、東亜銀行の下村《しもむら》頭取とお会いすることになってるの」

「下村頭取にぃ？」

幸輔は驚きのあまり声を張り上げた。

「あなたも知ってるでしょ？　頭取は、お父さまの時代にうちを担当していてね、当時は私もよくゴルフをご一緒したの。あの人、ワインには目がないから、本当は美味《おい》しいお料理を食べなが

らゆっくりお話ししたいところなんだけど、コロナ騒動の真《ま》っ只中《ただなか》じゃそうはいかないからね。それで、ゴルフでもってお誘いしたら、会合の機会がめっきり少なくなって、ストレスが溜《た》まっていたところだ。是非にっておっしゃって下さって」

そこまで聞けば、寿々子の企《たくら》みが見えてくる。

東亜銀行はマルトミ百貨店の大株主の一つ。本店に入るテナントはもちろん、取引業者もそれなりの株を所有している。その中には、東亜銀行と取引がある会社も少なからず存在するはずだ。つまり、栄二郎の解任後の株主総会で、幸輔の社長就任を承認させるべく布石を打つつもりなのだ。

「株主の取りまとめをお願いしようってのか？」

「本店売却時には、売却先の不動産会社が東亜から融資を受けることを条件にするってことを匂わせてね」

「売却先の不動産会社って、菱蔵のことか？」

「菱蔵とは限らないわよ」

寿々子は、鼻で笑う。

「えっ？」

「当たり前でしょ？　本店の五倍以上もの床面積を持つ高層ビルが手に入れられるとなれば、そりゃあどこの不動産会社も必死になるわよ。競わせるに限るじゃない。銀行だって、ゼロ金利が長く続いて収益が落ちてんだし、大口の融資先は喉《のど》から手が出るほど欲しいに決まってんだから。あなたを社長にすることくらい、ふたつ返事で引き受けるわよ」

なんてやつだ……。

寿々子の底知れぬ財産への執着に恐怖すら覚えて、言葉も出ない。

その場に固まった幸輔に向かって、寿々子はぴしゃりと言った。

「あなたは、黙って私の指示通りに動けばいいの。分かったわね」

2

「停《と》めてくれないか……」

専用車が地下駐車場から出たところで、栄二郎は運転手に命じた。

「どうかなさいましたか?」

ブレーキを踏みながら運転手が問うてきた。

「少し歩きたいんだ」

「歩くって……この猛暑の中をですか?」

咄嗟《とっさ》にパネルに表示されている外気温を見たらしく、「外は三十五度もありますが?」

運転手は怪訝《けげん》そうに言う。

「構わんよ。自力で帰るから先に戻ってくれ。上着は私の部屋へ……」

脱いだ上着を座席に置くと、栄二郎は自《みずか》らドアを開けた。

路上に降り立った途端、酷《ひど》い熱気に包まれた。しかも湿度も高いときている。それでも栄二郎は、背後に遠ざかって行くエンジン音を聞きながら、丸《まる》の内《うち》のオフィス街を歩き始めた。

時刻は午後一時半。コロナ前にはビジネスパーソンが行き交っていたオフィス街も、テレワークを導入した企業が多いせいか人影はまばらだ。しかも、この酷暑の中にあっても、全員がマスクを着用している。目にするだけでも鬱陶《うっとう》しいことこの上ないのだが、感染防止対策に必須と言われているのだから仕方がない。

行く当てがあって車を降りたわけではなかった。このまま会社に戻る気にはなれない。ただそれだけのことだったのだが、早くも全身に汗が吹き出してきて、肌にシャツがへばりつき始める。

余りの不快感と息苦しさに栄二郎は足を止め、深く息を吸い込んだ。次いで今歩いて来た道を振り返った。

熱に揺らぐ大気の中に、さっきまでいた東亜銀行本店ビルが見えた。

幸輔は金村が追加融資を断る旨《むね》を栄二郎に直接告げなかった理由を、付き合いが長く、さすがに直接伝える気にはなれなかったのではないかと言った。もしそうだとしたら、情に縋《すが》る余地があるのではないかと淡《あわ》い期待を抱いたのだ。

そこで直《ただ》ちにアポを取り、金村と直接会うことになったのだったが、法人融資部の部長・吉川《よしかわ》を伴《ともな》って現れた彼の表情を見た瞬間、栄二郎の淡い期待は絶望へと変わった。

いや、そもそもが情に絆ろうという考えを抱いたことが、すでに判断力を失っていたことの現れだと痛感した。

役員に就任してから顔を合わせる頻度《ひんど》はめっきり減ったとはいえ、バブルの時代には毎日のように現れては「幾《いく》らでも無担保でお貸しいたします」と揉《も》み手をせんばかりに頼み込んできた金村が、まるで「何しに来た」と言わんばかりの不快感が目の表情にありありと見て取れたからだ。

果たして金村は開口一番、

「追加融資の件でしたら、当行の結論は幸輔さんにお伝えいたしましたが、他に何か？」

冷え冷えとした声で言う。

「その旨は聞いておりますが、このままでは早晩弊社は経営が行き詰まってしまいます。どうか、今一度ご再考を――」

結論が覆《くつがえ》るはずもないのは百も承知だ。それでも切り出した栄二郎を、

「社長……」

金村は冷え冷えとした声で遮り、隣《となり》に座る吉川を目で促《うなが》した。

「お気持ちはお察しいたしますが、長いお付き合いの中での業績の推移、財務資料、今後の市場動向等々、膨大《ぼうだい》な資料を分析し、検討に検討を重ねた上で、当行はこれ以上の融資はできないという結論に至ったのです。再考しても、結論は変わらないと思いますが？」

「検討に検討を重ねたとおっしゃいますが、会社存続の危機に纏《まつ》わる結論を、電話一本で済ませるのですか？　それが長年メインバンクとして持ちつ持たれつの関係にあった東亜の流儀なんですか？」

吉川の言葉を無視し、栄二郎は金村に向かって問いかけた。

「電話一本とおっしゃいますが、幸輔さんは説明をお求めになりませんでしたよ」

「えっ？」

「幸輔さんは、投資銀行にお勤めでしたし、御社に入社してからは一貫して財務を担当なさってきましたからね。マルトミさんの財務内容は誰よりも良く把握なさっているでしょうし、バンカーの心得もおありになる。我々がどういう結論を出すか、最初から分かっていたんですよ。だから説明を求めなかったんでしょうね」

金村は当然のごとく言う。

「もし、結論に至った過程に説明が必要でしたら、別室に資料と担当者を用意しております。お望みとあれば、そちらでご納得いただけるまで、ご説明申し上げますが？」

まだ、席について五分と経ってもいないのに、吉川は早々に面談を終わらせにかかる。

とりつく島もないとは、正にこのことだ。

余りの屈辱《くつじょく》に、太腿《ふともも》の上で震《ふる》える両手を握り締め、栄二郎はテーブルの一点を見詰めた。

金村は続ける。

「経営が苦しいデパートは、マルトミさんに限ったことではありません。ここしばらく、業界全体の業績は良好に推移してきましたが、それはインバウンド需要が国内需要の減少分をカバーしていたからです。それが今回のコロナ禍で、図《はか》らずも露呈してしまったんですね。本来であれば、国内需要の減少を見越して、抜本的な対策を講じておかなければならなかったのを、あなた方デパートの経営者は何の策も打たずに来てしまったんですから、経営者の怠慢《たいまん》と断じられても仕方がないと思いますが？」

「それは、ちょっと違うでしょう」

栄二郎は反論に出た。「インバウンド需要に頼ったとおっしゃいますが、観光立国を目指すと国が宣言して、実際コロナ前に目標に掲《かか》げた来日観光客四千万人を前倒ししてクリアする勢いだったんですよ。インバウンドという新しい顧客層が生まれた。百貨店のビジネスモデルはまだ通用する。誰だってそう思いますよ。そこに、まさかのコロナで来日観光客が九割減。これほど大規模なパンデミックが世界規模で起きるなんて、誰も想像すらしていなかったわけで――」

「インバウンド需要は、観光客が齎《もたら》すものじゃありませんか」

うんざりした表情をあからさまに浮かべ、金村は栄二郎を遮った。「つまり、懐《ふところ》に余裕があってこそ生ずる需要なら、経済は生き物です。景気が悪化すれば、旅行に出かける人も減るわけで、インバウンドなんて、選挙で言えば浮動票みたいなもんですよ。固定票を開拓し、より一層強固にすることに目を向けず、浮動票に頼ろうってのがそもそも間違いなんです」

吉川が間髪《かんはつ》を容《い》れず金村の言葉を継《つ》いだ。

「その肝心の固定票が減り続けているのに、デパート業界が何も手を打たなかったのは、なぜでしょう。デパートというビジネスモデルが完全に確立されていて、変えようにも変えられないからじゃないんですか？」

断定する吉川の言葉を聞いて、栄二郎は腹が立った。

「よくそんなことが言えますね。それ、銀行も同じじゃないですか。ゼロ金利の時代が長く続いたお陰で収益はがた落ち。かと言って、新たな収益源になるビジネスを見つけられずに――」

「その通りです」

その言葉を待っていたとばかりに、今度は吉川が栄二郎を遮った。「だから、なおさら追加融資には応じられないのです」

しまったと思ったが、もう遅い。吉川は、勢いのまま続ける。

「金利が下がれば、当然収益は落ちます。ならば、融資先の数を増やすしかないのですが、闇雲《やみくも》に増やすわけにはいきません。融資が焦《こ》げ付こうものなら、穴を埋めるために更《さら》に融資先、それも優良融資先を見つけなければなりませんからね」

優良融資先を欲しているのは、東亜に限ったことではない。しかも、コロナの影響を全く受けないでいる業界はあるものの、人の流れが止まったせいで、小売り、飲食、旅行関連の産業は甚《じん》大《だい》どころか壊滅《かいめつ》的な打撃を被《こうむ》っているのだ。この騒動に収拾の目処がつかない限り、追加融資には応じられないと言うのももっともな話ではある。

言葉に詰まった栄二郎に向かって、吉川は止《とど》めの言葉を吐《は》いた。

「改めてお訊《たず》ねしますが、ご納得いただけないようでしたら、別室で担当からご説明申し上げますけど、どういたしましょう?」


胸に込み上げてくる絶望と屈辱を感じながら、栄二郎は再び歩き始めた。

手にしていたスマホが鳴ったのは、その時だった。

パネルを見ると、『徳田創《とくだそう》』の文字が浮かんでいる。

徳田は四井商事の同期だが、年間百数十人もの新入社員を採用するとあって、新人研修時代に何度か言葉を交わした程度の間柄でしかない。しかも、配属先の事業部が異なれば、別会社も同然なのが総合商社であり、長期間海外勤務を命ぜられる社員も数多《あまた》いる。四井にいた頃はもちろん、退社してからも没関係となっていたのだが、大分前に行われた同期会に初めて出席した際、お互いの名刺と共に携帯電話の番号を交換した覚えがある。

それにしても……と栄二郎は思った。

携帯の番号は交換したものの、以来連絡を取り合ったことは一度たりともなかったからだ。

「もしもし……」

怪訝に思いながら、栄二郎はこたえた。

「突然で申し訳ないね。今、どこにいる?」

徳田は、唐突に訊ねてきた。

「どこって……外だけど?」

「ひょっとして、丸の内の路上か?」

「そうだけど……なんで知ってんだ？」

「やっぱりそうか。いや、出先から本社に戻る途中なんだが、日比谷《ひびや》通りを走っていたらお前に良く似《に》た人が歩いているのを見かけたものでね。ひょっとしてと思って、電話してみたんだ」

「良く分かったな。前に会ったのは同期会の時だから、確か——」

いつのことだったか思い出せずに、言葉に詰まった栄二郎に徳田は言った。

「十五年前だ」

「十五年も経つのに、よく俺だと分かったな」

「ご尊顔は、新聞や経済誌で度々《たびたび》見かけるからね」

徳田は、軽く笑い声を上げると、「ところで、これから予定はあるのかい？」

続けて問うてきた。

予定なんか、あるわけがない。

「いや、今日は特に……」

「昼飯は？」

そう言えば、追加融資の件で頭がいっぱいで、昼食はまだ摂《と》っていなかったことに気がつき、
栄二郎は腕時計に目をやった。

時刻は午後二時になろうとしている。

「いや、まだだけど」

「俺も、出先の用事が長びいちまってさ、昼飯まだなんだ。良かったら、これから一緒にどう

だ？」

「それはかまわんが、今どこにいる？」

「二十メートルほど先に、ハザード出して停まってる車が見えるだろ？　黒のレクサス……」

視線をやったその先に、確かにハザードランプを点滅させながら、路肩に停車している黒のレクサスがある。

「ああ……」

「その車の中にいる」

3

昼食は、四井商事本社の最上階にある徳田の執務室で摂ることになった。

「アクリル板越しの会話ってのが、どうも苦手でね。声が聞こえづらくて、何だか耳が遠くなったように感じてしまうんだ。俺の部屋に昼飯を運ばせるから、そこでどうだ」

と徳田が提案してきたのだ。

徳田も今や大四井の専務取締役である。

執務室の窓からは皇居が一望できるし、三十畳ほどはある部屋の一角には応接セットと会議用のテーブルと椅子《いす》が置かれてあった。

「俺の部屋とは雲泥《うんでい》の差だな。四井の役員室って、こんなに豪華な造りになっていたんだ」

部屋に入るなり、思わず漏らした栄二郎に、

「何だ、お前、役員室に入るの初めてか？」

意外そうに徳田は問うてきた。

「当たり前だろ。課長にもならないうちに辞めたんだ。ヒラに毛が生えた程度が、役員室に入ることなんかあるわけないだろ」

「そうか、そうだったな」

徳田は苦笑すると、「これ、外《はず》そうか。お前、ワクチン打ったんだろ？」

そう言いながら、マスクを外した。

「立派な高齢者だからな。いの一番に接種を済ませたよ」

「それでも、用心するに越したことはない。昼飯は、そこで食べよう。天ぷら蕎麦《そば》でいいか？」

徳田は会議用のテーブルを目で指しながら問うてきた。

「ああ……」

栄二郎が同意すると、徳田は執務席に歩み寄り、デスクの上に置かれたインターフォンを押し、天ぷら蕎麦を二つ運んで来るよう秘書に命じ、

「十分ほどで持ってくるだろう」

と言いながら、正面の席に座った。

「そんなに早く届くのか？　出前だろ？」

「出前には違いないが、役員食堂からだ。同じフロアにあるし、昼飯のピークは過ぎてるから

な」

役員食堂か……。そう言えば、そんな物があったっけ……。

もちろん、足を踏み入れたことは一度もないが、その言葉に懐《なつ》かしさを覚える一方で、今の自分が置かれた境遇と徳田とのあまりの格差に複雑な思いを抱きながら、栄二郎は言った。

「しかし、偉くなったもんだな。同期の出世頭じゃないか」

「同期は子会社、関連会社の社長か役員をやってるのが何人かいるだけで、後は全員定年で退職してしまったからな。本社に残っているのは俺だけだけど、ここまでだね」

「そんなことはないだろう。まだ上を狙えるんじゃないか。専務は立派な社長候補だろ？」

「身の程は知ってるつもりさ」

達観したように言うところをみると、どうやら徳田の言葉は本心からのもののようだ。

果たして徳田は続ける。

「運も実力のうちとは言うけどさ、俺に関しては当てはまらないね。同じ事業部には、絶対に敵《かな》わない同期がいたからな。あいつがあのまま四井にいたら、役員どころか社長の目もあっただろうし……」

「同期にそんなやつがいたの？　そいつ、何でまた四井を辞めたんだ？　ヘッドハント？　まさか死んだとか？」

思いつくまま矢継《やつ》ぎ早に問うた栄二郎に、

「そんなんじゃない。故郷に戻って町の町長になったんだ」

徳田は首を振りながらこたえた。

「町長？」

「山崎鉄郎だよ。プラチナタウンを作った……」

「そうか山崎か。そう言えば彼、食料事業本部で穀物やってたんだったね」

会社を辞めてしまうと同期の絆《きずな》も薄れてしまう。山崎鉄郎が、宮城県の緑原町の町長に就任していたことは、プラチナタウンがメディアで報じられて初めて知ったのだったが、事業部が違えば別会社も同然だ。山崎がどれほど優秀だったのか、栄二郎には皆目《かいもく》見当がつかない。

「部長昇進までは同期の出世頭だったし、あのまま会社に残っていたら、間違いなく役員になっていただろうな」

徳田は複雑な表情になって顔を背《そむ》けた。

「そんなの分からんさ」

栄二郎は言った。「昇進の早い人間が、役員になるとは限らんよ。人事には人の感情が入るもんだ。まして昇進ともなれば、上司に嫌われればそれまでだし、入社年次の巡《めぐ》り合わせだってある。しかも、上に行けば行くほど少なくなるポストを、入社年次、上下二、三年で争うんだぜ。運にも実力にも恵まれなけりゃ、四井で専務なんかになれるもんじゃないよ」

「人事には、人の感情が入るか……。社長ならではの言葉だな」

皮肉なのか、それとも思い当たる節があるのか、徳田はふっと笑った。「確かに、山崎も四井を辞める前には、役員と一悶着《ひともんちゃく》があって子会社に出されるところだったからな」

「えっ？」

事の経緯を訊ねようとした栄二郎だったが、言い出す前に徳田が問うてきた。

「山崎の話はいい。それより、お前、何かあったのか？」

栄二郎は躊躇《ちゆうちよ》した。

理由を話したい気持ちはあるのだが、修業とは言え、かつて自分が在席した会社の専務に、この豪華な部屋の主《あるじ》になった徳田に、崖《がけ》っぷちに立たされた己《おのれ》の境遇を話すのは余りにも惨《みじ》めに思えたからだ。

しかし、沈黙は肯定である。

果たして徳田は続ける。

「この酷暑の中を、マルトミ百貨店の社長がワイシャツ姿で一人歩いているなんて、おかしいじゃないか。それも、まるで魂を抜かれたような顔をしてさ」

「そんなに酷い顔してたか？」

黙って頷《うなず》く徳田を見て、栄二郎は溜息を吐いた。

「実はね……」

栄二郎が、マルトミ百貨店が置かれた状況を話して聞かせると、黙って話に耳を傾けていた徳田は、

「そりゃあ、デパートの経営は苦しいだろうな……」

沈痛な面持ちで口を開いた。「でもさ、インバウンド需要に頼っていたのが間違いだってての

は、そりゃあ違うぜ。オリンピックの誘致に成功した時点で、この大会はインバウンド需要をさらに高めることになる、日本が観光立国になる絶好のチャンス到来だって、誰しもが疑っていなかったんだ。銀行だってそうじゃないか。マルトミは、オリンピックに備えて大規模な店内改装をやったそうだけど、その資金は銀行から借りたんだろ？」

「その通りだ……」

「だったら、銀行もインバウンド需要はますます高まる、融資が焦げ付くことはない。そう確信していたことの証拠じゃないか」

「なるほど、言われてみればそうだよな」

「それに、新型コロナウイルスの出現を予想していたやつなんて、誰一人としていなかったんだぜ？　武漢《ぶかん》で発生してから暫《しばら》くは、ＷＨＯだって世界的なパンデミックにはならないと明言したぐらいなんだもの」

徳田が、そう言ったところで、事態が改善に向かうわけではないのは百も承知しているが、栄二郎は嬉《うれ》しくなって、思わず大きく頷いた。

「まるで、バブル崩壊直後の貸し剝《は》がしだな……」

徳田は苦い顔をして唾棄《だき》するように言う。「銀行なんて、とどのつまりはカネ貸しだ。しかも行員は上から下まで、もれなくサラリーマンだからな。他人のことを言えた義理じゃないけど、サラリーマン社長が一番気にするのは株主だ。業績が落ちれば、長年辛抱してようやく手にした地位も、あっという間に失ってしまう。だから上に行けば行くほど、地位にしがみつこうとするようになるんだ。焦げ付きそうだと見れば、そりゃあどんな手を使ってでも、債権の回収に必死になるさ」

徳田の見解に異論はない。

「株価は経営者の通信簿」と言われるが全くその通りなら、通常株価は業績に連動する。つまり、株主は常に増収、増益を要求するわけで、これが経営者にとてつもないプレッシャーとしてのしかかるのだ。

しかも、会社が成長するにつれ、創業者、創業家の影響力は低下していき、やがて生《は》え抜きの社員が社長になる。新卒として入社してから何十年もの間、激烈な出世競争を勝ち抜いて、ようやく手にしたトップの座に、できるだけ長く留《とど》まりたいと願うのは人の常というものだ。そのためには、いかなる手段を用《もち》いても、株主から批判されるような事態は避《さ》けなければならないと考えるようになるのだ。

「そりゃあ、彼らの言い分は理解できなくはないさ。しかしね、今まで苦楽をともにしてきたメインバンクに、こうもあっさり、しかもこんな無礼極まりない仕打ちをされると、さすがに……」

思い出すだに屈辱感が込み上げてきて、栄二郎は言葉が続かなくなった。

「それで、どうするんだ。メインに断られたからには、サブに縋るしかないわけだが……」

「コロナ騒動に収束の目処が立たないうちは、インバウンド需要も見込めないし、この二年間で業績が急速に悪化したのは、どこの銀行だって先刻承知だ。サブだろうが、どこだろうが、追加融資に応じる銀行なんてあるもんか」

「となると、本店を売却して会社を清算するか、あるいは業態転換を図るしかないってわけか……」

徳田は重い声で唸《うな》るように言う。

「業態転換は、難しいだろうな……」

栄二郎の声も徳田に釣られて重くなる。「本店の構造は、売り場としての使い勝手を考えて作っているから、小売り以外には転用が利《き》かないんだよ。いまさら総合量販店を始めても、大手には太刀《たち》打《う》ちできないし……。その点では、デパートというビジネスモデルが、もはや通用しない時代になってることは確かなんだ」

その時、ドアがノックされると、秘書が天ぷら蕎麦を持って現れた。

麦茶が添えられたそれを、二人の前に置いて秘書が立ち去ると、

「役員食堂の蕎麦は中々のもんでな。社長が信州《しんしゅう》の出なもんで、蕎麦には煩《うるさ》くてねえ。残っててよかったよ」

徳田は嬉しそうに言いながら、箸《はし》を手にする。

「まさか、ここで手打ちしてるのか？」

「いや、そうじゃない。軽井沢の蕎麦屋から毎日取り寄せてるんだよ。夕方に打った蕎麦を宅配便で毎日。社長は打ち立てとは違うとぼやくんだが、それでもそんじょそこらの蕎麦とはひと味違う。まあ、食べてみれば分かるよ」

徳田は言うが早いか、笊《ざる》の上に盛られた蕎麦を箸で摘《つ》まみ上げ、つけつゆにちょんと浸《ひた》すと勢いよく啜《すす》り込む。

「うん、やっぱり美味《うま》いなあ。お前も早く食べろよ」

重い話題に終始していたせいもあって食欲は湧かないが、栄二郎は勧められるままに蕎麦を口に入れた。

瞬間、片眉が吊り上がった。

鼻腔《びこう》に抜ける蕎麦の香り。太くもなく、細くもなく、絶妙な切り幅。歯ごたえも申し分ない。なるほど軽井沢から毎日取り寄せているだけのことはある。

栄二郎の反応を観察していたのだろう。

「どうだ、美味いだろ?」

徳田は、上目遣いで栄二郎を見るとニヤリと笑った。

「これは……本当に美味いね。確かに、そんじょそこらの蕎麦屋じゃお目にかかれない代物だ。いや、絶品だよ」

栄二郎は口を動かしながらこたえた。

「一般社員諸君には申し訳ないんだが、軽井沢でしか食えない蕎麦を、東京にいながらにして味わえるのは役員の特権の一つというものでね。つまり、サラリーマン社会の出世競争を勝ち抜いた勝者の味ってわけさ。もちろん、役員はもれなく重責を担《にな》っているけど、それに匹敵する特権を享受できるんだ。誰もが少しでも長く留まろうとするのは当然のことなんだよ」

役員に与えられる特権は、役員食堂に限ったことではない。

四井商事クラスの大企業ともなると、専用車、執務室に秘書、名門ゴルフクラブの会員権、国内出張ではグリーン車はもちろん、海外出張ともなればファーストクラスと、挙げれば切りがない。

「でもな、役員になっても生き残るのは容易なことじゃないんだよ」

徳田は続ける。

「総合商社が手がける事業も、時代の流れと共に大きく変わった。俺たちが入社した頃は、木材とか紙をやってるやつらが肩で風切って歩いてたもんだけど、今じゃ見る影もないからな。時代の流れをいち早く読み、変化に対応できなければビジネスと共に消え去ることになるんだ」

徳田が言わんとしていることは明確だ。

彼は百貨店業界の衰退を、総合商社の事業内容の変化にたとえて語っているのだ。

「紙に木材か……確かにそんな時代だったよな……」

「商社だけじゃない。俺たちが社会人になる少し前なんて、鉄は国家なりと言われて、優秀な新卒者はこぞって製鉄会社に入社したもんだ。それが今やどうだ。大型合併が相次いだお陰で、当時の会社名で存続している製鉄会社はゼロだ」

「耳の痛い話だね。世の中の変化を常に監視し、対応していかなければ、茹《ゆ》でガエルになってしまうということか……。まさに、今のうちがそうだもんな……」

蕎麦は絶品だが、急に食欲が萎《な》え、栄二郎は箸を置いた。

「でもさ、下駄《げた》を履《は》くまで何が起こるか分からないのが勝負ってもんだ」

徳田の目がビジネスマンのそれに変わった。「俺は常々、できない、やれないって言葉を口にするやつは、自ら能なしってことを認めているようなもんだって言ってるんだ。できないって言うなら、どうしたらできるかを考えろって」

「そりゃあ、理屈ってもんだよ。どうしたらできるかを考えろって言うけどさ、現実には資金、人材、その他諸々、挙げれば切りがないほど到底解決できない問題が存在するわけで――」

「資金、人材、いの一番に挙げてきたところを見ると、お前が直面している最大の問題はその二つか?」

さすがは徳田だ。専務に上り詰めただけのことはある。

痛いところをずばりと衝《つ》いてきた。

「まあ……その通りなんだが……」

「だったら、問題点ははっきりしてんじゃねえか。その資金をどこからひっぱってくるか、人材をどうやって集めるか、そこに知恵を絞《しぼ》ればいいだけの話だろ?」

「しかし、うちはデパートだぜ。それに、さっき言ったように、何をやるにしたって、店舗は小売りにしか使えないようにできているし――」

「資金なんて、筋がいいと思えるビジネスを考えつけば、出すやつはごまんといるさ」

徳田は栄二郎の言葉を遮って言った。「人材だってそうだ。社内に人材がいないと言うなら、外に求めればいいじゃないか。それだって雇う必要はない。新しいビジネスプランを持っている、あるいは考え出す能力のある人材、あるいは企業とパートナーシップを結べばいいだけの話だろ？」

なるほど、それは言えている。

今までは、この危機的状況を自社の力で、従来取引のあった銀行から資金を調達することで乗り切ろうと考えてきたのだが、確かにその手はある。

そうした内心の変化が顔に出たものらしい。

徳田は続ける。

「小売りにしか向かないって言うけどさ、だったら、その小売りで、今まで世の中に存在しなかった小売業はやれないのかを考えるべきなんじゃないのかな。あるいは、世の中に既《すで》に存在しているが、買い物の利便性が格段に向上するようなビジネスでもいい。まだまだやれることは沢山あると俺は思うがね」

「世の中に存在しなかったビジネス、利便性を格段に向上させるビジネスか……」

聞かされたばかりのフレーズを繰り返した栄二郎に向かって、徳田は言った。

「それが、本当にイケると確信が持てるビジネスならば、必ず資金は集まるさ。うちだって、そう思ったらカネは出すよ」

「四井が？」

「当たり前だろ。俺たちはビジネスマンなんだぜ。それも世界を相手にしてるだけじゃない。国内だって市場にしてるんだ。四井の支店が日本全国の県庁所在地にあるのを忘れちまったのか？

別に借金を肩代わりするってわけじゃなし。うちはお前と組んだビジネスで儲《もう》ける。お前は儲けたカネでまず借金を返す。そっから先は、真水の儲け。やらない手はないだろが」

「しかしなあ、時間って問題だけは解決――」

できない、と続けようとした栄二郎を、

「時間切れになる前に、ビジネスプランをものにすればいいだけの話じゃないか」

徳田は再び遮ると断じた。「だってそうだろ？　どんなビッグビジネスでもまずは企画から始まるんだ。その企画に納得すれば、人も集まるし、出資者だって集まるんだよ。事が動き始めるのはそれからじゃないか」

4

「寿々子さんと一緒にラウンドするのは、いつ以来かなあ。確か、あの時はお父様とご一緒させていただいたと記憶しているが？」

前半の九ホールを終えた昼食の席で、正面の席に座る下村崇仁《たかひと》がアクリル板越しに訊ねてきた。

「主人と結婚した直後に父と三人で、小金井《こがねい》を回って以来です」

「そんな昔になりますか……」

下村は感慨深げに言う。「時が経つのは早いもんだねえ。あの頃は、私も法人融資部の課長になったばかりで、お父様もお元気だったし……」

「私だって、とっくに子育てを終えているんですもの、時が経つのはあっという間ですわ」

「それにしても、相変わらずゴルフの腕前は大したもんだね。やっぱり体育会ゴルフ部で鍛《きた》えただけのことはありますな。ドライバーだって僕より飛ばすんだもの、驚いたよ」

「レディース・ティーからの飛距離じゃありませんの。昔はあのバンカーは楽に超えたのにって、打つ度に悲しくなりましてよ」

「打つ度に昔の距離を思い出すのは、僕も同じだよ。それでも止《や》められないんだから、ゴルフは不思議なもんだねえ」

下村は、肉体の衰《おとろ》えを嘆《なげ》く言葉を口にしながらも呵々《かか》と笑うと、一転して冷徹な眼差《まなざ》しで問うてきた。

「ところで寿々子さん、二人だけで回ろうと言ってきたところを見ると、何か内密な話があるんでしょう？」

さすがは下村だ。相手が水を向けてくれれば、こちらも話しやすい。

「実は、主人からマルトミへの追加融資を東亜さんが、お断りになったと聞きまして……」

「そう決断せざるを得なかった理由は金村君から説明を受けています。これまでのマルトミさんとのお付き合いを思えば、誠に心苦しいのですが――」

「バンカーとしては、当然の結論だったと思います」

下村の言葉を遮って、寿々子はきっぱりと断言した。

「えっ？」

寿々子の反応がよほど意外だったのだろう。下村は目を見開き、短く漏らす。

「銀行はお客様から預かったおカネを運用して、利益を得るのが仕事です。確実に回収できる目処が立たない先に、融資を行うのはお客様への背信行為以外の何物でもありません。情にほだされて融資を行うことなど絶対にあってはならないことだと、私自身は考えておりますので」

「いや、驚いたな。私はてっきり、追加融資に応じてくれと言われるものだとばかり思っていたのですが、まさか寿々子さんからそんな言葉を聞くとは……」

「私が融資をお願いするのは筋違いと言うものです。だって、そうじゃありませんか。私はマルトミの経営に一切タッチしてないんですよ。融資に応じるよう説得するのは、兄か主人の仕事じゃありませんの」

「なるほど、確かにその通りだが、じゃあ、寿々子さんの目的は？」

「いよいよマルトミの経営が立ち行かなくなった時のことを、ご相談申し上げたいのです」

下村は、ふむといった表情で寿々子を見据《みす》えると、先を続けるよう目で促した。

「コロナ禍が完全に過ぎ去って、社会が以前の暮らしを取り戻さない限り、マルトミの業績が回復に向かうことはまずあり得ない。資金繰りがつかなくなった時点で、マルトミは廃業せざるを得なくなる。そうお考えになったからこそ、東亜さんは追加融資をお断りになったわけですよね」

下村は、無言のまま深く頷く。

寿々子は続けた。

「マルトミを整理するとなれば、東亜さんは債権の回収に取りかかるはずです。その時マルトミが融資の残額を支払う方法は二つ。自ら土地、建物を売却して返済に充《あ》てるか、東亜さんに差し出すかしかありません」

下村は表情一つ変えることなく、黙って話に聞き入っている。

寿々子は、さらに続けた。

「本店は東京有数の一等地、日本橋にありますが、築年月、建物の構造から考えて、上物にはほとんど価値はありません。デパート業界の業績がおしなべて低調であることからしても、同業他社が購入することもないでしょう」

「それはどうですかね」

下村は、表情一つ変えることなく疑問を呈する。「デパートはそうでも、大手量販店ならば飛びついてくるところは幾つもあるでしょうね。既に都内に複数店舗を展開していても、日本橋は大手量販店の空白地帯ですからね。建物だって、そのまま使えますのでね」

「もちろん承知しています。大手量販店を、引き合いに出さなかったのは、ただ売却したのでは余りにももったいないからですよ」

「売却しなければ、融資を返済できませんが？」

「実は私も、つい最近までそう考えていたのです。でも、考えを改めまして……」

「それは、なぜです？」

「今後、日本橋であれほどまとまった土地が売りに出ることは、まずあり得ません。売りに出せば、大手量販店どころか、不動産業界総出で是非にと言ってくるに決まってますもの」

下村は、鋭い眼差しで寿々子を見詰めると、

「なるほど」

短く言い、先を促した。

「貸しに出したらどうかと考えまして……」

「土地を貸すって……借地ですか？」

さすがの下村もこれには驚いたと見えて、目を丸くして声を上ずらせる。

思った通りの反応に、寿々子は思わず笑みを浮かべ、

「土地だけではなくて、いっそビルを建てて、丸ごと貸しに出したらどうかと……」

下村の目を見据えた。

「ちょっ、ちょっと待って下さい。ビルを建てるって、マルトミさんは、多額の負債を抱えているんですよ。建設費はどうやって調達するんですか？」

「だから下村さんのお知恵を拝借したいのです」

寿々子は、〝お力〟と敢《あ》えて言わず〝お知恵〟と表現した。

こんな話を持ちかけられるとは、想像だにしなかったのだろう。下村は、啞然《あぜん》とした表情になって、

「知恵と言われましてもねえ……」

困惑した様子で語尾を濁《にご》す。

もちろん、この場で快諾が得られるとは端《はな》から期待してはいない。

「頭取……」

寿々子は言った。「既に本店近くには三十九階建ての高層ビルが建っていますけど、あのビルの総建設費はお幾らか、ご存じですか？」

「正確には覚えていませんが、確か一千億を優に上回っていたはずですが？」

「ざっと一千二百億です」

調べはついている。

寿々子は即座に返した。

「二百億もの負債を抱えているマルトミさんに、さらにそれだけの資金を用立てろ。寿々子さんはそうおっしゃるわけですか？」

「建設費が幾らかかろうと、問題は完成した後の収益率。つまり融資したおカネが金利分も含めて、どれくらいの期間で回収できるか。そこに確実な目処が立てばいいわけでしょう？」

寿々子の言葉を聞いた下村の口元に歪《ゆが》んだ笑みが浮かんだ。

お嬢様の思いつきだ、と言わんばかりの失笑、あるいは冷笑である。

果たして、下村は言う。

「寿々子さんがおっしゃるのは、銀行が融資に応じるか否《いな》かを審査する材料の一つに過ぎません。確かに、マルトミ本店がある場所は、東京有数の一等地には違いありません。ですがね、幾ら立派なビルを建てても、テナントを集めることができなければ収益を上げることはできません。赤字を垂《た》れ流すだけの唯《ただ》の箱になってしまうんです。はっきり言って、マルトミさんに、テナントを集める能力があるとは思えませんし、ビルだって建てて終わりというわけではありません。防災、防犯、清掃、メンテナンスと貸ビル業の業務は山ほどあるんです。それをやれるだけの能力が、マルトミさんにおありになるとは思えませんね」

「本店には、防災センターがありますし、業者に任せているとはいえ、清掃やメンテナンスだって自社で行っていて、それなりのノウハウを持っています。テナントだって、マルトミには多くの一流ブランドが出店しています。食堂街の各店舗もテナント、それも名の通った飲食店ばかり。テナントを集めるのは、それほど難しいとは思えませんが？」

「規模も内容も違いますよ」

食い下がる寿々子に困惑するかのように、眉間《みけん》に浅い皺《しわ》を刻む下村だったが、

「まあ、管理やテナント集めをビル運営会社に一任するという手もないではありませんが、応ずる会社があるかどうか……」

旧知の仲ということもあってか、やんわりと否定する。

「それは、なぜです？」

「ビル運営会社の収益源の大半は家賃で、管理やテナント集めを受託したって、たかがしれてるからですよ。寿々子さんにしたって、そこのところを充分承知しているから、家賃収入で債務を返済できるとお考えになったんでしょう？」

寿々子は言葉に詰まった振りを装《よそお》った。

海千山千のバンカーの世界で頂点の座にまで上り詰めた下村のことだ。否定だけでは終わらない。実現性はともかく、何か策を出してくるはずだ、と考えたからだが、果たして下村は続ける。

「もっとも、マルトミさんが土地を貸すと言えば、興味を示すビル運営会社はあるかもしれませんね。要するに、寿々子さんが最初におっしゃった借地にするのが正解なんです。ただねえ……、借地にした場合、地代がどれほどの額になるか……。実際にシミュレーションをしてみないことには何とも言えませんが、融資には返済までの期限がありますのでね。返す姿勢を見せればいいと言うものではありませんので……」

下村の瞳《ひとみ》に冷徹な光が宿《やど》るのを寿々子は見逃さなかった。

マルトミが本店を売却して会社を清算すると決断すれば、跡地を処分する際にはメインバンクである東亜銀行、つまり下村の意向が大きな影響力を発揮することになるだろう。

あと何年頭取に留まるつもりかは分からないが、下村もサラリーマンだ。一介の行員として入行し、頭取にまで上り詰めたからには、少しでも長く今の地位に留まりたいと願って当然だ。退いた後も相談役として影響力を行使したいと考えているに違いない。

ならば下村の功になり、寿々子の狙いも叶《かな》う。つまり両者ウイン・ウインの関係が成立する案を提示したら、下村は必ず興味を示すと踏んだのだ。

そこで寿々子は満を辞して切り出した。

「でしたら、土地の半分を売却し、その全額を負債の一部の返済に充て、ビルの建設費用は改めてご融資いただく。それも全額ではなく、不足分はビル運営会社に出資していただき、その比率によって、それぞれがビルの所有権を持つとしたら、どうでしょう？」

寿々子は下村の反応を窺《うかが》うように、小首を傾《かし》げてみせた。

「分割所有……ですか？」

下村は虚《きょ》を突かれた様子で、目を僅《わず》かに見開き問うてきた。

「再開発に伴って建設されるビルやマンションをデベロッパーと旧所有者が、分割所有するケースは、当たり前に行われていますし、場所は日本橋の一等地ですよ。こんな話を持ちかけようものなら、飛びついて来る会社は幾らでもあるんじゃないかと思うんですけど？」

下村は沈黙して暫《しば》し考え込むと、

「確かに乗ってくるビル運営会社はあるかもしれませんね。もっとも、マルトミさんの所有分をどれほどにするのか、低層階、中層階、高層階で用途も違うでしょうから、家賃も違いますのでね。その他諸々検討事項は多々あるでしょうが、なるほど分割所有か……」

「もちろん、私共は売り手ですから強く出ることはできません。ビル運営会社にご納得していただけるよう、極力譲歩する覚悟はございます」

初めて肯定的な見解を述べた下村に、寿々子は下手に出ると、「いかがでしょう。興味を示しそうな先がございましたら、是非頭取のお力添えをお願いしたいのですが……」

懇願するように言った。

「まあ、心当たりがないではありませんが……」

そこで、下村はふと思いついたように問うてきた。「しかし、栄二郎さんか、幸輔さんが持ちかけてくるならともかく、どうして寿々子さんがこんな話を？　実際、さっき寿々子さん、おっしゃったじゃないですか。私はマルトミの経営に一切タッチしていないと」

「実は兄は全く、主人も私の考えを詳しくは知りませんの」

「えっ！　なんですって？」

驚愕《きょうがく》なんてもんじゃない。

下村は、愕然として口をぽかんと開けた。

「マルトミをここまで追い込んだ兄に、経営能力があるとは思えませんし、マルトミは代々富島家が経営を引き継いできた会社ですからね。絶対に潰すことはできない。石に齧《かじ》りついてでも守り抜かなければならない会社なのです。それで私、いても立ってもいられなくなって――」

「しかし、マルトミの社長は栄二郎さんですよ」

下村は寿々子の言葉が終わらぬうちに言った。「いくら富島家の直系だとはいえ、会社と何の関係もない寿々子さんが、こんな構想を描いたところで、実現することは――」

「できます！」

今度は寿々子が下村を遮って。ぴしゃりと言い放った。

「どうやって」

「今日は、そのこともご相談申し上げたくて、お誘いしたのです」

「なるほど……」

ニヤリと笑う下村に、寿々子は己が立てた計画を話し始めた。

5

「お初にお目にかかります。『築地うめもり』の滝澤と申します。本日は、お時間を頂戴《ちょうだい》いたしまして恐縮でございます……」

モニターに現れた由佳が硬い口調で挨拶《あいさつ》を述べ、丁重に頭を下げた。

「初めまして、山崎です」

笑みを浮かべて応じたものの、それでも由佳は緊張の色を隠しきれない様子である。

「本来ならば、緑原町にお伺《うかが》いした上でお話をさせていただかねばならないのですが、こんな形になってしまいまして――」

「いやいや……」

鉄郎は顔の前で手を振ると、苦笑いを浮かべてみせた、「こんな状況ですからね。ご存じのように、緑原町にはプラチナタウンがありますもので、入居者の家族の訪問はもちろん、緑原出身者の帰省も自粛していただいているんです。そんなところに、東京からお客さんをお招きすることはできませんし、どこに人の目が光っているのか分からないのが田舎《いなか》ですから……」

由佳から突然電話をもらったのは、四日前のことだった。

鉄郎が緑原町の町長時代にプラチナタウンを発案し、実現したこと。ミドリハラ・フーズ・インターナショナルを設立し、社長を務めていること。同時に緑原酒造の社長でもあることについては、ネットで〝山崎鉄郎〟を検索すれば即座に分かる。

緑原酒造に電話を入れてきた由佳は、「プラチナタウン、ミドリハラ・フーズ・インターナショナルを創設なさった山崎さんに、是非《ぜひ》ご相談申し上げたいことがありまして、お電話させていただきました」と言う。

相談の内容を問うと、「私が勤務している『築地うめもり』が、コロナ禍が収束した後に始める新事業のことについてです」と由佳はこたえた。

もちろん鉄郎も、『築地うめもり』のことは知っている。

社長の梅森は、文字通りの裸一貫から一大寿司チェーンを築き上げた立志伝中の人物だし、数年前にひと月毎《ごと》にテナントを総入れ替えする、ポップアップレストラン事業を始めた時には新聞、雑誌はもちろん、テレビでも何度も取り上げられたからだ。

その梅森が、新事業を考えていると聞かされれば興味を覚えるし、形態は違えども食に纏《まつ》わる事業を行っている共通点もある。それに、電話越しに聞こえて来る由佳の話し方、言葉遣いに好感を覚えたこともあった。

そこで話を聞いてみることにしたのだが、あいにく電話をもらった当日は予定が詰《つ》まっていて、どうにも時間が割けない。そこで日を改めて、ズームを使って話を聞くことにしたのだ。

「分かります。私も岩手出身なので」

どうやら会社にいるらしく、マスクを着用している由佳は目元を緩《ゆる》ませる。

「えっ、滝澤さんは岩手のご出身でいらっしゃるんですか」

「ええ、大学に進学するまでずっと……」

「そうでしたか」

アメリカは人種の坩堝《るつぼ》と称されるが、東京は地方出身者の坩堝である。それでも同郷人と聞いただけで、俄然《がぜん》親近感が湧いてくるから不思議なものだ。

「梅森さんは、確か東京でポップアップレストランに特化したビジネスを始められたのでしたね」

鉄郎は問うた。

「私、そのプロジェクトに加わっておりまして……」

「そうでしたか。実際に行ってみたことはありませんが、テレビや雑誌に何度も取り上げられましたからね。面白いことをやるもんだなあと、すっかり感心しまして……」

そこで鉄郎は、はたと気がついて言葉を呑《の》んだ。

コロナ禍の中にあって、最も苦難を強《し》いられているのは飲食業界だ。いかにコンセプトが優れていようと、経営が順調であるはずがないからだ。

「開業以来、どのテナントさんも、連日予約でいっぱいという盛況ぶりで、事業は順調に推移していたのですが、緊急事態宣言と同時に酒類の提供を自粛せざるを得なくなっただけではなく、県を跨《また》ぐ移動も避《さ》けろと言われたこともあって、地方の名店を集めるわけにもいかず、ずっと休業状態が続いている有様でして……」

果たして由佳は、声のトーンに合わせるかのように視線を落とす。

「個人経営の店の中には、補助金額が従来の売上げを上回るところも少なからずあるようですが、うめもりさんのような大手になると、そうはいかないでしょうからね。ワクチン接種が功《こう》を奏《そう》して、感染拡大が収まってくれればいいのですが……」

「でも、梅森社長は現在の状況を悲観的には捉《とら》えていないのです。会社には、まだ余力がある。明けぬ夜はないと言うではないかと申しまして、今のうちにコロナ禍が収束した後に備えて、新しい事業を考えるよう命じてきたのです」

おそらく、オフィスにいるのだろう、マスクを着用しているせいで、表情の変化から由佳の内心を読み取ることは難しいのだが、それでも瞳に力強い輝きが浮かぶのを鉄郎は見て取った。

「なるほど、今のうちにアフターコロナに備えようとおっしゃるのですね」

なかなかどうして梅森というのは、大した経営者のようだ。

詳しくは知らないものの、『築地うめもり』は居酒屋、寿司屋をチェーン展開しており、その盛況ぶりから度々メディアに取り上げられている。事業規模が大きい分、店舗、社員を維持するランニングコストだけでも多額の費用が発生するはずで、想定外の危機に直面すれば、まず守りに入ろうとするのが経営者の常である。なのに『新しい事業を考えろ』とは、そう言えるものではない。

「そうは言われましても、弊社は飲食業しか行っておりません。私を含め、他の業界を知る者もほとんどおりませんので、何をやるにしても事業化に漕《こ》ぎ着けるまでには、大変な時間と労力がかかると思うのです」

「なるほど」

鉄郎は相槌《あいづち》を打ち、先を促した。

「となると、新しい事業を行うにしても、弊社が最も得意とするフィールド、つまり飲食業が最も現実的だと思うのです」

「滝澤さんのおっしゃる通りでしょうね。新しい事業を考えろと言う梅森社長のお言葉からすると、まだ誰も手をつけていないビジネスをとお考えになるでしょう。ただ問題は、仮にいいアイデアを思いついても、今度は誰もやっていないのには理由があると疑心暗鬼に駆られて、検証作業に無駄な時間を費やすことになってしまいがちになるんです。特に異業種の分野ではね」

「そうですよね……」

予想された言葉だったのだろう。

鉄郎の言葉を肯定しながらも、由佳に落胆する様子はない。

「ただ、私はそうとも言い切れないと考えておりまして……」

「と、おっしゃいますと？」

問い返してきた由佳に向かって、鉄郎はこたえた。

「仕事、勉強、万事においてそうなんですが、同じ事をやらせても、失敗する人もいれば、成功する人もいる。ここが科学とビジネスの違うところなんです」

「科学……ですか？」

「科学は再現性です。誰がやっても同じ物質を使って、同じ手順を踏んで行えば、同じ結果が出る。結果が違うことはあり得ないんです」

「なるほど……」

「でも、ビジネスはそうとは限らないんですね。誰かがやってうまくいかなかったからと言って、次に同じことをやる人が失敗するとは限らない。どんなビジネスも、やってみないことには、成功するかしないかなんて誰にも分からないんですよ」

はっとしたように、目を見開く由佳に、鉄郎は続けた。

「発想は良かったけれども、やり方がまずかったということだってあり得ますし、タイミングの問題もありますからね」

「タイミング……ですか？」

「時代のニーズの先を行ってしまった。つまり、コンセプト自体はとても良かったのだけれど、消費者に理解されず、失敗に終わるケースは多々ありますからね」

「なるほど……。先見の明《めい》という言葉がありますけど、先を読みすぎても駄目、ドンピシャリのタイミングでやらなければならないということですね」

「現実問題として、新しいビジネスを始めるに当たって、最も重要視される指標は投資効率です。投じた資金がどれほどの期間で回収でき、利益を生むのか。計画通りに行けばよし。短期間で回収できればさらによし。逆に計画通りに運ばず、遅れるようなら、その間ランニングコストは一定額発生するわけですから、資金回収のハードルはどんどん高くなる。となれば、経営者がどんな判断を下すか分かりますよね」

「損切《そんぎ》り……キャンセルですね」

「その通りです」

鉄郎は顔の前に人差し指を突き立て頷いた。「損切りの決断をする勇気、覚悟を持つのは経営者に求められる重要な資質の一つです。初期投資額が大きくなればなるほど損切りの決断を下すのは困難になるものですが、躊躇すればそれだけランニングコストが膨らんでいくことになりますのでね」

由佳は真剣な眼差しを向け、黙って話に聞き入っている。

鉄郎は続けた。

「だから成功するかしないかは、運次第とも言えるのですが、失敗に終わったケースを見ていると、むしろ運以前の問題があるように思えるんです」

「とおっしゃいますと？」

「新規事業に携《たずさ》わる人材、特にリーダーの資質が、成否を分けると、私は考えています」

「リーダーの資質……ですか……」

由佳が問い返すのも無理はない。

これには少々説明が必要だろう。

鉄郎は話を続けた。

「例えば、海外で斬新《ざんしん》なビジネスモデルを考案した人間が現れ、目を見張るような勢いで事業が拡大している会社があるとしましょう。いずれ日本にも進出してくるのは間違いないとなれば、自社の事業が応用できる会社の経営者なら、先んじてそのビジネスモデルを取り入れて、国内市場を押さえてしまおうと考えるはずです」

「もしかして、ネット通販のことをおっしゃっているのですか?」

勘《かん》が働くのも、ビジネスパーソンにとっては重要な資質の一つだが、間違いなく由佳はその持ち主のようだ。

打てば響くような反応に鉄郎は感心しながら頷くと、話を続けた。

「アメリカでネット通販が普及し始めた頃、日本の大手宅配会社が、あのモデルを真似《まね》て、ネット通販事業に進出しようとしたことがあったんです」

「えっ! そうなんですか。そんな話、初めて聞きます」

「でしょうね。だって失敗しましたから」

鉄郎はマスクの下で苦笑すると、続けて問うた。「その理由を時の経営者がなんと言ったと思います?」

「今までのお話の流れからすると、時期尚早……でしょうか」

「正解です」

由佳の反応が早いことに、鉄郎は嬉しくなって話に勢いをつけた。

「でもね、時期尚早が失敗の原因じゃなかったのは、後に日本に進出してきたその会社が、あっという間に市場を制覇してしまったことからも明らかなんです。では、何が失敗の原因だったかと言えば、私はリーダーの資質にあったんじゃないかと思うんですよ」

「でも、大きなプロジェクトになればなるほど、優秀な人材をリーダーに据えるものでは……」

さすがの由佳も、この部分については考えが及ばないようで、鉄郎が思った通りの言葉が由佳の口を衝いて出た。

そこで、鉄郎は問うた。

「滝澤さん、その優秀な人材の定義ってなんだとお考えですか？」

「そ、それは……」

即座に人事考課が高い社員。つまり、仕事をそつなくこなし、かつその分野に通じた社員という言葉が返ってきそうなものだが、由佳は言葉に詰まった。

話の展開からして鉄郎の求めているこたえが、そんなありきたりなものではないことを察したのだ。

「組織、それも組織が大きくなればなるほど難しくなるのが適材適所なんですね。高い評価を得ている社員が、大きなプロジェクトのリーダーとして相応《ふさわ》しい資質を持っているかと言えば、必ずしもそうではない。むしろ、相応しくない場合が多いように私は思うんです」

鉄郎の言葉を聞いて、由佳は「なるほど」と思った。

うめもりは会社の大きさという点で、かつて鉄郎が在席していた四井商事とは比較にならないほど規模は小さいものの、ポップアップレストランを立ち上げた経験からも、適材適所がいかに難しいものか理解できる。

果たして、鉄郎は続ける。

「会社が大きくなればなるほど、仕事は与えられるものであって、選ぶことはできないものになるんですよ。そして、与えられた任務を間違いなくこなした人間には高い評価が与えられる。でもね、新規事業となると、少しばかり勝手が違ってくるんですね。起案者がリーダーになるのと、会社から任命されて新規事業のリーダーになるのとでは、その後の展開に雲泥《うんでい》の差が生じてくるものなんです」

「使命感も情熱も、起案者とは少しばかり違うでしょうからね」

「それもありますが、最大の問題は、目指すゴールがリーダーの頭の中に明確にあるかどうかです。ネット通販事業もそうですし、ビッグテックの世界もそうですね。現在世界を席巻《せっけん》するこれらの企業は、創設者の時代に急成長を遂《と》げたものばかりです。当然ですよね。何を目指すのか、そのためには何をやらなければならないのか。ゴールとそこに至るまでに解決しなければならない問題は、経営者の頭の中に明確にあるんです。その経営者がプロジェクトリーダーとなって、一つ一つの問題を解決していけば、最終的にゴールに行き着くことになるんですからね」

鉄郎の口から出て来る言葉が、ことごとく腑《ふ》に落ちることに由佳は嬉しくなった。そして感動を覚えた。

「つまり、リーダーとなる人間は、自分が何をしたいのか、明確なビジョンを持っていなければならない。そして目指すゴールを部下と共有し、導いて行く能力がなければならない。その点が与えられた任務、それもルーティンワークを着実にこなすのに長《た》けている人間が、こと新規事業のリーダーとして相応しいとは言えない理由なんですね」

「その通りです」

由佳の言葉に、鉄郎は大きく頷く。「新規事業、特に誰も手がけたことがないビジネスは、暗中模索、試行錯誤の連続です。リーダーに求められる最も重要な資質は、今、滝澤さんがおっしゃった目的達成への使命感、情熱はもちろん、さらに考える力であり、想像力、そして夢を描けるかどうかなんです」

プラチナタウンを実現させただけに、鉄郎の言葉には圧倒的説得力がある。

と同時に、うめもりがポップアップレストランを始めるに至った経緯が脳裏に浮かび、

「実は……」

由佳は、その逐一を鉄郎に話して聞かせた。

「なるほど、そうだったんですか」

山崎は感心した様子で何度も小さく頷くと、唸るように言った。「いや、ビジネスモデルを知った時には、なるほど、こんな手があったのかと驚いたものでしたが、あれ、社内公募で出てきたアイデアだったんですか」

「弊社にも企画室がありますが、社長は『優れたアイデアはどこに埋もれているか分からない』と言って、公募を行ったそうなんです。言葉は違いますが、山崎さんと同じ考えを抱いたんです

ね」

「起案者は、もしかして滝澤さん？」

「私はコンセプトを考えただけです……。当時はバイトでしたので、ビジネスの現場のことには皆目《かいもく》知識がなかったもので……」

「いや、公募した梅森さんもさすがですが、あのビジネスを思いついた滝澤さんも大したものですよ」

鉄郎は目元を緩めると、心底感心するかのように言う。「一カ月毎にビルに入る全飲食店が入れ替わるなんて、ありそうでありませんでしたからね。しかもバイトの方が考えただなんて、いや、驚きました」

「岡目八目《おかめはちもく》ってやつですよ……」

褒《ほ》め言葉を聞くと嬉しい反面、何だか照れくさくなって、由佳は本題に話題を変えにかかった。「それで、今回もアフターコロナに備えて、新しい事業を考えろと言われたのですが、今回は公募する様子がなくて……」

「それは、滝澤さんに実績があるからじゃないですかね。梅森社長が、滝澤さんを高く評価し、信頼している証《あかし》だと思いますよ」

その通りには違いなかろうが、前回は正に瓢箪《ひょうたん》から駒《こま》そのもので、バイトの思いつきが好結果に繋《つな》がっただけの話である。しかし、今回は違う。上司の石倉を通じてとはいえ、立派な業務命令なのだ。

「それがですねえ……。改めて新しい事業を考えろと言われますと、余りにも漠然《ばくぜん》としていて、どこに着目していいのか皆目見当がつかないでおりまして……」

由佳は正直に言った。

鉄郎は、暫し沈黙して何事かを考えている様子だったが、やがて由佳に向かって問うてきた。

「梅森社長は、新しい事業についての方向性を示さなかったのですか？」

「直接社長から伺ったわけではありませんが、うちがやれる事業と言えば、やっぱり食に関連するものになると思うんです」

「でしょうね」

山崎は、こたえを察していたように即座に返し、続けて言う。

「今まで自社で手がけたことがないビジネスをやろうとすれば、事前調査にも時間を要しますし、やるとなればその分野に長けた人材も必要になります。フィージビリティ・スタディ、実現可能性を検証するだけでも、大仕事になりますからね」

「でも、食品関連のビジネスとなると、既に出尽くした感がありまして……」

「出尽くしてますかねえ」

「えっ？」

「だって、ポップアップレストランを集めたビルなんて、うめもりさんがお始めになるまで、誰も手がけたことはなかったじゃありませんか」

「それは、その通りなんですけど……」

「一つ、お聞きしますが、滝澤さんは、どうしてポップアップレストランを思いついたんですか?」

「実は、私の父が地元の海産物加工会社に勤めておりまして、デパートで行われる催事を担当しているのです」

それから、由佳がポップアップレストランを思いつくに至った経緯を話して聞かせると、

「なるほどねえ。地方の名店の料理を東京にいながらにして味わえる。それが地方への観光客の誘致、食材の拡販に繋がることを狙ったわけですか」

鉄郎は、改めて感心した様子で唸る。

「山崎さんには申し上げるまでもないのですが、地方の過疎高齢化は進むばかりです。東京で働いている私が言うのも変ですけど、このまま放置していたのでは、本当に大変なことになってしまいます。この問題を解決するには、まず雇用。そして安定収入を得られる環境を地方に整備することしかないと考えたのです」

「同感ですね」

山崎は、大きく頷きながら即座に返してきた。「実は、プラチナタウンも、冷凍食品の海外輸出も、発想の原点となったのは地方の活性化、過疎対策なんです」

まるで、同志と言われた気さえしてきて、

「そうですよね。ビジネスって人と社会を幸せにするためにあるものじゃないですか。今の日本が抱えている問題を解決するビジネスは必ず受け入れられるし、結果的に大きな成果を収めるこ

とに繋がるはずなんです」

由佳は声を弾ませた。

「何だ、方向性、決まっちゃったじゃないですか」

突然、鉄郎は言い、目元を緩ませた。

「えっ？」

「地方の活性化、過疎対策の一助になるビジネスを考えてみればいいんですよ。それも食に纏わるビジネスを……。現に、うめもりさんはポップアップレストランをやっているわけだし、その延長線上でどんなビジネスができるのかを考えてみたらどうです？」

目から鱗《うろこ》とはこのことだ。

「なるほど……確かに、その通りかもしれませんね」

「実は、私も地元で燻製《くんせい》工房をやっている自営業者から相談を受けていましてね。来店者数がなかなか伸びないので、ネット通販で販売拡大を図ろうとしているんだが、うまくいかないと……」

「弊社はネット販売は一切やっておりませんが、一つの通販サイトにあれだけ出店者がいるんですから、よほど評判にならないと、売上げには繋がらないでしょうね」

「そこなんですよ」

鉄郎は、困った様子で眉間に浅い皺を浮かべる。「滝澤さんのお父さまは、催事を担当なさっているとおっしゃいましたが、いくら味が良くとも実際に食べてみないことには、いいも悪いも分かりませんからね。催事に出店するのは、その地に行かなければ食べられない食べ物の味を知ってもらうことで、販促に繋げるのが目的ですよね」

「ええ、父もそう言っていました」

「相談を受けている燻製工房が抱えている問題は、まさにそこにありましてね。実際、食べてみると実に美味しいんですが、味を知ってもらう術《すべ》がないんですね」

「催事に出展すれば、ある程度の効果は見込めるでしょうが、人員の派遣、商品の輸送と馬鹿にならない経費がかかりますから、個人商店レベルでは、難しいかもしれませんね」

父親から催事を行うに当たっての業務内容を、何度も聞かされたこともあって、由佳は率直に言った。

「もし、滝澤さんが考えなければならない新しい事業を食に纏わる分野に絞ったのなら、私が相談を受けている燻製工房が抱えている問題と共通する点があるように思います。もちろん、現時点ではこれといったアイデアは思いつかないのですが、どうでしょう。一緒に考えてみませんか？」

「えっ！　本当ですか？」

思いもしなかった提案に、由佳は嬉しくなって、胸の前で手を合わせた。

「実は、この件に関しては、もう一人、一緒に考えてくれる人間がいましてね」

鉄郎は目を細めながら続ける。

「四井時代の同期で、引退後プラチナタウンに入居したやつがいるんです。ほら、三人寄れば文《もん》殊《じゅ》の知恵って言うじゃないですか。彼は、都市開発事業部一筋だったので食品分野については素人《しろうと》ですが、国内各地の事情に明るいんです。滝澤さんが、一緒に考えてくれれば、きっといいアイデアが生まれるような気がするんですが」

それこそ望外の申し出というものだ。

こちらから「一緒に考えてくれ」とは言いたくても言えるものではないのに、まさか鉄郎の方から提案してくるとは……。

「是非！」

由佳は間髪を容れずこたえを返すと、「よろしくお願いいたします！」

深々と頭を下げた。

6

「へえっ……。あのうめもりがそんなビジネスを展開していたのか。ちっとも知らなかったなあ」

鉄郎から由佳の話を聞かされた牛島は、意外な反応を示した。

「知らなかったって……開業当時はメディアで結構取り上げられたけど？」

「俺、引退したのを機に、新聞読まなくなったし、テレビもほとんど見なくなったんだよ」

「それでもテレビでニュースぐらいは見てんだろ？」

「ＨＮＫだけな」

牛島は当たり前のように言う。「だってさ、民放はニュースだけじゃねえじゃん。芸能ネタとか、果ては誰それさんのコマーシャルが解禁されましたとか、くだんねえことばっかりやってんだもの。メディアで取り上げられたって言っても、その手のコーナーの中での話だろ？」

その通りではあるのだが、メディアは何も新聞、テレビばかりではない。

「経済誌にも目を通していないのか？」

「あのさ、山崎……。ながぁ～いサラリーマン生活をようやく終えて、これから先の余生を思う存分楽しもうってここにやって来たんだぜ。娑婆《しゃば》に未練があるわけじゃなし、勤めに出ようって気持ちもありゃしねえんだ。第一だね、新聞だって仕事のために読んでたようなもんだったんだし、役にも立たねえことに時間を割くのはもったいねえじゃん」

「その割には、お前、燻製工房の件を相談した時には、すぐに乗り気になったじゃねえか。やっぱりビジネスの世界が恋しいんだろ？」

「まあ、俺もこの町の住人になったってことさ」

牛島は照れ臭そうに言い、酒が満たされたグラスをクイッと傾ける。「こんな田舎で頑張っている経営者の悩みを聞かされりゃあ、力になってやりたいと思うじゃねえか。商売が繁盛すれば雇用に繋がるかもしれないし、うまくいけば他の商売にも転用が利くかもしれないしな……。そうやって緑原町がますます栄えていけばいいなって思っただけさ」

牛島と酒席を囲むのは、十日ぶりになる。

酒席の自粛を求められているのは相変わらずだが、一度禁を破ってしまうと、二度目のハードルは格段に低くなる。

「それにしても、面白いビジネスを考えついたもんだな」

今夜もつまみに用意した、燻製を齧《かじ》りながら牛島は感心した様子で言う。「地方の名店を一つのビルに集めて、ひと月単位で入れ替える……。そりゃあ、評判になるのも分かるし、連日予約で埋まれば、食材のロスもほとんど出ない。テナントの収益率もあがるだろうし、そこで味を覚えたお客さんが、観光がてら本店まで足を運んでくれるかもしれないもんな」

「一号店が大盛況だったもんで、大阪に進出するつもりだったし、B級、C級のローカルグルメに特化したポップアップレストランをやってもいけるんじゃないかと考えてもいたって言うんだよ。そんなところに、コロナ騒動が起きたと言うんだな」

「なるほどねえ。地方のB級、C級グルメかあ……。確かに、面白いかもしれないな」

再び感心した様子で言った牛島だったが、何か引っかかるものでもあるのか首を傾げる。「でもさ、B級、C級グルメってのは、アイデアとしては面白いけど、商売になるのかなあ」

「どうして?」

「だってさあ、客単価が全然違うじゃん。名店を集めたのなら値段もそれなりになるだろ? ディナーとなれば酒も飲むだろうから、さらに高くなる。その点、B級、C級グルメの客単価なんてたかが知れてんだろ。となると量で稼《かせ》ぐしかないんだが、テイクアウトオンリーにすれば、路上飲食ってことになるわな。容器や箸とかのゴミが完璧に回収できりゃいいけど、放置されでもすれば近隣住民からクレームがつく。店内飲食用のスペースを設けりゃ、ただでさえ都市の家賃は高額なんだぜ」

「なるほど、それは言えてるな……」

「実際、地方のB級、C級グルメを集めたイベントって、よく東京ドームとか日比谷公園で開催されるけどさ、どれもこれも短期間の催事のようなもんだ。期間限定で全国のローカルフードが一堂に会するから、客も押しかけて来るし、出店者も祭りだと割り切って、儲け度外視で参加してんじゃねえのかな。常設となると、簡単には行かねえんじゃないか」

どうしてそこに気がつかなかったのだろう……。

口を噤《つぐ》んでしまった鉄郎だったが、牛島には何か思いつくものがあったようで、一瞬の間の後問うてきた。

「山崎、お前、高知に行ったことがあるか？」

「いいや」

「だろうな。お前は世界を相手にビジネスしてたけど、俺はウルトラ・ドメスだったから、国内の主要都市はほとんど行ってるからな」

ウルトラ・ドメスというのは、『ウルトラ・ドメスティック』の略で、国内限定の部署に配属された社員が、自嘲《じちょう》の念を込めて自らを称する時に用いる、四井社内でのみ通用する造語である。

「高知で何か面白いものでも見つけたのか？」

「高知に〝ひろめ市場〟ってのがあってな」

「市場なんて、そこそこの街ならどこにでもあるだろ?」

「市場って名前はついてるけどさ、ただの市場じゃねえんだ。酒飲み用の市場なんだよ」

「酒飲み用?」

「たぶん、今でもそうだと思うんだけど、高知って、一世帯当たりの飲酒費用が日本一。それも、ダントツなんだ。確か、全国平均の二倍、偏差値で九十以上とか言われてたんじゃなかったかな」

「平均飲酒費用の倍で、偏差値九十以上?」

正直言って衝撃的というか、想像を絶する数字である。

鉄郎は驚きのあまり声を吊り上げた。

「最初のうちは、東京本社からの出張者だってんで、高知支店の連中も皿鉢《さわち》料理とかを出す結構値の張る店に連れて行ってくれたんだけどさ、何度か足を運ぶうちに、早い時間に仕事が終わったことがあってな。そしたら支店のやつが、『面白いところがあるんですけど、今日はそこで飲みましょうか』って言うんだよ。まだ、三時かそこらだったんだけどさ」

「三時って、午後の?」

「早い時間って言っただろ」

「いや、それは分かってるけど、そんな早くから酒飲んでる客がいるのかよ。店にしたって、昼の営業を終えて、夜に備えて仕込みに――」

「それがいるんだよ」

牛島は鉄郎の言葉を遮って続けた。

「もうね、目を疑ったね。セーラー服を着た娘と向かい合って、ジョッキ片手に語り合う母親がいるわ、日本酒をガンガンやってるおばさんがいるわ、土佐《とさ》の人は女性でも、ホント酒好きが多いんだよ」

「女子高生の娘と一緒にぃ？」

「だって、ひろめ市場って、女子校の真ん前にあんだぜ」

「まさか、女子高生も飲んでんじゃねえだろうな」

「さすがにそれはないけどさ」

牛島は苦笑いを浮かべながら顔の前で手を振ると、鉄郎の反応に気をよくしたらしく、言葉に勢いをつける。「でな、何で市場かというとだな、酒のあてになる料理や魚を売る店がビルの一階にずらりと並んでいてさ、客はそこで買った料理を肴《さかな》に、フロアの中央に設けられた席で飲めるからなんだよ」

「要は、酒飲みのフードコートってわけか」

「そう、酒飲みのフードコート。まさにそれなんだ」

フードコートという形態は、日本にも随分《ずいぶん》昔から存在するが、アメリカのショッピングモールには、もれなく併設されていたことを鉄郎は思い出した。

「ネット通販が普及し出してからは、アメリカでは急激に減っているらしいけど、俺がシカゴにいた頃は、買い物は大抵ショッピングモールだったから、フードコートは本当によく利用したよ。イタリアン、チャイニーズ、タイとか、いろんな料理を出す店が並んでいてさ。テイクアウトした料理を中央の広場に設けられた席で食べるんだ。でも、利用するのは買い物ついでの時だから、酒を飲む気になんかなれなかったよなあ」

「日本でも、ひろめ市場みたいなのがあるのは高知ぐらいのもんだろ。もちろん、皆が皆、昼間っから酒を飲んでいるわけじゃないし、食事目的でも使えるんだけど、これがなあ、行ってみると実に楽しいんだよ」

「分かる。分かるよ」

「カツオのタタキなんか、その場で焼くんだぜ。それも藁《わら》で」

「藁の香りがついたタタキって、最高だよな」

「しかも安いんだ。確か、千円かそこらじゃなかったかな」

「せ・ん・えん？」

「そんなもんだよ。他の料理だって、五百円とかそんなもんだもの。酒代入れたって、二人で一万円なんて行かねえよ。さすがに〝千ベロ〟は無理だけど、酒飲みにとってはパラダイスさ」

「それさあ、なんかうめもりがやってるポップアップレストランと、似たところがあんじゃないか」

　ふと思いついて鉄郎は言った。「定期的にテナントが入れ替わるってわけじゃなさそうだけど、異なる料理を供する飲食店を一カ所に集めるってところがさ」

「確かに、似ているような気がするけど……」

同意するかと思いきや、牛島は浮かぬ顔で言葉を呑む。

「けど、何だよ」

「うめもりを引き合いに出したところをみると、お前、地方食が集まるフードコートをやったらいいんじゃねえかと思ったんじゃね？」

図星である。

「それのどこが悪いんだよ」

牛島の否定的な反応に、むっとして鉄郎は低い声で問い返した。

「だから場所、つまり家賃だってば」

牛島は小さく息を吐く。「うめもりがやってるポップアップレストランは、自社ビル使ってやってんだろ？　他にもビルを持っていて、活用法を考えてるってんなら話は別だけど、東京でひろめ市場をやるだけのスペースを借りたら、どんだけ家賃がかかるか考えてみろよ」

「仮に賃貸でやるとしても、家賃はそれほど問題にならないんじゃないかな」

鉄郎は反論に出た。「確かに客席のスペースを広く取れば、家賃も比例して高くなる。でもさ、収容客数が多くなればなるほど、売上げの増加が見込めるわけだ。しかも、フードコートはセルフサービスが基本だ。客席の清掃員は必要だけど、ウェイター、ウェイトレスは全くいらないから、規模の割に人件費は抑えられるんじゃないかな。もちろん詳しく試算してみないと、分かんないけど、これ結構いけるような気がするけどな」

牛島は、ふむといった様子で考え込むと、ポツリと漏らす。

「なるほど、人件費ね……」

「もちろん、ひろめ市場をポップアップでやるとなりゃ、各店の従業員が東京に滞在する間の宿泊施設はもちろん、どうやって出店者を募るか、問題点は幾つも思いつく。でもさ、それは実現に向けて動き出してから検討すりゃいいことだろ？　現時点で重要なのは、何をやるのかを明確にすること。夢を共有することなんじゃないのかな。その上で、無理なものは無理、ならばどうやったら夢の形に近づけるか。そこに知恵を絞っていけば、自《おの》ずとゴールに辿《たど》り着くんじゃないのかな」

「夢の共有ね」

牛島はニヤリと笑い、懐《なつ》かしそうに言う。「その言葉、四井時代によく聞いたな。プロジェクトを始めるに当たって、メンバー全員が明確に夢を共有するのが何よりも大切なんだって散々聞かされたもんだ……」

「四井時代と言やあ、新人の頃に下戸《げこ》の上司がいてさ、『俺は酒はからっきし駄目だが、酒の肴は大好きなんだ』ってよく言ってたな。実際、飯にも良く合う料理が多いから、昼はランチ、夜は酒飲みのパラダイスになるんじゃないか」

「でもさ、山崎……」

まだ、何かひっかかるものがあるらしい。

小首を傾げながら、牛島は言う。

「フードコートが実現すれば、うめもりのためにはなるけど、それで終わりって、なんだかつまんなくねえか。そりゃあ、一号店がうまくいけば、二号店、三号店と事業を広げて行くんだろうけど、それだけの話じゃん」

牛島の言うことも理解できなくはない。

言葉に窮《きゅう》した鉄郎に、牛島は続ける。

「地方の料理や酒を東京にいながらにして楽しめる。確かに酒飲みにはたまらない話だけど、毎週か、毎月かしらねえけどさ、頻繁に入れ替わるのなら、フードコートには行っても、ポップアップレストランと違って、その地に足を運ぶ気にはならねえと思うんだよ」

「何で？」

「だって、それだけの頻度で店が変われば、次から次に新しい味に出会えるんだもの。一軒、二軒てわけじゃなし、十軒も集めてみろ。一巡するだけでも、何回通うことになるよ」

「美味いと思った料理が、ネットで取り寄せられるとなったら、店の売上げ、ひいては食材の需要増に繋がるかもしれないじゃないか」

「それにしたって、恩恵に与《あずか》るのは、出店した店と食材納入業者だけじゃねえか。それって、何かショボくねえ？　と言うか、地方にもっと大きな恩恵をもたらす事業にしねえと面白くねえよ」

「地方に恩恵を与えるビジネスねえ……」

言われてみればその通りだ。

「定期的にテナントが入れ替わるフードコートが実現すれば、ビジネスとしては成功すると思うよ。うめもりにはこの手のビジネスをやれるノウハウがあるからな。だから、なおさら思うんだよ。せっかくのチャンスなんだもの、もっと夢を膨らませてチャレンジしてみるべきなんじゃないかってさ。例えば地方活性化に繋がる他のビジネスとコラボさせるとかすれば、大きな相乗効果を生むことになるんじゃないかと思うんだよ」

これもまた、全くの正論である。

「確かにもったいないな……」

そう呟《つぶや》いた鉄郎に向かって、牛島は言った。

「そうだよ、もったいないんだよ。山崎鉄郎が考え出したプランにしちゃ、あまりにもスケールが小さすぎんだよ。もっと、世間をあっと言わせるようなプランを出さなきゃ。その滝澤さんだっけ？　彼女だって、それを期待したからこそ、お前に相談を持ちかけてきたに違いないんだからさ」

7

「お呼びでしょうか……」

社長室に入ってきた幸輔が、改まった口調で問うてきた。

「うん……、ちょっと君に相談したいことがあってね」

栄二郎は執務席から立ち上がると、部屋の中央に置かれたソファーを目で指した。

資金繰りか、あるいは事業の継続を諦《あきら》めたのか、相談と言われれば、それ以外にないとでも思ったのだろう。幸輔は硬い表情を浮かべてソファーに腰を下ろした。

「実は先日、四井時代の同期に会ってね」

栄二郎は、正面の席に座りながら言った。

話の切り出し方が意外だったのだろう。

幸輔は、怪訝な表情を浮かべながら、

「はあ……」

と気のない声で相づちを打つ。

「徳田といって、同期の出世頭で、今は専務をやってるんだ」

「四井の専務なら、大した出世じゃないですか」

「まあ、同期といっても百人以上もいたからね。顔を知ってる程度で、ほとんど言葉を交わしたことはなかったんだが、随分前に同期会をやった時に、名刺を交換したことがあったんだ」

「じゃあ、突然連絡してきたわけですか？」

「いや、そうじゃない。ちょうど、その日、東亜銀行の金村副頭取と会っていてね」

栄二郎が東亜銀行に乗り込んだことは、既に耳に入っているらしく、幸輔は「ああ……」と言うように、小さく口を開き視線を落とす。

栄二郎は、構わず続けた。

「交渉に行ったわけじゃない。ただ、断るにしても、やり方、言い方ってもんがある。あまりにも腹が立ったもので、嫌《いや》みの一つも言いたくなって乗り込んだわけだが、ものの見事に返り討ちにあってね」

「そんなことがあったんですか……。いや、お義兄さんの気持ちはよく分かります……」

先程の反応からして既知のはずなのに、幸輔は白《しら》を切る。

「ところが、捨てる神あれば、拾う神ありというやつでね」

苦笑いを浮かべた栄二郎に、

「と言いますと？」

幸輔は、小首を傾げながら問うてきた。

「さぞや酷い顔をして歩いてたんだろうな。通りすがりの車中から、私の姿を見つけた徳田が、昼飯を食おうって電話してきたんだ。それで、彼の執務室で蕎麦をご馳走《ちそう》になりながら、うちが今どんな状況にあるか、話して聞かせたところ——」

幸輔が、話の途中で問うてきた。

「融資のことで、何か進展が？」

「いや、そうじゃない。百貨店というビジネスモデルが通用しない時代になったと言うなら、融資を受けたって焼け石に水だ。借金が増えるだけだと言われてね」

「確かに、その通りではありますね。実際、業績が比較的好調に推移してきたのは、インバウンド需要があればこそ。コロナ禍で海外からの観光客が、全く来なくなってしまった途端に、この有様《ありさま》ですからね。この騒動がいつ終わるか分からない状況下では、融資を受けても焼け石に水なのは間違いないのですから……」

「それでね、徳田のやつ、面白いことを言うんだよ」

栄二郎は、いよいよ本題を切り出した。「だったら、今の店舗、従業員を使ってやれる事業。それもまだ、誰も手がけたことがない、新しいビジネスで業態転換を図ればいいじゃないかとね」

「新しいビジネス?」

幸輔は目を丸くして、声を吊り上げる。

「それも、店舗の構造からして、小売業しかできないと言うなら、小売りで考えればいいじゃないかと言うんだな」

幸輔は、驚きのあまりか言葉が見つからないでいる様子だったが、それも一瞬のことで、

「それは、理屈ってもんですよ」

呆れた表情をあからさまに浮かべ、反論してきた。「新しいビジネス、それも小売りだなんて、そんなものが簡単に思いつくなら苦労しませんよ。第一、小売りの業態なんて、もう出尽くしてしまった感がありますし、本店は八階建て、地下を入れれば九フロアーもあるんですよ。全フロアを使って業態転換を図るなら、量販店ぐらいしかありませんよ」

「そうかな」

簡単に思いつくわけがないというのは、その通りだが、徳田に会って以来、久しく忘れていた

ビジネスへの情熱が胸中を満たして止まないのを、栄二郎ははっきりと感じていた。

「今現在、市場を席巻しているビジネス、あって当たり前と思われているビジネスだって、大半の人間がもう出尽くしたと考えているところから生まれてきたんだ。ファストフードにしたってそうだろ？　世界中で展開するハンバーガーチェーンだって、最初はたった一軒の店から、徐々に店舗を拡大していったんだ。フランチャイズというビジネスモデルを考案してね。今でこそ当たり前のビジネスモデルだが、当時はフランチャイズなんて、誰も考えつかなかったんだ。どこに行っても、同じ味、同じ値段のハンバーガーを好んで食べる客がいるもんかとまで言われたんだよ」

「おっしゃることはもっともなんですがね。じゃあ、お義兄さんに、その新しいビジネスとやらに考えはおありなんですか？」

「正直言って、今のところはない」

栄二郎の返答を聞いた幸輔は、痛いところをついてやったとばかりに、畳み掛ける勢いで言葉を発する。

「そうでしょうね。そんなビジネスを簡単に思いつくなら、ここまでうちが追い込まれることはなかったでしょうからね。でもね、お義兄さん、仮に思いついたにしてもですよ、業態転換を図るには資金が要りますよね。小売業に絞るにしても、内装も什器《じゅうき》備品も今ある物がそのまま使えるとは限らないじゃないですか。その資金をどうやって調達するんですか？　メインの東亜に断られたからには、どこの銀行だって融資なんか応じませんよ」

窮地に立たされた経営者の最後のあがきだとでも思っているのだろう。

幸輔は、気の毒そうな目で栄二郎を見る。

「四井が出す」

「えっ……四井が？　まさか」

幸輔の眼差しに胡乱《うろん》げな表情があからさまに浮かぶ。

「まさかじゃないんだよ。本当の話だ」

「それ、徳田さんでしたっけ、同期の専務が、そうおっしゃったんですか？」

「彼はこう言ったよ。必ずイケると確信が持てるビジネスなら、資金は集まる。四井だってカネを出す。四井は世界だけを相手にビジネスをやってるわけじゃない。国内も立派な市場なんだとね」

「そうは言っても、イケると確信を持つには、少なくともテストを行ってみないことには分からないわけで――」

「それが、プランの段階で判断できると言うんだな」

幸輔の言葉を遮って、栄二郎は言った。

「えっ？」

幸輔は、信じられないとばかりに絶句する。

「銀行とは違って、商社は日々、有望な製品、商品、ビジネスを世界中、それも誰も行かないような地の果てまで足を運んで血眼《ちまなこ》になって探しているんだ。そして、生まれたばかりのビジネスでも、有望だと思えば資金を出し、育てて行くこともだ。実際、最近では商社のビジネスの中で投資が占める割合がかなり高くなっていてね。プランの段階であろうと、イケると判断すれば資金を出すと言っていてね」

四井が資金を出すだって？　しかもプランの段階でも？

そんな馬鹿な話があるか、と幸輔は思った。

ビジネスは甘くはないし、損失を出せば責任を問われ、以降のキャリアが台無しになってしまうのがサラリーマン社会だ。

確かにバブルの時代には、「向こう傷は問わない」と明言した経営者がいたが、カネがカネを生む時代で、損を出しても簡単に取り戻せるビジネスがいくらでも転がっていたからだ。しかし今は違う。大半の業界が、コロナ禍で苦しい経営を強いられている最中にあり、しかも収束の目処すら立っていないというのに、前例なき事業に投資するなんて、どう考えてもあるはずがない。

徳田は栄二郎の憔悴《しょうすい》ぶりを見かねて、励ますつもりで言ったのではないのだろうか。

そうだ、そうに決まっている。絶体絶命の危機を打開する起死回生のビジネスプランを簡単に思いつくはずがない。プランが出なければ、「残念だった」の一言で済むことだし、制限時間はこの瞬間にも、刻一刻と終了に向かっているのだ。

そう思う一方で、「待てよ」と幸輔は思った。

近年の総合商社のビジネスは投資がメインになりつつあると言ったが、それはあくまでも全体に占める割合のことで、今に始まったことではない。

エネルギービジネスなどはその好例で、事前に入念な調査、分析を重ねても、想定通りの成果が得られるかどうかは実際にやってみないことには分からない。伸《の》るか反《そ》るかの大勝負に莫大《ばくだい》な資金を投じてきたのが商社である。まさに〝山師《やまし》〟とも言える側面が商社のビジネスにあるのは事実なのだ。して考えると、「筋がいいと判断すれば……」と言う徳田の言も、満更嘘《まんざらうそ》ではないのかもしれない。

そこに思いが至った瞬間、幸輔の脳裏に昨夜、寿々子と交わした会話が浮かんだ。

「今日ね、謙信《けんしん》不動産の倉科《くらしな》社長とお会いしてきたの」

帰宅した幸輔の背後に立って、上着を脱ぐ手伝いをしながら寿々子は言う。

「倉科さんと？」

謙信不動産は、東京を中心に多くの大型ビルや総合商業施設を持つデベロッパー業界の最大手だ。

本店のことには違いなかろうが、その件で東亜の下村とゴルフを共にしたのはつい最近のことだ。

「下村頭取に紹介されたのか？」

振り向きざまに、幸輔が続けて問うと、

「違うわよ。本店の土地に興味があるか訊ねてみたの」

寿々子は、不敵な笑みを口の端《は》に宿す。

「君、前に菱蔵不動産の尾花社長と会ったって言ってたよね。まさか、二股をかけるつもりじゃないだろうな」

「そんな二股だなんて、人聞きの悪いこと言わないで。競わせるのよ」

「同じことじゃないか！」

さすがに幸輔は一喝した。「東亜は〝サクラグループ〟の中核銀行なんだぞ。グループ内には不動産会社もあれば、建設会社だってある。下村さんに相談したってことは、君の筋書き通りに事が運べば、本店跡地に建つビルの建築、完成後の運営は、当然それらの会社が請け負うことになると――」

「私、そんなこと下村さんには、一切言っていないし、約束もしていませんけど？」

寿々子は幸輔の言葉を遮り、しれっとした顔で言い放つ。

「言っていなくとも、下村さんはそう思ってるさ。当たり前だろ？　君は、お義父《とう》さまと下村さんの縁に縋ったんだぞ」

「縁に縋っても、実際にパートナーになるかどうかは別の話でしょ？　だってこれはビジネスなんですもの、契約書を交わしたわけじゃなし、何の義務も生じてないわ」

全く寿々子は、ビジネスの世界については無知だ。

「だから言ってるんだ」

幸輔は小さく溜息を吐いた。「そもそもマルトミの経営に一切関わっていない君が、契約書なんか交わせるわけがないだろうが！　下村さんは君の話に耳を傾けてくれたらしいが、それは富島家の一族で、義兄さんを動かす力があると思ったからさ。確かに下村さんは、お義父さんとは昵懇《じっこん》の間柄だったし、恩義も感じているだろう。だがね、同時に彼はバンカー、それも東亜の頭取として、会社の利益を第一に考えなければならない人間なんだ。いよいよとなったら、君のプランどころかマルトミの意向も一切無視して、土地もろとも本店を処分することができるんだぞ」

「でも、下村さんは私の考えに興味を抱かれたし、分割所有の方がいいんじゃないかって、知恵を授けて下さったのよ」

「だから言ってるじゃないか」

幸輔はついに声を荒らげた。「分割所有どうこう以前に、何をやるにしても決定権を持つのは社長であり、役員会なんだ。君がいくら交渉を進めても、義兄さん、役員が納得しなければ――」

「だから、あなたが社長になればって言ってるのよ」

寿々子は幸輔の言葉が終わらぬうちに言った。

「えっ？」

「社長だって、役員会の意向は無視できないでしょ？　まして兄さんは、マルトミを窮地に追い込んだ戦犯なのよ。駄目な経営者は、解任されてもしょうがないじゃない」

寿々子は、それ以上のことは語らなかったが、確かに役員会の意向を以《もっ》てして社長を解任することは可能である。

あの口ぶりからすると、寿々子は既に栄二郎を解任すべく動き出しているのかもしれない。だとしたら、徳田が与えてくれた希望に縋ろうとする栄二郎が余りにも惨めだ、と幸輔は思った。

第一、自分自身は栄二郎に、なんら悪感情は抱いてはいない。マルトミに入社して以来、先代亡き後は、文字通り二人三脚で苦楽を共にしてきた仲である。創業家に生まれただけに、おっとりした面はあるものの、四井で修業しただけあって、他人の窯《かま》の飯を食う苦労も知っている。それに、寿々子はマルトミを窮地に追い込んだ戦犯と言ったが、コロナウイルスの出現、世界的なパンデミックは誰しもが想像すらしていなかったことだし、あのままインバウンド需要が続いていたならば、ここまで経営が悪化することはなかったのだ。つまり、不可抗力以外の何物でもなく、それゆえに栄二郎の経営責任を追及するのは酷《こく》にすぎる。

幸輔は、寿々子が水面下で動いていることを、栄二郎に話すべきか迷ったが、すぐに思い直して止めることにした。

徳田が本気で言ったのだとしても、そんなうまい手が簡単に見つかるとは思えないが、今の栄二郎にとっては、それが唯一の希望だからだ。そんなところに、唯一の妹の不穏な動きを知らせるのは、悩みの種を増やすようなものだし、会社を清算するのか、あるいは寿々子の思惑通りになるのか、結論はそう遠からずして出るのは間違いないと思ったからだ。

そこで、幸輔は言った。

「お義兄さんは、商社の世界をよくご存じですし、四井の専務がそうおっしゃるのなら、間違いはないのでしょう。私も、その新しい小売りのビジネスというのを考えてみることにします」

第三章

1

「寿々子さん、それ、本気でおっしゃってるんですか？」

都内のホテルの喫茶室で、専務の西村慶太《にしむらけいた》が目を剝《む》いて絶句した。

それも無理のないことではある。

前に西村と会ったのはいつのことだったのか、当の寿々子でさえはっきりしない。おそらく五年は優に経《た》っているはずだし、二人きりで会うのは、これが初めてである。

まずはお互いの近況報告から始まり、「ところで」と本題に入るところが、いきなり「社長を解任して欲しいの」と切り出されたのだ。

果たして西村は続ける。

「社長は、寿々子さんの実のお兄さんじゃありませんか。なのに解任せよとはどういうことです？」

正気を疑うかのような目で、寿々子の顔を凝視する。

「ひとつ訊《き》きますけど、あなた、マルトミはいつまでもつと思う？　東亜銀行に追加融資を断られたことは知ってるわよね」

「ええ……それは、まあ……」

「長年付き合ってきたメインバンクに見捨てられたマルトミを、支援してくれる銀行が他にあると思う？　見つからなければ、半年ももたないって聞いたけど？」

「それはおっしゃる通りなんですが、ですから社長も副社長も、必死になって支援先を探して奔《ほん》走《そう》しているわけで……」

「支援先を探してるですって？」

寿々子は鼻で笑った。「私が聞いている話は、ちょっと違うけど？」

「違う……と申しますと」

西村は意外そうな表情を浮かべて問い返してきた。

「業態転換を考えているそうよ」

「業態転換？」

西村の眉間《みけん》に深い皺《しわ》が浮かぶ。

「百貨店の時代は終わった。ビジネスモデルが通用しない時代になったと言ってね」

「それ、本当のことなんですか？　そんな話は初めて聞きます」

「主人から直接聞きましたけど？」

よほど驚いたのだろう、絶句する西村に向かって寿々子は続けて問うた。

「私は経営に携わったことはありませんから、何とも言いようがないけれど、西村さんはどう思う？　ここまで追い込まれたマルトミが、今さら業態転換なんて、やれると思う？」

「いや……、突然聞かされたもので、何とおこたえしていいものか……」

首を傾《かし》げる西村だったが、「百貨店というビジネスモデルが時代のニーズに合わなくなったと言うのはその通りだと思います。しかし、業態転換を図るのは容易ではありませんよ。第一、何を始めるにしても資金が必要ですし、準備期間もまたしかりなわけで……」

思った通り、早々に否定的な見解を口にする。

「そう思うでしょう？　しかも本店の構造からして、やれるとすれば小売り業しかないものね」

「資金や準備期間以前に、それが最大の難点です。小売りしかないとなると、どんな商売がやれるのか、私にはちょっと思いつきませんが、社長には何かお考えがおありになるのですか？」

「それがねえ……。ないみたいなのよ」

「な・い……？」

西村は口をぽかんと開けて目を瞬《しばたた》かせる。

「兄はマルトミに入社する前、四井にいたでしょう？　最近、専務をやっている同期の人に会ったらしくてね。その時にマルトミの窮状《きゆうじよう》を話したら、業態転換、それも小売りしかやれないなら、誰も手がけていない新ビジネスをやればいいじゃないか。いけると判断したら、プランの段階でも四井が資金を出すって言われたんですって」

「四井が資金を出す？　プランの段階で……ですか？」

西村は両眉を吊《つ》り上げ、さらに目を見開いて驚愕《きょうがく》したのだったが、一瞬の間の後、嘲笑《ちょうしょう》を浮かべた。「そんなことあり得ませんよ。それ、リップサービスってやつじゃないですか。そんなプランなんか出て来るわけがないから言ったんですよ」

なるほど、と寿々子は思った。

『言質《げんち》』という言葉があるが、誰かに確約を与える時には二つのケースがある。

一つは、約束事を果たせる確信がある時。もう一つは、約束事を果たすに当たって課した条件を、相手がまずクリアできない時である。高額な玩具をねだる子供に、「オール五の成績を収めれば、褒美《ほうび》として買ってやる」などと言う親がいるが、これは後者の典型例と言えるだろう。もちろん、条件をクリアするに越したことはないのだが、できなくとも確約した側の信用が毀損《きそん》されることはないと言うわけだ。

「もしも……もしもよ、あなたの言う通りなら、マルトミは半年を待たずして、終わりの時を迎えることになるわよね？」

寿々子が念を押すと、西村は険《けわ》しい表情になって、

「運転資金が調達できなければ、そうなりますね……」

低く、かつ苦しげな声で漏《も》らした。

「それでいいの？　あなたも従業員も、職を失うことになるのよ？　しかも退職金や功労金も出せるかどうか分からない。びた一文もらえずに、放り出されるかもしれないのよ？」

西村は、テーブルの一点を見詰め沈黙する。

「私は経営に口出しする立場にはないけど、マルトミが生き残る道はひとつしかないと思うの」

そう続けた寿々子に、

「だから社長を解任しろとおっしゃるんですか？　解任してどうなさるおつもりなんですか？」

西村は問うてきた。

「業態転換しかないでしょうね……」

「業態転換？　それは、たった今寿々子さんが否定なさった――」

寿々子は西村の言葉を遮《さえぎ》って、ぴしゃりと言った。

「小売りじゃなくて、商業ビルの経営に乗り出すのよ」

「商業ビル？」

再度目を丸くする西村に向かって、寿々子は自分が考えたプランを話して聞かせた。

その間、一言も言葉を発することなく、聞き入っていた西村だったが、説明が一段落したところで、

「なるほど、デベロッパーと組んで、本店跡地に複合商業ビルを建て、等価交換するわけですか」

悪くないアイデアだといった様子で、片眉を吊り上げる。

「地下、低層階の商業施設に加えて、オフィスフロアーの一定部分はマルトミが、残りは商業ビル運営会社が所有する。日本橋の一等地だもの、テナント集めには苦労しないし、従業員の再就

職も斡旋《あっせん》できるかもしれないじゃない」

西村の反応ぶりに手応えを感じた寿々子は、「どう？」とこたえを促した。

「いや、いいんじゃないですか。このアイデア、社長にお話しなさったんですか？」

「兄に話したって無駄よ」

寿々子は嘲笑を浮かべた。「あなただって知ってるでしょう。父が亡くなった時に、私と兄の間に何があったか」

西村は、困惑した様子で目を伏せる。

口外せずとも人の諍《いさか》いというものは、必ずや漏れ伝わるものだ。創業家のこととなれば尚更《なおさら》だ。

「まあ……それは……」

果たして、西村は困惑した表情を浮かべながらも肯定する。

「しかも、誰も手がけたことがない小売り業で、マルトミの再生を図《はか》るなんて夢に賭《か》けようとしている人に、こんな話をしたって無駄よ。聞く耳なんか持たないに決まってるじゃない」

肯定していいものやら、否定すべきなのか、黙ってしまった西村だったが、すぐに視線を上げて問うてきた。

「しかし、どうしてこんな話を私に？　副社長も寿々子さんのお考えはご存じなのでしょう？　私が役員会で解任動議を提案しても、私も含め役員は先代、当代にお仕《つか》えしてきた者ばかりです。根回しするにしても、慎重を期さなければなりませんし、それ以前に旗頭《はたがしら》がいなければ、賛同を得るのは難しいのではないかと……」

「旗頭って、富島家に連《つら》なる人間ってこと?」

「創業家以外の人間が社長になったことはございませんので……」

「それがねえ、主人は、兄さんの考えに賛同しているのよ」

「副社長が? どうしてまた」

よほど意外だったのだろう。西村は、不思議そうな顔をして問い返してきた。

「ああ見えて、いざとなると気が弱いと言うか、ワルになり切れないと言うか、腰が引けちゃうところがあるのよねえ。投資銀行にいた頃には、散々暴れ回ったもんだなんて言ってるけどさ、それだってどこまで本当なんだか……。泥を被《かぶ》る覚悟なんて、ありゃしない人なのよ」

「それじゃ、無理ですよ……。役員会は七名。社長、副社長は動議に反対するでしょうから、残る五名のうち三名の賛同を得なければなりません。副社長を後任にと言えば、可決できるかもしれませんが――」

想定された反応だ。

寿々子は西村の言葉半ばで返した。

「だから、あなたに相談してるのよ」

「えっ?」

「最近の兄を見てると、つくづく思うの。今の時代に、社長は創業家からなんて言ってたら、会社が傾くのは当たり前だって。だいたいマルトミがここまで窮地に追い込まれた原因は、兄さんが危機意識に欠けていたからよ。百貨店なんてビジネスモデルは、とうの昔に時代にそぐわないものになっていたのに、インバウンドの需要が今後も続くと信じて疑わなかった。その読みの甘さが、今の危機に繋《つな》がったのよ」

もちろん、その責任は西村にもあるのだが、ここはまず、彼をその気にさせなければならない。

寿々子の思惑通り西村は、

「まさか、私に後任をやれと？」

戸惑《とまど》う素振《そぶ》りを見せながらも、瞳《ひとみ》に怪しい光を宿す。

分かりやすい男……。

寿々子は内心でほくそ笑みながら問うた。

「賛同が得られないと言いたいの？」

「そりゃそうですよ。解任なんて、謀反《むほん》以外の何物でもないわけですからね。当代の社長に引き上げてもらった恩を仇《あだ》で返すことになるわけですから、さすがに……」

「あなたたちは、役員就任時に退職金をもらっているから、懐《ふところ》具合には多少余裕があるだろうけど、それでも老後の暮らしに事足りるのかしら？　潰《つぶ》れてしまったら、功労金も出るかどうか怪しいものだし、持ち株に至っては紙屑《かみくず》になるのよ？　それでいいの？　みんな兄さんと心中するの？」

西村は苦い顔をして押し黙ったが、やはり野心の芽生えは表情に表れる。

微《かす》かに目元が弛緩《しかん》するのを見て取った寿々子は、

「じゃあ、ひとつ訊きますけど、あなたが恩を感じているのは、兄さんだけなの？　役員は全員先代、お父さまが社長の時に入社したのよね」

敢《あ》えてきつい声で問うた。

「もちろん、先代にも恩を感じております。今の地位になれたのも、先代の教えがあればこそ。ですから、マルトミに生涯を懸《か》けると誓ったわけで――」

「ってことは、創業家に恩を感じてもいるわけだ」

「それはもう――」

「だったら、貸しビル業が軌道に乗ったら、私を社長に指名してよ」

「寿々子さんを……ですか？」

西村の驚きようったらない。それが狙《ねら》いだったのかと察したとみえて、あんぐりと口を開けて絶句する。

寿々子は続けた。

「このプランはね、すでに複数の大手デベロッパー、商業ビル運営会社のしかるべき方にお話ししていて、みなさん大層乗り気なの。つまり、あなたが社長になれば、マルトミ本店跡地に高層商業ビルが建ち、私たちがそこで事業を継続することが約束されたも同然なの。本来ならその功績をもって、私が社長に就任するところなんだけど、役員でもない私が解任動議なんか出せないでしょ？　だから、あなたに頼んでるわけ」

「もう、そこまで話はついてると？」

「当たり前じゃない。百パーセント実現する目処《めど》がないのに、謀反をけしかけるほど、私は無責任じゃないわ」

寿々子は、ニヤリと笑って見せるとさらに続けた。

「今の本店だって、売り場の大半は、テナントに入った有名ブランドの寄せ集めじゃない。テナントを集めるノウハウは持ってるんだし、老朽化した建屋がピカピカの高層ビルに変わるのよ？　中層から高層階は有名企業やホテルがテナントとして入り、マンションもある。分譲にするにせよ、賃貸にするにせよ、最高の立地ですからね。入居者は超富裕層ばかり。新しい商業ビルはマスコミの注目を集めるから、人は群がってくる。成功するのは目に見えてるじゃない」

そこで、止《とど》めとばかりに寿々子は続けて問うた。

「あなた、社長をやってみたいと思ったことはないの？」

西村にこの話を持ちかけたのは、マルトミ百貨店のナンバースリーであると同時に、創業家以外の役員七名の中で、最も社歴が長く、いわゆる大番頭的存在だからということがあった。

もちろん、創業家以外の社員の出世は専務、時の状況次第で副社長までで、決して社長にはなれないのがマルトミの不文律《ふぶんりつ》である。つまり西村は、昇り詰めた人間ということになるのだが、それも端《はな》から不可能と思えばこそ。もう一段、高みに昇れる道が開ければ、欲が出て来るのが人間というものだ。

果たして、西村は言う。

「新事業なんか考えるより、寿々子さんのお話の方が、確かに現実的ですし、マルトミを救う早道ですね……」

「その通りよ。マルトミを救う方法は、これしかないの。こうしている間にも、刻一刻とタイムリミットは迫っているの。あなたが、兄の解任に同意してくれるなら、デベロッパーや商業ビル運営会社との交渉を先に進めることができるのよ」

「分かりました」

西村は腹を括《くく》った様子で大きく頷く。「早々に、他の役員たちに話してみます。ただ、慎重を期して動かなければなりませんので、少し時間がかかるかと思いますが……」

「分かってる。私たちの動きを兄が知ったら、潰しにかかってくるに決まってますからね……。そこは用心しないとね」

そこで寿々子は、西村の目をしっかと捉えると念を押した。「でも急いでね。他に四人の同志を集めてくれれば、あなたは社長の椅子《いす》に座れることになるんだから」

2

徳田から電話が入ったのは、四井で昼食を共にしてから、ちょうどひと月が経《た》った日のことだった。

「どうだ、何か思いついたか」

挨拶《あいさつ》も早々に、徳田は訊《たず》ねてきた。

「それが、さっぱりでねえ……」

その言葉に嘘《うそ》はない。このひと月、必死の思いで考えを巡《めぐ》らせたのだが、誰も手がけたことがない小売り業を簡単に思いつくなら苦労はしない。

非才の身を嘆《なげ》きながら天井を仰《あお》いだ栄二郎だったが、その一方で、こうして進捗状況を訊ねて来るところからして、あの時徳田が言った言葉は嘘ではなかったのだと胸が温かくなるのを覚えた。

というのも、「イケると確信が持てるビジネスならば、必ず資金は集まる。うちだってカネは出す」とは言ってくれたものの、可否を判断するのはカネを出す側である。

企業社会では、起案者が練《ね》りに練った企画が即却下されることは日常的に起こる。徳田の言《げん》も、希望を持たせるためのリップサービスだったのではないかと思ったりもしたからだ。

「俺も、本店に足を運んで店内の様子を見たんだけどね、お前が言う通り、業態転換を図るにしても、小売り業しかやれないように思ったたね。ただ、器《うつわ》は大きいし、タイムリミットの問題もある。あそこで何を始めるかとなると、皆目《かいもく》見当がつかなくてなあ……」

「君、本店を見に来たのか？」

「当たり前だろ。現場を見ないでプランを考えるヤツがどこにいるよ。俺たち穀物をやってた人間は、アメリカ、南米、中国、ウクライナのだだっ広い畑が広がるだけのド田舎《いなか》に何度も足を運んで、生産地の様子を具《つぶさ》に頭に叩《たた》き込んだもんだ。今回は現存する建物を活用して商売しようってんだもの、見もしねえでプランも何もあったもんじゃねえだろ」

「申し訳ない……。そこまで、やってくれていたとは……」

徳田の厚情に、胸中の熱が一段と高くなるのを覚えて、栄二郎は言葉が続かなくなった。

「お陰で、カミサン孝行ができたよ」

徳田が笑う気配が伝わってくる。「うちのヤツ、お前のところのファンでさ、プラチナ会員なんだよ。ワクチンはとうに打ち終えたんだけど、俺たちも高齢者の部類だ。用心するには越したことはないから、買い物に行きたくてうずうずしてるのを、油断するなと止めてたんだ。そんなところに買い物行くかって誘ったもんだから、そりゃあ大喜びでさ」

何か言葉を発すれば、声が震えそうな気がして黙ってしまった栄二郎に、

「ところで富島。お前、この件について誰かに相談してみたか？」

徳田は唐突に訊ねてきた。

「義弟には話してみたよ。彼も一緒に考えてみるとは言ってくれたんだけど……」

「何も思いつかないって？」

「彼は昔外資の投資銀行にいて、入社後は財務畑一本でやってきたもんでね。数字には滅法《めっぽう》明るいんだけど、企画畑の経験は全くなくてね。それに、資金繰りや調達に忙殺されていることもあって……」

「なんでまた、もっと多くの人からアイデアを募《つの》らないんだ？　アイデアなんて、誰が何を考えているか分からない、どこに埋もれているか分からないもんだぜ。役員でも、社員でも、手当た

り次第に声をかければいいじゃないか」

「それも考えたんだが……」

「考えたんだが、どうした？」

「いや、広くアイデアを募るとなれば、公募ってことになるだろ？　会社が業態転換を考えているなんて悟られようものなら、社員が動揺するんじゃないかと――」

「そんなこと言ってる場合かよ！」

徳田の一喝《いっかつ》が栄二郎の言葉を遮《さえぎ》った。「マルトミだけじゃない。百貨店業界がコロナ騒ぎをきっかけに、危機的状況に陥《おちい》っているのは従業員だって重々承知しているさ。お前の気持ちは分からんではないけど、会社が危機的状況にあることを従業員に認知させ、打開策を一緒に考えようと訴えるのも経営者の務めだろうが。従業員だって、にっちもさっちも行かなくなって、ある日突然、会社潰れますって言われたら、そっちの方が困るよ」

「もちろん、客足が激減しているのは現場が一番よく知ってるさ。売上げが落ちていることもね……。でもなあ、うちは、代々創業家が社長を務めてきたからなあ……。はっきり言って、役員も社員も、自《みずか》ら考えて仕事をするっていう意識に欠けているんだよ。ここに至って、アイデアを求めても、いいアイデアが出て来るとは思えんのだ」

それは、栄二郎の偽《いつわ》らざる実感だった。

「創業家が長く君臨する会社には、ありがちな話だな……」

徳田は声のトーンを落とすと、小さく息を吐く。「創業者、創業家が社長という会社は、意思決定から実行までの期間が極めて早いというメリットがあるが、社員は経営トップの不興を買えば、干されるという恐怖を抱きがちになるもんだ。もっとも、上司に睨《にら》まれたらそれまでというのは、どんな会社だろうが同じではあるんだがね……」

「サラリーマン社長の会社は、起死回生の一発をものにするチャンスが、どこに転がっているか分からんじゃないか。折り合いが悪かった上司が失脚することもあるし、左遷《させん》された先のビジネスが急成長を遂げることだってまま起こるだろ？　特に四井じゃ自分が手がけたビジネスが軌道に乗れば、子会社として分離独立、社長として転じて行くのが慣例だ。つまり、社内でキャリアを積み重ねるうちに、自然と経営者としての資質が身に付く仕組みが出来上がっているんだけど、その点、うちの業界はなあ……」

「起死回生の一発ね……」

たった今、栄二郎が言ったばかりの言葉を徳田は繰り返し、「確かに、山崎のようなのもいるからなあ。起死回生と言うのとはちょっと違うけど、全く畑違いの道に転じても、あれだけの仕事を成し遂げているもんなあ……」

と言い、ふと思い出したようにすぐに続けた。

「そうだ、一度山崎に相談してみたらどうだ」

「山崎に？」

「新しいビジネスモデルを考えさせたら、あいつの右に出る者はそうはいない。既成概念に囚《とら》われない独自の視点からくる斬新な発想で、幾《いく》つもの新しいビジネスをものにしてきた実績もある」

　確かに、それは言えているかもしれない。

「でも、同期とは言うけど、山崎とは言葉を交わした記憶はないし、連絡先も知らないし……」

「電話番号なんて、調べりゃすぐ分かるさ。確か、あいつ二つの会社を経営しているはずだし……」

　栄二郎がこたえるよりも早く、徳田は続けた。

「電話番号を調べてやる。すぐに連絡してみろよ。あいつなら、何か妙案を思いつくかもしれん」

3

「この様子だと、今年の秋祭りも中止ですかねえ……。私、こちらに来た年の秋祭りで、川蟹《かわがに》の味噌《みそ》汁《しる》の味に驚いて、あれを食べるのを楽しみにしてたんですがねえ……」

　牛島と並んで座る川俣俊治《かわまたとしはる》が、乾杯を終えたグラスをテーブルに戻しながら、心底残念そうに言った。

　現役時代は大手広告代理店〝万報堂《まんほうどう》〟に勤務していた川俣も、退職を機にプラチナタウンの住人になった一人である。これまで鉄郎とは面識はなかったが、「三人寄れば文殊《もんじゅ》の知恵って言うだろ？　この手の話は、二人よりも三人だ。それも〝仕掛け〟のプロと一緒に頭を捻《ひね》れば、妙案が浮かぶかもしれない。ゴルフ仲間に万報堂にいた人がいるから、今度連れていくよ」と牛島が言い、今宵《こよい》の呑《の》み会となったのだ。

「あれは、絶品ですよねえ」

鉄郎は相槌《あいづち》を打った。「上海《シャンハイ》蟹と同類だそうですが、緑原に川漁師はいませんから、地元の人が気の向いた時に獲《と》る程度で、この辺でも一部の地域でしか食べる習慣はなかったんです。それでも、一昔前まではあの味噌汁を売りにする店もあったんですけど、河川整備で川底をコンクリートで固めてしまってからは、めっきり数が獲れなくなってしまったとかで、お目にかかれるのは、秋祭りの時ぐらいになってしまったんですよ」

「ここで暮らすようになって思い知ったのは、本当に美味《うま》い食材は、産地で消費されてしまうってことです。山菜やキノコなんか、その典型ですよね。東京には食通を気取っている人間がごまんといますし、私もその一人だったんですけど、ホント、恥ずかしくなりますよ」

「まあ、本当に美味いもの、特に天然物は、量が採《と》れませんし、大きさ、品質もまちまちですからね。売りに出そうにも、出せないんですから、しかたありませんよ」

鉄郎の言葉を継いで牛島が口を開いた。

「川蟹は残念ですが、緑原にはまだまだ美味いものが沢山《たくさん》ありましてね。この燻製《くんせい》なんか抜群に美味いですよ。是非召し上がってみて下さい」

牛島が自ら牡蠣《かき》の燻製を摘《つ》まみ上げ、返す手で皿を差し出すと、

「ほう、牡蠣の燻製ですか……」

川俣は手を伸ばす。そして、牡蠣の燻製をひと齧《かじ》りするや、目を剝いて驚愕する。

「これ……美味いですね！　いや、びっくりするほど美味い！　緑原でこんな燻製を造ってる人がいるんだ！」

「これがまた、『伊達の川』に良く合うんですよねえ」

してやったりとばかりに相好《そうごう》を崩す牛島の勧《すす》めに従って、冷酒を口に含んだ川俣は、

「本当だ……。最高に合いますね！」

またしても感嘆の声を上げ、すっかり興奮した様子で続けて問うてきた。

「お二人は、こんな飲み会を頻繁《ひんぱん》に持たれているんですか？」

「飲み会と称するのはどうなんでしょう……。サシで飲んでるだけですし、頻繁にと言うほどではありませんけど、たまには……」

鉄郎がこたえると、

「いいなあ……」

川俣は心底羨《うらや》ましそうな声を上げる。「自粛と言われても、この辺りじゃ感染者は出ていませんのでね。県内の感染は主に仙台のような都市部だっていうのに、全国一律、あれもだめ、これもだめじゃ、何のためにワクチン打ったのか分かんないじゃないですか」

「もっとも、ただ酒を酌《く》み交わすだけが目的ではありません。議論……というか、ブレインストーミングするためには、やはり直接会って話した方がいいということもありまして……」

そう言う牛島を、川俣はちらりと見ると、

「地方でしか味わえない食材を、どうやったら広く認知してもらえるかをお考えになってるわけですね」

自ら本題に入った。

「ええ……。この燻製を造っている工房の経営者から相談を持ちかけられていたところに、『築地うめもり』の社員の方から、食に纏《まつ》わる新しいビジネスについて、相談を受けましてね」

「だいたいのお話は牛島さんからお聞きしましたけど、ひろめ市場に着目したのはさすがというか、実に面白いと思いました。ポップアップレストランを集めるコンセプトは、新横浜《しんよこはま》のラーメン博物館に似《に》ていますが、呑み屋を集めたフードコートは、全国広しといえども、ひろめ市場以外にありませんからね。もちろん私の知る限りですけど……」

「それ、言い出したのは、牛島ですけど?」

「えっ、そうなんですか?」

牛島は、鉄郎のアイデアだとでも言ったのだろうか、意外とばかりに川俣は問い返してきた。

「四井の同期ですが、こいつはバリバリの海外畑で、外国の事情には通じてるんですが、国内はさっぱりなんですよ」

「さっぱりってことはないでしょう。プラチナタウンは山崎さんが構想をお立てになって、実現に漕《こ》ぎ着けたんじゃないですか」

「それだって、アメリカ人の老後に対する考え方を熟知していたからですよ。楽しい老後で何が悪い。発想の原点はそれですから」

牛島はニヤニヤと笑いながら鉄郎を見る。

「なるほど、アメリカ人の老後ですか……。確かに、あの人たちは、リタイアは束縛からの解放、思う存分やりたいことをやれる、本当の人生の始まりだと考えていると聞きますね」

話題が、少しばかり脇道に逸《そ》れてきたようだ。

そこで鉄郎は問うた。

「川俣さんは、ひろめ市場に行ったことがおありなんですか？」

「家内が愛媛《えひめ》の出なもので、四国には結構足を運びましたね。それに、ほら、この通り、日本酒には目がないもので」

川俣は嬉《うれ》しそうに目を細めると、伊達の川が入ったグラスをクイと一息に飲み干す。

「うめもりがやっているポップアップレストラン事業を応用して、地方のローカルグルメを提供する店を一堂に集め、定期的に入れ替える。アイデアとしては面白いし、やれば成功するとは思うのですが、東京でやるとなると、問題は場所と家賃になると思うんです」

鉄郎が言うと、

「確かに、ローカルグルメとなると、客単価を上げるにも限度がありますからね。それもひと月もの間店を出すとなると、利益が出なければテナントも集まらないでしょうし……」

川俣は、口をへの字に結んで考え込む。

「客席数を増やせば、より広いスペースが必要になる。当然、家賃もそれに応じて高くなる。イベントならば、儲《もう》けを出さずともと割り切ることができるでしょうが、赤字覚悟で東京まで出向く経営者はそういないでしょうからね」

牛島の言葉に、川俣が即座に反応する。

「確かにねえ……。通販に繋がるならば出店時の赤字は販促費と割り切ることもできるでしょうが、そうなったとしても恩恵に与《あずか》れるのはフードコートに出店した店だけですからね。地方の活性化に繋がるとまでは言えないでしょうし、こう言っては失礼ですけど、ショボイと言うか、スケール感に欠けるように思いますね」

川俣と飲むのは初めてで、酒が強いのか弱いのかは分からない。いずれにしても酔いが回るには早すぎるのだが、いきなり「ショボイ」とは、正直と言うかなんと言うか……。

もっとも、万報堂クラスの大手広告代理店が手がける仕事は、世界的規模のイベントや、大企業の広報やマーケティング、果ては国家事業の取り纏《まと》めと多岐に亘《わた》る。勢い、規模、金額共に大型案件が多くなるわけで、現役時代に手がけてきた事案に比べれば、確かにショボイと言うのも無理からぬことではある。

「川俣さんのおっしゃる通りなんですよねえ……」

牛島がすかさず相槌を打つ。「酒呑みに特化したフードコートを大都市に設《もう》ければ、成功はまず間違いないでしょう。ランチだってやれるわけですから、利益も上がるとは思うんです。しかも、ポップアップですから、供される料理も定期的に変わりますから、客も飽《あ》きることはない。集客という点でも、凄《すご》くいいアイデアだとは思うんですが、仮に家賃の問題を解消できたとしても、地方の活性化に繋がるかと言えば、イマイチなんですよねえ……」

「まあ、うめもりは興味を示すかもしれませんが、このままではそこで終わってしまうでしょうね……」

川俣も、暗い表情で声を落とす。

そんな表情になってしまうのは、最終的に目指すゴールが、このビジネスをいかにして地方の活性化に繋げるかにあるからだ。

各地方のローカルフードを一堂に集めたフードコートは、ビジネスとして充分に成り立つ確信はある。しかし、活性化しなければならない産業は、何も食に限ったことではない。地方の活性化を図るのを目的とするからには、全てとは言わないまでも、多くの産業が恩恵に与れるようなビジネスプランでなければならないのだ。

食に拘《こだわ》り過ぎたのではないか……。原点に立ち返って、一から考えてみるべきなんじゃないだろうか……。

鉄郎が、そんな思いを抱《いだ》き始めたその時、テーブルの上に置いていたスマホが鳴った。

パネルに表示されているのが数字のみであるところから、初めて電話をもらう相手らしい。

そう言えば今日の昼間、緑原酒造に四井で同期だった徳田から電話があって、やはり同期の富島が、連絡を取りたがっている、ついては携帯の番号を教えてくれないか、と言われたことを鉄郎は思い出した。

「ちょっと失礼……」

鉄郎は二人に断りを入れて席を外すと、部屋を出た。「はい、山崎です……」

「ご無沙汰《ぶさた》しております。四井で同期だった富島です」

丁重な口調で名乗る栄二郎の声が聞こえてきた。

「ああ、富島君。こちらこそご無沙汰しております」

正直なところ、富島と言葉を交わした記憶はない。それどころか、富島が同期だということも、徳田に言われて初めて知ったくらいだ。初対面同様なのに、ご無沙汰もあったものではないことに、思わず苦笑いを浮かべながら鉄郎は続けた。

「徳田君から、今日の昼に電話をもらったんだけど、どう？　元気でやってるの？」

「まあ、体の方は問題ないんだが、徳田から聞いてるとは思うけど、君に相談に乗ってもらいたいことがあって、連絡させてもらったんだ」

「相談？　相談って、どんな？」

「えっ……。徳田から聞いてないの？」

「いいや、何も。ただ君が連絡を取りたがってるから、携帯の番号を教えて欲しいと言われただけだけど？」

何か理由《わけ》ありのようだが、同期は全員高齢者だ。「プラチナタウンに入居したいのだが、どうにかならんか」と便宜《べんぎ》を図ってくれとでも言うのだろうか、と思っていたのだったが、どうも様子が変だ。

「そうか……」

果たして栄二郎は低い声で呟《つぶや》くと、「実は俺、マルトミ百貨店の社長をやっているんだけどね

――」

と言うのには鉄郎も心底驚いた。

「えっ！　マ、マルトミって、あの日本橋のマルトミ百貨店の？」

「そう、そのマルトミ……」

「なんで社長なの？　だってさ、君、四井では確か――」

「鉄鋼事業部に配属されたんだけど、うちはマルトミの創業家でね。四井に入社したのは修業、いわゆる預かり社員ってやつだったんだ」

「なるほど、そうだったのか……」

預かり社員とは、いずれ経営者として代を継ぐことを宿命づけられた会社の子弟に「他人の飯」を食わせながら実務を学ばせるのを目的として採用した社員のことで、大抵は有力取引先か、縁が深い会社の子弟を対象とする。

「ご存じだとは思うけど、百貨店業界もコロナ禍《か》の影響をまともに受けて、業績が急速に悪化していてね。特にうちは、オリンピックのインバウンド需要に期待して、全面改装をやったりしたもので、経営が危機的状況にあるんだ」

百貨店業界が不振に陥っているのは想像に難くないし、メディアでも度々《たびたび》報じられているので、改めて説明を求めるまでもない。

「まさか、感染症のパンデミックが世界的規模で起きるなんて、誰も想像していなかったもんな。それこそ、不可抗力ってやつだけど、経営者としては、そうは言っていられないからな。さぞや大変な思いをしてるんだろうね……」

「メインバンクにも見放されてね。追加融資に応じてくれる先が見つからなければ、あと四カ月しか会社はもたんのだよ……」

「四カ月！　そんなところまで追い詰められてんの！」

「本店はとっくに銀行の抵当に入ってるし、何らかの策を講じないことには、マルトミは長い歴史の幕を閉じることになる。それこそ、本店もろとも消滅してしまいかねなくてね」

マルトミ百貨店は、百貨店業界の老舗《しにせ》中の老舗だ。かつて、最盛期にあった頃には、包装紙でさえ価値があるとされ、緑原のような田舎では、大事に保管しておいて、贈り物をする際にはわざわざそれを用いて包み直したものだった。

そのマルトミが、閉店の危機にあるとは……。

諸行無常《しょぎょうむじょう》とは言うものの、時代の波に呑まれようとしている過酷な現実を垣間《かいま》見た思いがして、鉄郎は言葉を失った。

しかし、それも一瞬のことで、鉄郎はすぐに問うた。

「君が置かれている状況は分かったけど、どうして、そんな話を僕に？」

「マルトミが生き残るために、知恵を貸して欲しいんだ」

「知恵を？　僕に？」

「徳田に言われたんだよ。銀行が追加融資に応じないと言うなら、誰も手がけたことがないビジネス、それも小売り業で業態転換を図るべきだ。もし、イケると確信が持てるビジネスを考案できたら、資金を提供する投資家は必ず現れる。四井だって出すとね」

おいおい……富島もかよ……。

燻製工房と言い、うめもりの滝澤と言い、なんで俺に相談してくんだ……。俺は打ち出の小槌じゃねえんだぞ。何か、勘違いしてねえか。

溜息《ためいき》を吐《つ》きそうになって、一瞬、間が開いた隙《すき》を突いて栄二郎は続ける。

「君には、プラチナタウンや冷凍食品の海外輸出を手がけて成功させた実績がある。君ならば、何か思いつくんじゃないかと徳田に言われたんだ」

「いきなり、そんなことを言われても……」

同期とは言え、面識もない自分に縋《すが》ってくるくらいだ。そこからだけでも、富島が絶体絶命の危機にあり、藁《わら》にも縋る気持ちでいるのは充分に分かる。もちろん、力になれるものなら、力になりたいのは山々なのだが、できることと、できないことがある。

「実は同じような相談を、二つ受けていてね。もちろん、マルトミに比べれば小さなものなんだけど、これといったアイデアが浮かばず難渋してるところでさ」

「初対面同然の人間がいきなり連絡して、助けを乞《こ》うのは虫が良すぎるのは百も承知しているんだが、それだけ追い詰められてるんだよ。頼む、何とか力になってくれないか」

声の様子から、懇願する富島の表情が見えるようだった。

代々受け継がれてきた家業。しかも、マルトミは自他共に認める百貨店業界のトップ企業の一つである。自分の代で潰すわけにはいかないと必死になって当然だし、経営者には従業員、そしてその家族の生活が、人生が懸かっているのだから尚更のことだ。

「いくつか聞きたいことがある」

無下《むげ》に断るのも忍びない気がして、鉄郎は訊ねた。「小売りに拘っているようだけど、特別な理由はあるのかな」

「一つは建物の構造の問題だ。例えば飲食をやろうとすると、ガスやダクトの工事が必要になるし、それも本店は八フロアー、地下を合わせれば九フロアーもある。費用もかかるし、そもそも広すぎて、飲食だけで全フロアーを埋めることは現実的とは思えないし……」

もちろん鉄郎も、マルトミ百貨店で買い物をしたことは何度もある。築年数は大分経っているが、外観は、一流品は有名デパートで買うのが当たり前だった百貨店業界の全盛時を彷彿《ほうふつ》とさせる威容で、近代的なビルが立ち並ぶ日本橋界隈《かいわい》においてもランドマーク的存在だ。

「確かに、他の業態に転用するにしても、広すぎて使い勝手が悪いかもな……」

鉄郎の言葉に、富島は即座に反応する。

「什器《じゅうき》や間仕切りを取り払えば、がらんどうだからな。そのまま使える小売り業と言うと、量販店ぐらいしか思いつかなくてね。実際、以前デパートだった建物を、そのまま使っている量販店があることだし……」

「そうだよな。しかし、今更量販店を始めるわけにもいかんだろうしなあ……。で、他にも理由があるのかな?」

「従業員の雇用を可能な限り維持したいんだ。ブランドショップやレストランは、各テナントが派遣してくるけど、うちが採用している従業員も多くてね。彼らにも生活があるし、ましてこのご時世だ。職場をなくしたら、そう簡単に次の仕事が見つかるとは思えないからね」

富島の気持ちはよく分かるが、広いスペースの活用に加えて、従業員の雇用を確保するとなると、解決策の難易度は格段に高くなる。

それでも鉄郎は、質問を続けた。

「利益が出ている売り場はあるのかな？」

「コロナ禍以来、どの売り場も例外なく売上げを落としているんだけど、唯一の例外は食品売り場だね」

「いわゆるデパ地下ってやつだな」

「生鮮食品売り場は、高級スーパーと変わらないって言う人もいるけど、バイヤーが吟味《ぎんみ》した食材ばかりを揃《そろ》えてあるし、生産者と契約していて、他所《よそ》では手に入らないものも少なくないのでね。それに、コロナ禍にあっても、贈答品の需要はそれほど落ちてはいないんだ。直接訪問しなくとも、宅配で送れるのでね」

「なるほど。じゃあ、食品売り場は残したいわけだね」

「業態転換を図るにしても、利益が出ている商売を止《や》める必要はないし、食品売り場は地下一階で、残したところで客の導線の邪魔にはならんからね。つまり、残る八フロアーをどう活用するかに頭を痛めているんだよ」

難色を示しながらも、鉄郎が質問を続けることに脈ありと感じたらしく、富島は勢いづく。

「うちが業態転換をやってのければ、百貨店業界に革命的な変化を齎《もたら》すことになる。もちろん、他社も同じビジネスに乗り出そうとするだろうけど、僕はそれでも構わないと思ってるんだ」

「それは、どうして?」

「先駆者が市場を握り、利益の大半を攫《さら》っていくものだからさ。百貨店業界のビジネスモデルは、人の移動や物流がスローだった時代でこそ通用したもの。つまり、ビジネスモデルが確立されるまでの時間が長かったがために、後発が追いつける余裕があったんだ。でも今は違う」

「フェイスブックの創設者、マーク・ザッカーバーグが言ってたな。『素早く動いて、破壊せよ』。新しい波に襲われた時、ビジネスモデルが確立した業界ほど、動きが取れない。その点、チャレンジャーは守るものがない。しかも、最新、最強の武器を引っ提げて、捨て身で潰しにかかって来るんだもの、どちらが勝利を収めるかは明らかだよな」

「さすがだなあ」

富島は心底感心した様子で唸《うな》った。「ちょっと聞いただけで、相手の言うことを即座に理解してしまうんだな。徳田が言ってたよ。君があのまま四井にいれば、出世頭は俺じゃない、君だった。専務どころか、社長になっていたかもしれないって……」

「そんなのタラ、レバの話だよ。お世辞に決まってるじゃないか」

それは紛《まぎ》れもない、本心からの言葉だったが、その一方で富島が言った、「百貨店業界に革命的な変化を齎す」という言葉が、鉄郎の耳にこびりついて離れない。

そして、ふと思った。

なんか、面白そうじゃん……。

そう、鉄郎の挑戦意欲に火がついたのだ。

「それだけ徳田が、君の能力を高く評価してたってことだよ。しかも、同期にして同じ事業部にいた人間が、専務になってもそんな言葉を口にするんだぜ？」

自分に対する褒《ほ》め言葉を聞くのは、得意ではない。

「まあ、その評価が正しいのかどうかは、結果を出してから判断して欲しいね」

鉄郎は言葉に受諾の意味を含ませた。

「ってことは、受けてくれるんだな」

「期待に添えるかどうかは分からんが、ちょうど他に相談を受けた件で、ブレインストーミングをやっていたところなんだ。ほら、三人寄れば文殊の知恵って言うだろ？　僕が思いつかなくとも、誰かがこれぞというアイデアを出してくれるかもしれないからね。今の話、彼らに話してみるが、構わないよな」

「もちろん！」

二つ返事で快諾する富島に向かって、

「とにかく考えてみるよ。連絡は、この番号でいいのかな？」

会話を終わらせにかかった。

4

「そうか……。デパートの時代もいよいよ終わりが近づいているのか……」

マルトミの名前を伏せ、「デパートの社長から電話があって」とだけ告げ、富島の相談内容を聞かされた牛島は感慨深げに漏らす。「百貨店業界も経営状態が思わしくないのは知ってたけど、やっぱり来るものは来るんだなあ……」

「かなり前から閉店が相次いでいましたけど、最近とんと聞かなくなったのは、インバウンド需要って神風のおかげですからね。世界的なコロナの大流行で、外国人観光客が全く来なくなってしまったんですから、そりゃあ苦しくもなりますよ」

川俣は『伊達の川』を一口呑むと、深刻な顔をしてふうっと息を吐《つ》く。

「なんか、寂《さみ》しいよなあ……」

牛島は遠い目をして、しみじみと言う。「俺たちの世代が子供の頃はさ、デパートに行くってだけで、ワクワクしたもんなあ……」

「そうでしたねえ……」

川俣も、同じような表情になって相槌を打つ。「家族全員でデパート行って、屋上の遊園地で遊んで、大食堂でお子様ランチを食べるのが、そりゃあ楽しみでねえ。ケチャップライスの上に、日の丸の小旗が立っていて、そいつを大事に家に持って帰って……。気がつけば、お子様ランチも大食堂も、いつの間にか消えちゃいましたねえ」

「もちろん親は買い物が目的だから、売り場にいる時間がやたら長くてねえ……。早く屋上行こうって駄々《だだ》をこねて叱《しか》られたもんですよ……」

そんなこともあったよなあ……。

鉄郎の脳裏《のうり》に懐かしい記憶が蘇《よみがえ》った。

「この辺じゃデパートって言えば仙台だから、滅多《めった》に行けはしなかったけど、その分だけ当時のことはよく覚えているよ。俺にとって、屋上と言えばゲームだな。軍艦を魚雷で撃沈するやつとかに夢中になったもんだったよ……」

「ありましたねえ、そんなやつ……。まあ、今の子供にはアナログすぎて、見向きもされないでしょうけどね……」

懐かしそうに言う川俣に、牛島が続けた。

「ゲームの世界も様変わり。アナログからデジタルに変わってしまったもんな。でもさ、考えてみれば、デジタル技術の進歩によって生まれたのがネット通販と考えれば、デパートのビジネスモデルはアナログ時代に確立されたものと言えるよね。ネットネイティブの世代が増加するに連れて、不振に陥るのも必然なのかもしれないな」

なるほど、うまいことを言うものだ、と感心しながら頷いた鉄郎に、

「そのデパートって、どこなんですか？　差し支えなければ教えていただけますか？」

川俣が問うてきた。

富島から口止めされたわけでもなかったし、燻製の販売促進策、『築地うめもり』の新しいビジネスと、二つの案件の解決策をこの三人で考える場である。

「マルトミ百貨店です」

鉄郎は社名を明かし、牛島に視線を向けた。「お前、同期の富島って覚えているか？」

「富島？　そんなやつ、いたっけ？」

「俺も記憶になかったんだが、鉄をやってたんだとさ」

「う〜ん。まあ同期も百人以上いたしなあ。それに事業部が違うと別会社同然だし、配属されるとすぐに研修だ何だって、海外に行くやつも当たり前にいたからなあ……」

「その富島ってのが、マルトミ創業家の人間でさ、今、社長をやってんだと」

「じゃあ、預かり社員だったんだな。しかし、何だってまた突然お前にそんな相談を？」

「徳田に奨《すす》められたんだって。俺に相談してみろって……」

「徳田？　徳田って専務の？」

「その徳田だよ。他の同期はとっくに定年だ。他に誰がいるよ」

「どうして徳田は富島にそんなことを言ったんだ？　お前、会社辞《や》めた後も徳田と付き合いがあったのか？」

「いいや……」

鉄郎は首を振って否定すると、「それがだな、富島が言うには——」

事の経緯を話して聞かせた。

「なるほどね。お前は結構有名だし、あのまま四井にいれば、徳田に代わってお前が役員になってたかもって言ってた人は、社内にたくさんいたからな。徳田だってライバル視してただろうし、お前が町長になって以降の動向にも関心を持っていたんだろうな」

自らの推測に納得するかのように、牛島は何度も頷く。

何と反応してよいものか、言葉に詰まったちょうどその時、川俣が言った。

「マルトミの日本橋本店の一階には、大きなホールがありましたよね」

「ありましたねえ」

牛島が即座に反応する。「子供の頃には、連日歌謡とかマジックとかのショーイベントをやっていて、大勢の人が詰めかけたものでしたが、いつの間にか休憩スペースになって、ベンチとテーブルが並んでいるだけになってしまいましたね」

「あの場所、ひろめ市場をやるには打ってつけなんじゃ……」

「ひろめ市場をあの場所で？」

牛島は耳を疑うかのように、グラスを口元に運びかけた手を止めた。「どうですかねえ……。デパートの一階って、化粧品売り場と決まってるじゃないですか。隣にひろめ市場なんかを開こうものなら、食品の匂いが化粧品売り場に流れ込んでしまって、雰囲気が台無しになりますよ。それにひろめ市場にしたって、化粧品の匂いって結構強烈ですからね。甘い香料の匂いが漂《ただよ》う中で、酒を飲むってどうかと思いますけど？」

「富島社長は、業態転換をお考えなんですよね」

牛島の反応を無視して、川俣は鉄郎に問うてきた。

「ええ……」

「ってことはですよ。小売り業ならば、取り扱い品目を全面的に変更することもあり得るわけですよね」

「だと思いますけど？」

「だったら、化粧品の販売を止めるのもアリなんじゃないですか？」

「最終的に決断するのは富島さんですけど、お話を聞いた範囲ではＹＥＳでしょうね」

「牛島さんがおっしゃる通り、どこのデパートも例外なく一階は化粧品売り場になっていますが、その理由はご存じですか？」

川俣は牛島に視線を向ける。

「理由ですか……。何でだろ……」

こたえに窮した牛島に、

「噴水効果を狙《ねら》ってのことなんです」

広告代理店に勤務していただけあって、さすがにマーケティングには通じているらしく、川俣はきっぱりと断じ、続けて解説する。

「化粧品を一階に置けば、女性が店内に入る動機となる。二階を鞄《かばん》や婦人服売り場、三階に下着や宝飾品を置けば、どんどん上の階へと足が向く。客が店に入らないことには、商品は売れませんからね。とにかく、女性客をいかにして店舗の中に呼び込むか。その動機付けのために設けられたのが化粧品売り場なんです」

「なるほどねえ。そう言えば、紳士用品は、どこのデパートもずっと上の階ですもんね」

「でもね、こんなセオリーが今に至っても通用すると考えているのがどうかしてると思うんですよ。だってそうじゃありませんか。デパートの一階に化粧品売り場が設けられて何十年経つと思います？　私の記憶も定かではありませんけど、僕らが物心ついた時から、ずっとそうだったんですよ」

「言われてみれば、その通りですよね」

改めて気がついた様子で相槌を打つ牛島に続いて、鉄郎は言った。

「それ、日本だけじゃありませんよ。アメリカやヨーロッパ、いや、世界中どこへ行っても、デパートの一階はもれなく化粧品売り場です」

「かつては、女性は若くして結婚して専業主婦になる。男は仕事に専念し、生活の糧《かて》を得る。当然、買い物は女性の役目になるわけですから、いかにして女性を店内に誘うか。そこで打ち出された戦略が、一階に化粧品を置くことだったんです」

「確かに、そんな時代がありましたよね」

牛島が遠い目をして懐かしそうに漏らした。「戦後の高度成長期には〝モーレツ社員〟なんて言葉があったし、〝二十四時間戦えますか〟って栄養ドリンクのコピーが流行《はや》ったのは、バブル時代のことでしたからね。働く女性はＢＧからＯＬに。それだって今や死語に等しいし、ビジネスマンは今ではビジネスパーソンだし……」

「働き方だって変わったし、価値観、人生観も時の流れと共に変わってきたんです。何よりも大きな変化は、女性の社会進出です。充分環境が整《ととの》ったとは言えないまでも、結婚、出産を経ても、働く女性が多くいるようになって、性差の垣根《かきね》もなくなりつつあるのに、デパートの売り場の配置ってほとんど変わっていないんですよね」

「そう言えば、我々が若い頃の女性の憧れの仕事って、スチュワーデスでしたが、当時の募集要項には〝容姿端麗であること〟なんて条件が堂々と書かれていたし、応募年齢にも制限があって、確か二十歳が上限だったんじゃなかったかな」

「うちの嫁、実はそのスッチーでして……」

牛島の述懐《じゅっかい》に川俣は照れたように、それでいて少し自慢げに言った。「当時のスッチーの平均退職年齢は二十四歳。と言うか、スッチーに限らず女性はその辺りの年齢で、結婚するものって風潮があったんですね」

「なるほどねえ……。女性の社会進出が進めば、平日の昼間にデパートに行くわけにはいきませんからね。当然、客層だって変わってきますよね」

鉄郎が言うと、

「そこなんです」

川俣は、我が意を得たりとばかりに言葉に勢いをつける。「つまり、社会も人の意識も、客層、購買形態も変わってしまっているのに、デパートは大昔のマーケティング理論に基《もと》づいた店舗形態を維持しているんです。しかもネット通販が、これだけ社会に浸透して、リアル店舗に足を運ぶ必要性が薄れてしまっているにもかかわらずです。一階に化粧品売り場を設けておかなきゃならない理由なんて、どこにありますかね」

「そうか……。デパートに買い物に行くと、男物の売り場に行くには、五階とか六階とかに行かなきゃならないのが、結構面倒だと思ってたんだけど、あれも購買層は女性がメインだと考えられていた時代の名残《なごり》だったんだ」

呟く牛島と、頷く鉄郎を交互に見ながら、川俣は言う。

「仮に化粧品に集客効果があるとしても、昔と比べれば、格段に客足は落ちているかもしれませんよ。もしそうならば、化粧品売り場を取っ払って、ひろめ市場にしてしまった方が、よっぽど集客が見込めるように思うんですけど」

川俣の考えは面白いのだが、それでも問題はすぐに思いつく。

「昼はランチ、夜は飲み客か……。確かに、一階部分だけを考えれば、ひろめ市場にするってのはアリかもしれません。でも、それだけでは富島さんへのこたえにはなりませんよ」

鉄郎は断じると、間髪《かんはつ》を容《い》れず続けた。

「富島さんは、誰もやったことのない小売り業を模索しているんです。一階部分をひろめ市場にすれば、集客力の向上には繋がるかもしれません。でも、集客が見込めるのはランチタイムとアフターファイブだけとなると、他の時間帯でどんなビジネスを展開するのかを考えないことには……」

「確かに、おっしゃる通りですね……」

鉄郎の指摘はもっともだとばかりに、川俣は視線を落とす。

その様子からも、今の指摘に対するこたえを持っていないのは明らかだ。

「ねえ、川俣さん……」

そこで鉄郎は言った。「一階を、ひろめ市場にというのはアリだと思います。ローカルフーズを提供する店を定期的に入れ替え、ランチも食べられればテイクアウトも可能。夜はローカルフーズを肴《さかな》に、酒が飲めるフードコートになる。酒飲みにとってはまさに天国。このビジネス自体は繁盛することは間違いないでしょう。となればですよ。他のフロアで、ひろめ市場に関連したビジネスを考えればいいってことになりませんか?」

「なるほど……。ひろめ市場に関連したビジネスねえ……」

川俣は手にしたグラスをじっと見詰め、うんうんと頷く。

「今の時点では、それがどんなものかは私にも思いつきませんが、三人で知恵を絞れば、きっと妙案が思いつくと思うんです」

鉄郎は、そう言うと二人の顔を交互に見詰めた。

5

「全国各地のローカルフーズを集めたフードコート?」

報告の冒頭で、由佳が発した一言を聞かされた梅森は、ピンとこない様子で小首を傾げる。

「社長、高知にあるひろめ市場ってご存じですか?」

「さあ……聞いたことないな。ネーミングからすると、高知の名産品を集めたアンテナショップの類《たぐ》いなのかな?」

「ビルの一階フロアーを囲むように飲食店が集まっていましてね。中央はテーブル席になっていて、各店で購入した料理を肴にしてお酒が飲める――」

「要は、酒飲みのフードコートってわけか」

梅森は由佳の言葉が終わらぬうちに言う。

「それも、全店舗が一定期間で入れ替わる。要はローカルフーズを多用する飲食店のポップアップフードコートってのはどうかと……」

「なるほどなあ……。全国には一都一道二府四十三県もの自治体があるからね。その土地ならではの食材や料理があるわけだし、定期的に入れ替われば、客受けはするだろうね。もちろん東京には郷土料理を売りにする店は沢山あるし、そうした店を集めた飲食店も既にあるが、ポップアップってのは聞いたことがないもんな。実現すれば、毎日催事をやってるようなもんだ。面白いかもしれないね」

梅森は眉を上げ、目を輝かせた。

「これ、ひろめ市場の画像です」

由佳はタブレット端末を梅森に差し出した。

梅森は指先でスライドさせながら、ひとしきり画面に見入ると、

「へえっ……、面白そうな場所じゃないか。コロナじゃなかったら、すぐにでも飛んで行きたいところだよ」

声を弾《はず》ませ破顔する。

「間違いなくニーズはあると思いますし、むしろ今まで東京に本格的な酒飲みのフードコートがなかったのが不思議なくらいです」

「さすがは滝澤さんだ。よくこんなアイデアを思いついたね」

もちろん、自分の手柄にするつもりはない。

それに、梅森には相談したいこともある。

「実はこれ、私のアイデアではないのです」

由佳は正直に打ち明けた。

「滝澤さんのアイデアじゃないって……。じゃあ、誰が考えたの？」

「山崎鉄郎さんです。元商社マンで、宮城県の緑原町で町長をなさっていた時に、プラチナタウンを開設した……」

「ああ、その人のことなら、雑誌やテレビで見たことがあるよ。滝澤さん、知り合いだったの？」

「いえ、そうじゃないんです。実は、この夏に帰省した時に、親からプラチナタウン、というか山崎さんのことを聞かされまして……。幾ら考えても、新しいビジネスが思い浮かばないもので、駄目元《だめもと》で電話をしてみたんです。そうしたら山崎さん、私の話を親身に聞いて下さっただけでなく、昨日お返事を頂戴《ちょうだい》いたしましして……」

「酒が飲めるフードコートをポップアップでやったらどうかって、言ってきたわけ？」

「山崎さん、うちのポップアップレストラン事業のことはご存じで、ノウハウが応用できるんじゃないかっておっしゃいまして」

「やっぱり、ただ者じゃないんだねえ……。フードコートってのは珍しいもんじゃないけど、フードコートスタイルの酒場ってのは、全国広しといえどもひろめ市場ぐらいのもんじゃないのかなあ。ポップアップに至っては、間違いなく日本初のビジネスモデルだろうね」

梅森が乗り気になっているのは間違いないが、解決しなければならない大問題がある。

「実は、山崎さんからは、出店場所の提案も受けておりまして……」

「場所まで提案して下さってるの？」

これにはさすがに驚いて、梅森は目を丸くする。

「会社名、場所はまだ言えないけれど、とある大手デパートがアフターコロナを睨《にら》んだ業態転換を模索しているそうでして、そこの一階でやったらどうかと……」

「デパートねえ……」

梅森は、思案するかのように一瞬の間を置くと、万事を察したような口ぶりで返してきた。

「なるほどなあ、コロナ騒動以来、どのデパートも頼りにしていたインバウンド需要がほとんどゼロになってしまったからねえ。それに、ネット通販が普及するにつれ、リアル店舗に足を運ばずとも、クリック一つで大抵の物が買える時代にもなったしねえ。しかも、密を避《さ》けろとあれだけ言われりゃ、大規模店舗に行く気にもならんだろうからねえ」

「つまり、今回のコロナ禍で、とっくの昔にデパートというビジネスモデルが、日本人を相手にしていたのでは成り立たないことが証明された。デパートに外国人観光客が連日押しかけてきたのは、滞在日数に制限があるがゆえに、一カ所で大抵のものが買える利便性にあったということが明確になったわけです」

梅森は納得のいく説明だとばかりに、黙って話に聞き入っている。

由佳は続けた。

「山崎さんがおっしゃるには、そのデパートは業態転換を図るにしても、店舗の構造上、小売り業以外に考えられない。となると、残るフロアーでどんなビジネスを展開するかが問題だと……」

「さすがの山崎さんでも、思いつかないでいるわけか……」

「山崎さんのお話からも、そのデパートは繁華街、それも東京の一等地にあるのは間違いありません。オフィス街でもあり、繁華街でもあるわけですから、そんな場所でこのビジネスを行えば、高い集客効果が見込めるのは間違いありません。ですが、フードコートに集まる客を、他のフロアーで展開するビジネスにどう結びつけるか、全く案が浮かばないとおっしゃいまして……」

「一等地、しかも大手のデパートとなると、店舗もかなり大きいだろうからね。全館をひろめ市場にするってわけにもいかんしなあ……」

「フードコートの店舗にしたって、闇雲《やみくも》に増やせばいいというわけにはいきませんから、やはりワンフロアーが限度だと思うのです」

「そうだよなあ……」

梅森は頷くと、「かつて一階に化粧品売り場を設けたのは、女性客を店内に誘うのが目的だったが、今度はフードコートに替えることで、集客力を高め、二階以上の階で展開するビジネスに繋げようというわけか」

自らに言い聞かせるように漏らした。

「加えて、こうもおっしゃっていました。地下の食品売り場、いわゆるデパ地下は、コロナ禍にあっても売上げは順調に推移しているので、こちらはそのまま継続すると……」

「地下一階は食品売り場、一階はフードコート。どちらも食関係のフロアーになるのか……」

梅森は、そこで短い間を置くと、「もうワンフロアーも食関係のビジネスで埋められるかもしれないね」

ふと思いついたように言った。

「食関係……とおっしゃいますと？」

「催事だよ」

梅森は目元を緩《ゆる》ませる。「君のお父さんが担当なさってる、地方の食を集めた催事を定期的に入れ替えながら、恒常的に開催するんだ。珍味、肉や魚の生鮮食品、銘菓や駅弁なんかもいいだろうね。今でさえ、この手の催事は大人気なんだしさ。一階はポップアップスタイルのひろめ市場、二階は常に催事なら、祭りの規模が二倍になる。コンセプトとしても一貫してるじゃないか」

父親が勤め先で催事を担当しているだけに、集客効果のほどは由佳も百も承知だ。

嬉しくなった由佳は、

「それなら、地方の物産を集めた店を、その他のフロアーで展開するのも面白いかもしれませんよ」

さしたる考えがあったわけでもないのに、つい思いついたままを口にしてしまった。

「地方の物産？」

怪訝《けげん》な表情を浮かべ、問い返してきた梅森に、由佳は勢いのまま続けた。

「私、馬刺しが大好きで、銀座《ぎんざ》にある熊本のアンテナショップを時々利用するんです。もちろん、他の県のアンテナショップにも行くんですけど、常々店が分散しているのが面倒に感じてたんです。一カ所に集めれば頻繁に利用して下さるんじゃないかと……」

思いつきを口にしてしまったものだけに、途中から勢いは失速し、ついに由佳は言葉を呑んでしまった。

ところが梅森は、興奮を覚えた様子で、

「アンテナショップを一カ所に集めるねえ」

身を起こし、小鼻を膨《ふく》らませる。

「いえ……ただ、思いついたままを、うっかり口にしてしまっただけで……」

「いや、それ面白いかもしれないよ」

梅森は改めて由佳に視線を向けてくると、「一都一道二府四十三県。まあほとんどの自治体は東京にアンテナショップを設けているけど、大半の店舗は分散してるもんなあ。一カ所に集まれば消費者には便利なことこの上ないし、ショップの売上げも相乗効果で劇的に向上するだろうね」

肯定的《こうてい》な反応に意を強くした由佳は、再び勢いづいた。

「そもそもアンテナショップの目的は、各自治体で生産される食品や物産の販売促進にあるわけです。目的が同じなら一致団結してやればいいのに、店舗がバラバラじゃ、集客効果が落ちると思うんです。自動車メーカーがショールームを持ってますけど、一日に訪れる客の数は知れたものです。でも、モーターショーとなると、開催期間中は大変な数の人で賑《にぎ》わいますよね。それと同じことなんじゃないでしょうか」

「まあ、かつての勢いはないようだが、分かり易《やす》い例ではあるね」

梅森は笑みを浮かべながら続けた。

「目的は人それぞれだけど、ショーに足を運べば、どんな自動車、関連製品が販売されようとしているのか、開発中なのか、世界中のメーカーの動向が一日で分かってしまうんだからね。しかも、モーターショーの展示品はその場で買うことはできないけど、アンテナショップは違う。その場で購入できるんだ。一カ所に集まれば、熊本の馬刺し目当てで行ったつもりが、宮城の金華《きんか》サバの缶詰も買うなんてことにもなるだろうしね」

「もしも……もしもですよ。東京にある各都道府県のアンテナショップを、そのデパートに集めることができれば、残るフロアーの大半を埋めることができるんじゃないでしょうか」

「フロアーの面積、階数が分からんと、何とも言いようがないが、かなりのスペースが必要になるのは間違いないだろうね。それに、そのデパートが求めている、新しい形態の小売り業という条件にもマッチするな」

「そうなると、問題は各自治体の事業参加への同意をどうやって取り付けるかですね。アンテナショップについては全く知識がないのですが、管理は各自治体の産業振興課のような部署が担当していると思うんです。だとしたら、説明するだけでも時間がかかるでしょうし、お役所相手となると結論が出るまでに、どれほどかかるか……」

「そこは、滝澤さんの言う通りなんだが……」

困った様子で眉間に皺を浮かべる梅森だったが、新事業をものにするチャンスと見たのだろう。思わぬ提案をしてきた。

「もし、ひろめ市場をやると言うなら、是非協力させていただきたいし、デパートには、食堂街があるからね。見直すと言うなら、どうだろう、そこで、うちにポップアップレストランをやらせてはもらえないかと提案してみたらどうだろう」

「ポップアップレストランをですか？」

なるほど、さすがは梅森だ。

コロナ騒動のせいで開店休業状態にはあるものの、それ以前は連日大盛況。経営は極めて順調に推移していたのだ。大阪、名古屋、福岡への進出も考えていたし、麻布《あざぶ》近辺にデパートはない。業態転換を模索しているデパートがどこにあろうと、商圏が被《かぶ》ることはなく、都内に二号店を出店するには願ってもないチャンス到来と言えるのだ。

「だってさ、地下が食品売り場、一階でひろめ市場をやるって言うなら、食堂街をポップアップレストランにするってのもアリだよ。地方の食というコンセプトにも一貫性を保てるし、二階では催事が毎日行われて、アンテナショップで全館が埋まったら、それこそ地方の食と物産を一堂に会した商業施設になるじゃないか。もし、このビジネスが実現したら……」

「凄いことになるでしょうねえ」

梅森の満面の笑みに釣られて、由佳も目を細めた。

6

「地方のアンテナショップを全部集めるう？」

由佳から聞かされたアイデアを鉄郎が披露《ひろう》した瞬間、川俣が目を丸くして声を吊り上げた。

「そうなんです。東京には各自治体のアンテナショップがありますけど、場所はてんでばらばらじゃないですか。一カ所に纏まれば便利だし、相乗効果で売上げも向上するでしょうから、地方産業の活性化にも繋がる可能性は大いにある。実現すれば素晴らしいと思うんです」

「それ、うめもりの社員が考えついたんですか？」

「いや、彼女が言うには梅森社長が考案なさったそうで」

「さすがだなあ……」

川俣は腕組みをし、すっかり感心した様子で唸る。「いや、僕も東京にいた頃には、アンテナショップにはよく出かけたんですけど、確かに移動するのが面倒で、二軒目に行く気にはなれませんでしたからね」

「もし、このアイデアが実現すれば、燻製工房から受けていた相談も解決できるな」

牛島も声を弾ませる。

「そうなんだよ」

鉄郎は顔の前に人差し指を突き立てた。「宮城県もアンテナショップを出しているけど、訪れるのは目当ての商品を買いにくる人か、たまたま通りすがりに興味を惹《ひ》かれて入ってきた人かって程度だと思うんだ。それが、全都道府県の物産が一店舗に集まっているとなれば、宝探しをやるような楽しさも生まれると思うんだよ。その面白さ、便利さに目覚めてくれればしめたもの。リピーターにもなってくれるだろうし、現地の店から通販で購入ってことも充分に考えられるからね」

「このアイデアにはリアル店舗ならではの強みもありますしね」

またしても川俣は唸る。「ネット通販は欲しい物をピンポイントで探す、つまり検索機能という点において抜群に優《すぐ》れていますが、俯瞰《ふかん》性に欠けるという欠点があります。その点、リアル店舗では、陳列されている全ての商品が一目で見られる。事前知識もなければ、興味すら抱《いだ》いていなかった商品が、目に留まった瞬間、購入に繋がる可能性が生まれるんです。事業の継続性という点においても、非常に優れたビジネスプランと言えますね」

「何か、話を聞いただけでワクワクしてくるなあ」

牛島が嬉しそうに顔を綻《ほころ》ばせる。「俺、四井時代はウルトラ・ドメスで、日本全国を回ったけど、確かに地方には美味いものが沢山眠ってるからねえ。それが、一つの建物に集まるだなんて、夢のような話だよ」

「それだけじゃないんだ。梅森さんは、二階で地方の物産展も連日開催したらどうかと提案した上に、マルトミが食堂フロアーをポップアップレストランに替えるつもりがあるのなら、是非うめもりにやらせて欲しいと言ってるそうなんだ」

「なるほど、食堂街をポップアップレストランにね」

牛島の言葉を継いで、

「いいですねえ〜」

川俣が相好を崩す。「ひろめ市場スタイルのフードコートも客を集めるでしょうが、地方物産展の集客力は抜群ですからね。なんと言っても、催事もフードコートも、出店者が定期的に入れ替わるってのがいいですよ。おまけに食堂街がポップアップレストランになれば、コンセプトが一貫して、消費者にも分かりやすいし、飽きられることがありませんからね」

「広告マンだった川俣さんから見ても、そう思われますか?」

鉄郎が訊ねると、

「ビジネスもそうだと思うんですが、マスに対して何かを説明する、訴えようとする時に最も大切なのは、簡潔さ、明瞭《めいりよう》さなんです。その点、梅森さんの案には、ポップアップという一貫したコンセプトがありますし、酒が飲めるフードコートですら珍しいのに、料理を提供する店が定期的に入れ替わるなんて前代未聞ですよ。しかも催事も毎日、それも県単位の物産展が定期的に入れ替わるなんて、それこそ毎日がお祭りじゃないですか。これ、絶対にウケますよ。大変な反響を呼ぶと思いますね」

川俣は内心の興奮を隠そうともせず断言する。

「ただ、問題がないわけではないんです」

「問題……と言いますと？」

「アンテナショップとなると、各自治体の協力を得ないことには――」

鉄郎がそう話し始めたところで、

「それのどこが問題なんですかね」

川俣が不思議な顔をして遮った。

「えっ？」

「もしかして山崎さんは、自治体の協力なくして、このプランは実現しないとおっしゃりたいのですか？」

「ええ……」

「あの……、どうして自治体が出て来るんですかね」

「えっ?」

鉄郎は、間の抜けた声を上げてしまった。

全く予想もしなかった質問であったこともあるが、明確な返答をすぐに思いつかなかったこともある。

そんな鉄郎に向かって、

「そもそも論になるんですけど」

川俣は、冷徹な口調で言った。「てんでばらばらにアンテナショップを運営するより一カ所に集めた方が、集客力も上がれば、売上げも上がる。その結果、地方産業の育成に弾みがつくって発想を、どうして自治体が持たなかったんでしょう?」

返す言葉などあろうはずもない。

再び沈黙した鉄郎に向かって川俣は続ける。

「私だって、梅森さんの案を聞くまで気づかなかったんですから、偉そうなことは言えないのですが、自治体がやっているのか、民間に委託しているのか、運営を誰が行っているにせよ、アンテナショップを設ける目的は同じはずです。だったら、個々で展開するよりも一カ所に集めた方が効率的だし、遥《はる》かに高い効果を得られるという発想、提案が出るのが当たり前のはずなんです」

その通りには違いないのだが、川俣の話にはまだ先がありそうだ。

鉄郎は黙って聞き入ることにした。

果たして川俣は、さらに続ける。

「なるほど、各自治体の担当者が一堂に会して、コンセンサスを得るのは難しいでしょうし、機会もなかったのかもしれません。でも、各自治体のコンセンサスを得る場としては、全国知事会というのがあります。なのに、今に至るまで、こんな構想を打ち出した知事は誰一人としていません。おそらく、知事に提案した担当者もいなかったのでしょう。だとしたら、それこそ行政の怠慢《たいまん》と言うものじゃありませんか」

知事とまではいかずとも、町長を務めたことがあるだけに、『行政の怠慢』と言われると鉄郎も心中穏《おだ》やかではいられない。

もちろん、川俣の論は間違ってはいないのだが、お役所仕事を体験した身からすれば、一刀両断にするのも些《いささ》か酷《こく》というものだ。

仮に過去には同じような考えを抱いた人間がいたとしても、役所の仕事は万事において前例主義だ。しかも、民間企業と違って厳しいノルマや数字に追われることもない。提案したところで、上司に却下されるのは目に見えているし、全国の自治体がこぞって賛同することなど夢のまた夢というものだからだ。

「そこのところは、川俣さんがおっしゃる通りだとは思いますけど……」

その時、牛島が口を挟んだ。

「それって怠慢と言うより、限界と言った方が当たってるんじゃないでしょうかね。役所が関与するとなると原資は税金。しかも家賃や人件費は予算で確保されてるんですから、売上げがどうあろうと絶対に潰れることはないんですもん。官主導の事業なんて、そんなもんですよ」

行政への批判は、聞いているだけでも不愉快になる。

「でも、そのお陰で、大きなビジネスチャンスが得られたんだ。今回ばかりは、その行政の怠慢ってやつに感謝すべきなんじゃないのか？」

鉄郎は言葉に皮肉を込めた。

「もっとも、マルトミがこのビジネスもやるとしたら、アンテナショップとはひと味違った店ができるかもしれませんけどね」

何か案が浮かんだらしく、川俣の眼差《まなざ》しが鋭くなった。

「と言いますと？」

先を促《うなが》す鉄郎に、

「アンテナショップって、商品を紹介したり、消費者の嗜好《しこう》を探るために出す店じゃないですか。でも、マルトミの場合はビジネスです。確実に売上げに繋がる、つまり売れる商品だけを取り扱わなければビジネスにはならないんです。となると、アンテナショップって言うより、セレクトショップってことになりますよね」

「なるほど、地方の物産のセレクトショップか……」

鉄郎は感心して相槌を打った。

さすがは元広告マンだ。物は言いようというやつかもしれないが、言葉を変えただけでも随分と印象が違ってくる。

「そう考えるとですよ。マルトミが業態転換を図るには、セレクトショップは充分実現可能、かつ高い収益性が見込める事業になると思うんですよ」

「それ、どういうことですか？」

牛島が訊ねると、川俣は即座にこたえる。

「デパートで仕入れを担当するのはバイヤーです。彼らは日々持ち込まれる商品を吟味《ぎんみ》して、商品力、つまり売れる売れないの判断を下すのが仕事です。商品力を見定める目も確かなら、消費者の嗜好もよく知っているはずですからね」

「なるほど、人材の活用という点でも、このビジネスはもってこいと言うことになるわけか……」

「マルトミは多くの従業員を抱えていますからね。社員の出身地も全国に散らばっているはずですから、各地方の名産品にも通じているんじゃないでしょうか」

「しかも、各都道府県ごとに店舗を分ければ、その分だけ販売員が必要になりますから、雇用も維持できますすね」

「それだけじゃありません。可能性はどんどん広がりますよ。アフターコロナのインバウンド需要を摑《つか》むのにも、これは、大変な武器になるかもしれませんよ」

「あっ！　そうか」

牛島が、ぽんと手を打ちながら椅子の上で身を起こす。「日程に限りのある外国人観光客にとって、大抵のものが揃っているデパートは、買い物に最適な場所だった。地方の物産を一堂に集めたセレクトショップができれば、全国を訪ね歩くまでもなく日本中の名産品が買えてしまうんだ。そりゃあ、魅力的な場所になりますね」

「一階に国内観光の情報センターを設けるのもいいかもしれませんよ」

川俣の瞳が炯々《けいけい》と輝き出す。「日本の観光地の情報なんて、ネットで簡単に検索できると訳知り顔で言う若者がいますけど、画面で見るのと、実際に現物を見、手に触れ、あるいは味わうのではやっぱり全然違うんですよね。例えば神奈川県なら、箱根《はこね》の寄せ木細工、石川県なら輪島塗《わじまぬり》とか、各都道府県の伝統工芸品の製作実演を行ったり、祭りの様子を常時映像で流すとか、来日外国人観光客が日本の地方に興味を抱いてくれるような工夫をするんです。今回の来日では行けないけど、次回は行ってみたいと思ってくれればしめたもの。情報センターを訪ねれば、交通機関、宿、気候、祭りの開催期間など、地元ならではの旬の情報が入手でき、すぐに訪ねたいと言うなら、チケットや宿の手配もして差し上げる。つまり、セレクトショップを日本観光のゲートウェイにするんです」

まさに、広告マンの面目躍如。次から次に湧いて出て来る斬新《ざんしん》なアイデアに舌を巻いた鉄郎だったが、

「そうだ、一階はもう一つ使い道がありますね」

川俣が言い出すのには心底驚き、思わず問うた。

「それは、どんな?」

「商品の一時預かりコーナーです」

「商品を一時預かる？」

「フードコートは昼前、デパートの開店時間からして、セレクトショップも午前十時から営業することになると思うんですよ。ランチを摂《と》るのは、買い物客だけじゃありません。日本橋界隈には、数多《あまた》のオフィスビルがありますから、周辺のサラリーマンだって利用するでしょう。でも、勤務時間は大抵が九時五時。定時で退社する人は、そう多くはないはず……」

そこまで聞けば、川俣の狙いが見えてくる。

「残業で遅くなれば、閉店時間が過ぎてしまうこともある。ところがオフィスには保管場所がない。ランチを摂りに来たついでに、買った商品を預けておけば、売り場が閉まっていても、帰宅途中でピックアップできるというわけですね」

「買い物客だって、マルトミだけで終わりってわけじゃありませんからね。近辺には有名な店が沢山あるし、銀座だって徒歩圏内。冷凍食品や保冷が必要な食品なんか、持って歩いているうちに溶《と》けちゃいますからね」

冷凍？　保冷？

なるほど、言われてみればその通りなのだ。

保冷剤やドライアイスのサービスはスーパーでさえ当たり前に行われているし、不都合が生じたことはない。しかし、平日のビジネスパーソンをもターゲットにするとなると話は別だ。

川俣が言うように、退社時刻は決まっていても、あってなきがごときものである。残業は頻繁にあるし、突然飲み会の誘いを受けることだってあるはずだ。

これでは保冷、冷凍が必要な商品を、昼時に購入する気になれるはずがない。

それだけではない。

化粧品の販売を一階で行うようになったのは、集客力を高めるのが目的だ。

人が集まらなければ、商品が売れるわけがないからだが、業態転換を図った際に、化粧品売り場をなくしても、集客力を高める策は二つある。

一つは、唯一無二の商品を販売すること。そしてもう一つは、客に支持されるサービスを提供することだ。

川俣が提案する『一時預かりコーナー』は、その決定打になるかもしれない、と鉄郎は直感した。

「まあ、ふと閃《ひらめ》いたことを口にしただけなんですがね」

川俣は続ける。

「大型冷蔵庫、冷凍庫を設置して、ホテルのクロークのように預かり番号で管理するのもいいでしょうし、無人ロッカーなんてのもいいでしょうね。店舗の外側に並べるもよし、銀行のＡＴＭのように外からアクセスできる構造にするっていうのもアリかもしれません。それなら、残業や飲み会で遅くなっても、いつでも持ち帰りができますし、地方の名産品の中には、要冷蔵、要冷凍の食品類が結構ありますからね」

「それ、凄くいいと思います」

鉄郎は、すぐさま賛成した。「今でも保冷剤やドライアイスをレジで無料で提供してくれますけど、それでも夏場は加工品や生物《なまもの》が傷《いた》んでしまうんじゃないかと、不安になりますからねえ。ましてや日本橋ですもん。電車やバスを使ってそれなりの時間をかけてやって来る客も多くいるでしょうし、せっかく出かけてきたからには、銀座にも行きたいでしょう。そんなことやってたら、二時間、三時間なんてあっという間ですもん」

「さすがは、万報堂にお勤めだっただけのことはありますねえ。着眼点といい、マーケティングセンスといい、素晴らしいの一言です。いや、勉強させていただきました」

牛島もまた、感心しきり。深々と頭を下げる。

川俣は、嬉しそうに顔を綻ばせると、

「いや、梅森さんがアンテナショップを集めるなんて、目の醒《さ》めるようなアイデアを出して下さったからですよ。私は、それにちょっとばかり、手を加えただけのことですので……」

謙遜《けんそん》しながらも、満足そうに冷酒で満たされたグラスに口をつけた。

あれほど知恵を絞っても、何一つとしてこれといったアイデアが浮かんで来なかったのに、突破口が開けると、泉のように湧いて出て来るのだから不思議なものだ。

それは川俣だけではなく鉄郎もまた同じだ。

「ねえ、川俣さん。先ほど、一階に国内観光の情報センターを設けるっておっしゃいましたよね」

「ええ」

「そこで、これもさっきおっしゃっていた各地の伝統工芸品の実演を、毎日やったらどうでしょう」

視線を向けてきた川俣に鉄郎は続けた。

「それらを併せて広報、販促活動の一環として、マルトミが動画サイトを開設するってのはどうですかね」

「動画サイト……ですか？」

「マルトミで開催される伝統工芸の実演シーン。セレクトショップで販売されている商品特性、原材料の加工、製造方法、味、調理方法なんかを、ドキュメンタリー仕様にして動画サイトにアップするんです」

「つまり、マルトミに行けば、紹介されている商品が全て揃っている、買えるってことを、来日前の外国人にアピールするってわけか！」

牛島が、ぽんと膝を叩いて身を乗り出した。

「いや、さっき若い人は観光案内所なんか必要としない。ネットで簡単に検索できるって、川俣さん、おっしゃったじゃないですか。その若い人たちが訳知り顔に言う様子が頭に浮かんで、実はカチンときましてね」

「山崎さんでも、そんな気持ちになることがあるんですか。でも、訳知り顔なんて言うと、今度は若い人たちがカチンときますよ。我々の間だけの表現にしておいて下さいね」

川俣の返しに、苦笑いを浮かべながら鉄郎は話を続けた。

「私もその類いのＳＮＳはかなり見ましたけど、個人のサイトにせよ、政府がやっているサイトにせよ、コンテンツの数はまだまだ少ないし、一覧性という点に欠けているように思うんです」

「それに、動画一本の尺も数分というのが大半ですからね」

「たとえば、団扇《うちわ》です」

意味があって団扇を例に取ったわけではない。ふと、脳裏に浮かんだままを口にしただけだ。

鉄郎は続けた。

「団扇の名産地と言えば香川県の丸亀《まるがめ》市で、国内シェアの約九割を占めると言われていて、製造工程も確か五十近くもあったと記憶しています」

「大分前ですが、私も実際に見たことがあります。丸亀団扇は今に至っても全て職人の手作りなんですよね。あの作業の見事さを外国人が目にしたら、そりゃあ驚愕するでしょうね」

「驚愕すれば、当然興味を覚える。丸亀とは、香川とはどんなところなのか。四国とは……。一つの伝統工芸品の制作過程を目にしたことで、丸亀、香川、四国の食文化、名勝地、気候風土に興味の対照を広げてくれればしめたもの。外国人が観光に訪れる目的地になる。そうしたコンテンツが増えていくにつれ、興味の対象は日本全国へと広がっていく……」

「そのゲートウェイになるのがマルトミであり、マルトミを訪ねれば、サイトで紹介されている全ての商品が揃っていると言うわけですね」

川俣は目を見開くと、

「それ、素晴らしいアイデアだと思います。さすがは、山崎さんだ。いや、感服しました」

椅子の上で居住まいを正すと、深く頭を下げた。

第四章

1

「社長解任動議の件ですが、高塚《たかつか》君と宮前《みやまえ》君、の二人から賛同を取りつけました」

銀座の雑居ビルの地下にある喫茶店で、西村は寿々子に顔を近づけ低い声で言った。

「二名？　それじゃ過半数には一人届かないじゃない」

「社長、副社長を外《はず》すと、残るは二名……。この両名がどう反応するか、皆目《かいもく》見当がつきませんで……」

西村は眉間《みけん》に皺《しわ》を刻んで難しい表情を浮かべると、ふうっと息を吐《は》いた。

「残る二名というと――」

「増川《ますかわ》君と高木《たかぎ》さんです」

先回りして、西村は二人の名前を挙げ、話を続けた。

「増川君は中途入社で、彼の企画能力を買った社長が他社から引き抜いた人間です。ご承知かとは思いますが、高木さんは高卒からの叩《たた》き上げで役員になったこともあって、社長には恩義を感じているはずです」

「高木さんは難しそうだけど、増川さんはどうなの？　兄さんの誘いで他所《よそ》から転じてきたってことは、条件次第で転《ころ》ぶ人ってことじゃないの？　それに企画能力って言うけど、そんなに優秀だったら、なんでマルトミがこんなことになるのよ」

「オリンピック特需《とくじゅ》に備えて、店舗《てんぽ》の大改装を企画、提案したのは彼なんですよ。何事もなく開催されていれば、空前の業績を上げていたはずなんですが、そこにまさかのコロナですからねえ……。特需を当て込んで先行投資を行った会社は山ほどありますし、コロナ以前は彼の打ち出した企画が、外国人観光客を惹《ひ》きつけていたこともありますので、優秀な男ではあるのです」

「平時の実績なんてどうでもいいの。二言目には業績不振の原因をコロナのせいにするけどさ、企画力を買われたのなら、そこをどう乗り切ってみせるかが腕の見せ所ってもんじゃない」

「政府が打ち出す感染防止策が場当たり的で、こうも一貫性に欠けますと、末端の我々は右往左往するばかりというのが実情でして……。事実、業績が低迷しているのは、うちだけではありません。少なくとも百貨店業界は皆一様に業績が悪化しているのです」

西村の言はもっともだと思う。

新型感染症の発生は、以前から予測されてはいたものの、いかなるウイルスによるものか、いつ発生するのかは、専門の学者でさえ皆目《かいもく》見当がつかなかった。それが極めて高い感染力を持つ新型コロナウイルスの出現によって、ついに現実のものとなったのだ。しかも政府が打ち出す感染防止策は、医療体制の維持が優先で、経済は二の次である。

マルトミが生き残るためには、このプランを実現する以外にないと寿々子は確信しているのだが、栄二郎を解任するには、どうしてもあと一人の賛同を得なければならない。

ならば、どうするか……。

思案する寿々子に向かって、西村は言う。

「もっとも、増川君はビジネスライクというか、合理的というか、ドラスティックな面があるのは事実です。寿々子さんの案に賛同してくれる可能性もなきにしもあらずとは思うのですが……」

「だったら、話を持ちかけてみたらいいじゃない」

「百パーセント賛同するという確信が持てないのです。下手をすれば、返り討ちに遭《あ》うことにもなりかねませんので……」

歯切れ悪く言い、語尾を濁《にご》した。

「こちらの動きが、兄さんに伝わってしまうと言うわけね」

「そうなんです……」

西村は困惑した表情を浮かべ、苦しげに漏らす。「謀反《むほん》を起こそうと言うのですからね。この手の動きは、相手に気配を事前に悟られたら、必ず失敗するものです。一《いち》か八《ばち》かの賭《か》けはできませんので……」

「でもさ、このままだと、私の立てたプランは実現しないわよ。本店ビルを失って、マルトミは消滅してしまうことになるわよ」

「いや、方法はあると思います」

「あるって、どんな？」

寿々子は苛立《いらだ》ちのあまり、続けて問うた。「持って回った言い方をしないで、策があるならさっさと言いなさいよ！」

「副社長に賛成していただけないかと……」

これには、さすがに寿々子も驚き、

「うちの人に？」

思わず声を吊《つ》り上げた。

しかし、西村は至って冷静だ。

「この計画は、創業以来富島家が営々と経営を引き継いできたマルトミ百貨店をいかにして守るか。たとえ百貨店を廃業し、不動産の一部を売却してでも、創業の地で富島家が再出発を図《はか》るための苦肉の策のはずです」

その通りだ。

寿々子は黙って頷《うなず》いた。

西村は続ける。

「副社長は婿《むこ》養子ですから、家業に対する思い入れは、寿々子さんほど深くはないかもしれませんが、富島家の一人に変わりはありません。寿々子さんの思いの丈《たけ》を訴えれば、きっと理解して、社長の解任に賛同していただけると思うのですが？」

　確かに西村の言には一理ある。

　しかし、そうなると問題は西村の処遇だ。

「でもね、うちの人が賛成に回ったら、次期社長は誰になるの？　前に兄さんに代わって、あなたに社長をやって欲しいって言ったけど、慣例に従えば富島家の人間、つまりうちの人ってことになるわよ」

「それでは、寿々子さんが困るんじゃありませんか？」

「えっ？」

「副社長が社長に就任すれば、その次は寿々子さんとはいかなくなるかもしれませんよ」

「それ、どういうこと？」

「率直にお訊《き》きしますが、副社長は寿々子さんの意向に異を唱えることができるんですか？」

　質問の意図を改めて訊《たず》ねるまでもない。しかし、夫婦の力関係を、役員とは言え他人に明かすのは憚《はばか》られる。第一、寿々子にとって西村は、使用人の一人に過ぎないのだ。

　寿々子は沈黙した。それも不快感を露《あら》わに、睨《にら》みつけてやったつもりだったが、

「財力に勝る家に入った婿養子って、奥さんの意向にはなかなか逆らえないと聞きますが？」

　西村は平然と言ってのける。「富島家ならなおさらでしょう。そりゃそうですよね。同じ姓を名乗るようになっても、富島家の血を引いてはいない人間は、他人同然でしょう。副社長になったとはいえ、会社のことに口出しなんかできませんよね」

「その前に、私の質問にこたえなさいよ。うちの人が社長になったら、あなた、社長になれないのよ？」

寿々子はぴしゃりと言い放った。

ところが西村は薄ら笑いを浮かべ、小馬鹿にするかのように小さく息を吐くと、念を押すように言う。

「もちろん副社長が社長になれば、私たちも全力でお支えいたしますがね。だけど、寿々子さん。ご承知だとは思いますが、役員会で決まるのは、あくまでも社長候補です。株主総会で承認されなければ、社長には就任できないのですよ」

「主人では承認が得られないと言うの？」

「その可能性はなきにしもあらずでしょうね」

西村の瞳《ひとみ》がギラリと光る。「創業以来同族経営を続けてきた会社が、経営危機に陥《おちい》ったケースは多々あります。株主総会の場では、必ず経営責任が問われることになるのですが、大抵は同族経営の弊害《へいがい》が問題視されるんです。もちろん、創業家の人間でも実績があり、継続して経営を任《まか》せるに足りると株主に認められた場合は話は別ですがね」

「うちの人には、株主に認められる実績はない、社長就任が認められるわけがない、と言いたいわけ？」

「副社長に、これといった実績があるとおっしゃるのなら、是非《ぜひ》聞かせていただきたいものです。追加融資の交渉にも失敗しましたし、新たな資金調達に全く目処《めど》が立たないでいるではありませんか」

そう返されると反論のしようがない。

西村が言うように、家庭内の主導権は寿々子が握っているし、会社では栄二郎の忠実な僕《しもべ》。それが幸輔である。

結婚と同時にマルトミに入社した直後こそ、事業拡張に貢献したものの、あれはバブルのなせる業《わざ》と言うもので、幸輔でなくとも結果が出せた時代のおかげであったのだ。実際、バブル崩壊以降は、これと言った実績を上げてはいないし、現在の役職は財務担当副社長。株主からすれば、栄二郎同様マルトミを窮地《きゅうち》に追い込んだA級戦犯だ。

黙った寿々子に向かって西村は続ける。

「それに、仮に副社長の社長就任が認められたとしても、寿々子さんが役員に就任できるとは限りませんしねえ」

「えっ？」

「役員会で寿々子さんの新役員就任が認められるかどうかは分からないということです。候補に上がった時点で、過半数の賛同が得られなければ、株主総会に諮《はか》るまでもなく否決されてしまうこともあり得ますのでね」

つまり、西村は「幸輔が社長に就任すれば、寿々子の役員就任を阻止《そし》する動きに出る」と暗に匂わせているのだ。

使用人の一人だと、たかをくくっていたが、とんでもない間違いだった。

どうやら、胸の奥で眠っていた野心に火をつけてしまったらしい……。

「ねえ、寿々子さん……」

思わぬ展開を迎えて愕然《がくぜん》とし、声が出せないでいる寿々子に向かって西村は続ける。

「私はね、寿々子さんがお考えになったプランは、実に現実的だし、成功するだろうし、マルトミが生き残る策は、これしかないと確信してるんですよ。ビル運営会社だって、分割とはいえ、日本橋に不動産が所有できるんですから、飛びついて来るでしょう。テナント集めには苦労しないでしょうし、是非とも入居したいという企業も続出するでしょう。それは、うちの所有区分も同じです。昼間人口が増えれば増えるほど、商業施設への入居を希望するテナントはひきも切らず。つまり、寿々子さんがお考えになったプランは、誰が社長になろうと成功するのは間違いないんです」

「要するに、このプランを実現するためには、マルトミを率《ひき》いてきた富島家の人間が、一旦経営トップから身を引かなければならないと言いたいわけね」

「表向きの顔を一時的にすげ替えるだけですよ」

西村は、簡単に言い放つ。「私が社長に就任した暁《あかつき》には、寿々子さんを役員にお迎えすることを確約いたします。立派に経営を軌道に乗せ、盤石《ばんじやく》の体制を整えたところで、寿々子さんを後任に指名すれば、役員はもちろん、株主も異議を唱えはしませんよ。株主の関心、評価基準は業績にあるのであって、結果さえ出せば誰が社長になろうと構わないんですから」

西村の言う通りかも知れない、と寿々子は思った。

いきなり自分が社長に就任するのは無理な話だし、幸輔では株主の同意が得られるかどうか分からない。かといって、富島家の人間が役員に一人もいなくなれば、マルトミの経営に二度と関われなくなる可能性もないとは言えない。

そこで寿々子は問うた。

「本当に私の役員就任を確約してくれるの」

「もちろんです」

西村は即座にこたえる。「この件については、既に高塚君、宮前君も同意しておりましてね。富島家あってのマルトミだ。寿々子さんには、是非役員になっていただかねばと申しておりますので」

「そう……」

寿々子は一瞬の間を置き言い放った。「いいわ。うちの人に賛成させるわ。どうせ兄さんに、これといった打開策なんかあるはずがないんだし、嫌《いや》とは言わせないから」

2

「ちょ、ちょっと待ってくれ。お義兄さんの解任に賛成しろって、それ本気で言っているのか？」

寿々子の話半《なか》ばで幸輔が遮《さえぎ》った。

正気かと言わんばかりに幸輔は目を剝《む》き、顔色が蒼白《そうはく》になっている。

「もちろん、本気だけど？」

平然とこたえた寿々子に向かって、

「何を言ってるのか分かっているのか？　君がやろうとしているのは謀反、それも実の兄の寝首を掻《か》けって言ってんだぞ。そんなこと、許されるもんじゃないよ！」

唇《くちびる》を震わせ、食ってかかってくる。

「しかたないじゃない。マルトミをここまで追い込んだ張本人、戦犯なんだもの。一刻も早く手を打たないと落城するってのに、黙って指をくわえて見ているわけにはいかないじゃない。大将首をすげ替えてでも、城を守るってのが家臣の務めってものよ」

「家臣の務め？　じゃあ、この話を持ち出したのは――」

「もちろん、私だけど？」

寿々子は幸輔の言葉の途中で返した。

「君は家臣じゃないだろ？　富島家の一員には違いないけど、今まで一度も会社の経営にタッチしたことはないお姫様じゃないか。そんな立場の人間が、どうして会社のことに口を挟《はさ》むんだ」

「役員の中には、兄さんのやり方に不満を抱いていても、言うに言えないでいる人たちがいるんじゃないかと思ったからさ、呼び出して話を聞いてみたのよ、そうしたら案《あん》の定《じょう》、大変な危機意識を持っていることが分かったの」

議論の熱量が、たちまち頂点に達する。

寿々子は勢いのまま続けた。

「社長、副社長になれるのは、創業家の人間だけ。社員の出世は専務までってのがマルトミの不文律ですからね。それも誰を役員にするかは、社長の意向次第でやって来たんだもの、そりゃあ、面と向かって意見なんかできないわよ」

全くの推測だが、組織の人事はどこも似たようなものだ。同族経営やオーナー企業ともなると、トップの覚え目出度《めでた》い人間が、引き立てられる傾向がより顕著《けんちょ》に表れるだけの話である。

果たして幸輔にも思い当たる節があるらしく、複雑な表情を浮かべ押し黙る。

寿々子はさらに続けた。

「兄さんや、あなたに意見なんかできるわけがないって言うのよね。理由なんか訊ねるまでもないわ。だって、覚え目出度くしておかなけりゃ、出世できないんだもの。そりゃあ、唯々諾々《いいだくだく》と従うしかないわよね」

「いったい誰と会ったんだ。誰がそんなことを言ったんだ」

「誰だっていいじゃない」

質問を無視して、寿々子は語気を強めた。「ここまで追い込まれたら、マルトミは終わりだ。業績を回復するなんて不可能だ。何をやるにしても今からじゃ遅すぎると、途方に暮れていたわよ」

「まさか君、例の話をしたんじゃないだろうな」

「したわよ」

寿々子はあっさりとこたえた。「どうしたらいいのか分からないって言うんだもの、こんな案はどうかしらって、意見を聞いてみたくもなるじゃない」

「君は……」

幸輔は、心底呆《あき》れ果てた様子で絶句する。

「そうしたらね、それは素晴らしいアイデアだ。それならマルトミは生き残れる。いや、生き残る術《すべ》はそれしかないと賛成してくれてね」

「誰と会ったか知らないけどさ、役員からすりゃあ、経営に関与していないとはいえ、君は富島家の人間だ。兄さんや僕に意見できないと言うのなら、君の案にだってケチなんかつけられやしないさ。賛成してくれただなんて、まともに聞く方がどうかしてるよ」

「じゃあ兄さんは、何か策を思いついたの？」

「それは……」

幸輔は視線を逸《そ》らし口籠《くちご》もる。

「何か思いついたなら、真っ先にあなたに話すんじゃないの？　相談一つないんでしょ？　ってことは何もない。ノー・アイデアってことじゃないの？」

テーブルの一点を見詰め、無言を貫《つらぬ》く幸輔のこめかみがぴくりと動く。

寿々子は続けた。

「一緒にやりたいって不動産会社、商業ビル運営会社には、既に目処がついてるの。資金調達の手立てにもね。後はマルトミが同意すれば、私の案は実現するのよ。それで、マルトミは危機を脱して、新しい会社に生まれ変われるのよ」

「義兄《にい》さんが社長でいる限り、君のプランは実現できない。だから、解任しろって言うのか?」

幸輔は顔を上げ、寿々子を睨《にら》みつけながら問うてくると、そのままの勢いで話を続けた。

「君は知らんだろうが、解任なんてそう簡単にできるもんじゃないんだよ。まず、取締役会で解任動議を出して決を取り、過半数の賛同を得なければならない。うちの役員は七名だから、賛同者は四名必要になるんだ。役員のほぼ全員が、入社以来創業家に忠実に仕《つか》えてきた生《は》え抜きだ。たとえ、解任動議を出したとしても、四人の賛成を得るなんて、まず無理だね」

「それがねえ、すでに三人が賛成してくれてるの」

「えっ……」

幸輔は再び顔を強《こわ》ばらせ、絶句する。

そんな幸輔に嘲笑《ちょうしょう》をくれながら、寿々子は言った。

「さっきは、うっかり家臣なんて古めかしい言葉を使っちゃったけど、命を賭《と》して君主と運命を共にするなんて人間はいやしないのよ。とっくの昔に、使われる側が仕える人間を選ぶ時代になってるの」

「三人……。そこまで、話は進んでいるのか……」

幸輔は、呆然《ぼうぜん》とした面持ちで絶句する。

「当たり前じゃない」

寿々子は鼻を鳴らした。「フェイスブックの創業者、マーク・ザッカーバーグはいいこと言ってたわ。『素早く動いて破壊せよ』ってね。何をやるにもスピードが大切なの。ぐずぐずしていたら、防御策を施《ほどこ》されて破壊できなくなっちゃうからね」

「破壊？」

その一言が気になったらしく、語尾を吊り上げる幸輔を無視して、寿々子は話を進めた。

「残る二名は、この話を知らないの。賛成するかどうか確証が持てないそうでね……」

「じゃあ、最後の賛成者一名をどうやって確保するんだ。動議を出したはいいが、反対に回られたら謀反は失敗。それこそ返り討ちにされるぞ」

「あなたが賛成すれば四名じゃない」

「そして、僕が社長になれって？」

幸輔の瞳が一瞬ギラついたように見えたのは、気のせいではあるまい。

前にこの話を持ち出した時は、確かに幸輔には栄二郎に代わって社長になれと言ったが、状況は変わったのだ。

寿々子は、静かに首を振ると、

「兄さんと一緒に、あなたにも退任してもらうわ」

口調こそ柔らかだが、冷え冷えとした声で告げた。

「退任？　僕が？」

さすがに驚愕し、口を半開きにして一瞬固まった幸輔だったが、一転して声を荒らげた。「どうして僕が退任しなけりゃならないんだ！」

「経営責任。それが兄さんを解任する理由だからよ」

寿々子はピシャリと言い放った。「さっき言ったでしょ？　マルトミは富島家が支配してきた会社なの。現経営陣のツートップは、兄さんとあなた。実情がどうあれ、社員や株主からすれば、兄さんとあなたは一心同体。兄さんが責任を問われるなら、あなたも問われるのが筋ってもんじゃない」

「それじゃ、マルトミから富島家の人間が一人もいなくなってしまうじゃないか。創業家の人間が、経営陣から排除されたら、二度と――」

「その点はご心配なく」

寿々子はついと顎《あご》を上げ微笑《ほほえ》んだ。「私が取締役に就任しますので……」

「君が役員に？」

「いずれ、新生マルトミの二代目社長になる人間としてね」

愕然とする幸輔に向かって、寿々子は言った。

「私が社長になったら、あなたを取締役に指名するわ。それなら文句ないでしょう？　今まで、散々働いてきたんだもの、二年やそこらゆっくりしててもバチは当たらないわよ」

3

「富島です！　企画書、拝読いたしました！」

言葉を発する側《そば》から、口元が緩《ゆる》んでしまう。興奮のあまり自然と声が大きくなって、上《うわ》ずってしまう。

待ちに待った鉄郎からのメールが届いて、三十分も経《た》っていない。

『企画書』と記《しる》された添付ファイルを即座に開き、栄二郎はむさぼるように読んだ。唸《うな》った。感服した。そして、感動した。

「これは素晴らしいプランだ！　驚いたよ！　まさか、こんな手があったとは……。さすがは山崎君だ」

「そう言っていただくのは嬉《うれ》しいんだけど、実は今回のプランに、私のアイデアはほとんど入っていないんだよ……」

鉄郎の声からは照れと言うより、困惑した様子が伝わってくる。

「えっ……！　と、言うと？」

こんなアイデアを思いつく人間は、そういるものではない。そうでなければ、マルトミの再建策にこれほど苦労するはずがないのだ。

「富島君、同期の牛島って覚えてるか？」

「牛島……君？」

遠い昔のことである。それに同期も百人からいたし、配属先の事業部が違えば、別会社も同然だ。

記憶を探ってみても、「そんなやつがいたかも……」という程度でしかない。

「私も富島君が同期だってことは、正直、徳田から電話をもらった時に知ったくらいだから、牛島のことを覚えていなくて当然なんだけど、彼、四井を退職したのを機に、ここのプラチナタウンに入居してね」

「じゃあ、同じ町内に？」

「まあ、腐れ縁《くさえん》ってやつなんだけどさ、実はプラチナタウンを実現できたのも、彼の力添えがあればこそのことでね。今回もまた同じで、このプランの原点になったのは牛島のアイデアなんだよ」

「牛島君の？」

「四井時代はウルトラ・ドメスでさ、国内支店の所在地には全て足を運んでいたし、その上、本人自ら『酒とゴルフには背中を見せない』と言って憚《はばか》らない男だからさ……」

鉄郎の笑い声の中に混じる懐《なつ》かしい言葉を聞いて、栄二郎はすかさず訊ねた。

「牛島君は、どこの事業部にいたの？」

「都市開発事業部。それでプラチナタウンを開設する時には力になってもらったわけなんだ」

「なるほどねえ。そういうわけか」

「僕は牛島に聞くまでひろめ市場というのを全く知らなかったんだけど、動画や画像を見ると、酒飲みにとっては堪《たま》らない場所だし、夜だけじゃなくて、ランチタイムだって実に楽しそうなんだよね。ただ、東京でひろめ市場をやるとなると、問題は収益性でね。供する料理の値段は手頃な価格に抑えるに限る。その一方で、客席のスペースを広く取らなければならないとなると、地代が高い東京で、果たしてビジネスとして成り立つのかどうかと……」

「地代なんてかからんよ。だって、提案された一階の広場は、ビタ一文のカネも産まない休息スペースなんだもの」

「最初に電話をもらった時に言ったけど、新規ビジネスについての相談を受けていたのが、外食産業を手広くやっている会社でね」

「外食産業？　どこの会社か、教えてもらってもいいかな？」

「『築地うめもり』さんだよ。実は、ポップアップスタイルにしたらと言うのも、ちょうど『築地うめもり』の社員の方から、新規事業についての相談を受けていたからで……」

「『築地うめもり』と言うと、あの寿司《すし》チェーンをやっている？」

「ああ、その『うめもり』さん……」

企画書には、ひろめ市場スタイルのフードコートをポップアップでと記してあったが、なるほどそういう経緯があったのか。

鉄郎は続ける。

「承知の通り、飲食業界はコロナの影響をまともに受けて、どこも経営が厳しいんだけど、そんな中にあって梅森社長は、アフターコロナに備えて新事業を考えろと命じたと言うんだよね。そのことが頭にあったもんで、フードコートもポップアップスタイルでやったら面白いんじゃないかと思ったのさ」

「そうか……。アフターコロナに備えてとは、さすがは梅森さんだな……。麻布のポップアップレストランには、私も一度行ったことがあるけど、よくもこんなことを思いつくものだと感心したもんなあ」

栄二郎は正直な感想を口にした。

ひと月ごとにビル内の飲食店が全て入れ替わる。その地に足を運ばなければ味わえなかった地方の名店の料理が、東京に居ながらにして楽しめる。その利便性もさることながら、常に予約で埋まり、結果、食材のロスも最低限に抑えられるというビジネスモデルの見事さには舌を巻いたものだった。

「ポップアップスタイルなら毎月新規開店みたいなもんだ。しかも地方の名店ばかりとなればリピーターも見込めるからね」

「フードコートにしても、ポップアップスタイルは、横浜のラーメン博物館ぐらいで、他にはちょっと思い当たらないし、実際ラーメン博物館は繁盛してるしね」

「実はうめもりさんの、ポップアップレストランは、僕に新しい事業について相談してきた女性社員が発案したものだったんだ」

想像だにしなかった話を聞かされ、

「あれ、社員が考えたの？」

栄二郎は思わず訊ね返した。

「それも、当時バイトで働いていた女子大生がね。掲示された公募に応募したと言うんだな」

まさに、二度びっくりというやつだ。

「バイトが？」

「人材もそうだけど、ビジネスのアイデアって、どこに埋もれているか分からないものなんだよねえ……。実際、本店一階でひろめ市場をと言い出したのは、かつて万報堂に勤務していた広告マンだった川俣さんという方だからね」

「えっ！　万報堂の？　その方もプラチナタウンに住んでるの？」

「そうなんだよ。さっき、採算性が問題だと言ったけど、地代の高い東京で、どうしたらビジネスとして成り立たせるか。ほら、三人寄れば文殊《もんじゅ》の知恵って言うだろ？　ブレインストーミングをやってたわけよ。そこに君が電話をかけてきて、席に戻って相談内容を話したら、即マルトミの一階ならやれると言い出してさ」

その言葉を聞いて、栄二郎はハッとして沈黙した。

内心を代弁するかのように、鉄郎は続ける。

「これ、自戒の念を込めて言うんだけど、その道の専門家、プロと称される人間って、仕事をどんどん難しくしていくように思うんだ。キャリアが長くなればなるほど、自分の専門分野の知識も増していくし、失敗例、成功例も山ほど見るよね。経験、知識も増すわけだけど、何か新しいことをやろうとすると、なまじ場数を踏んだ分だけ、今度は自由な発想を妨《さまた》げるようになるんじゃないかと……」

「なるほどねえ……。それ、言えているかも……」

言われてみると、栄二郎にも思い当たる節はある。「今はすっかり廃《すた》れてしまったけど、昔使い切りカメラというのがあったよな」

「あったねえ。懐かしいなあ。レンズ付きフィルムとも言われたやつな」

「あれ、企画の段階では『こんな玩具《おもちゃ》のような商品が売れるわけがない』と、マーケティングや営業の人たちから冷笑されたそうなんだよね」

「ただシャッターを押すだけだもん、どう見たって子供の玩具だもんな」

「スマホどころかデジタルカメラですら、一般には普及していない時代のことだけど、当時のカメラ市場は一眼レフ、それも自動焦点、連写機能がついた高級機種が人気でさ、メーカーも機能、性能の向上に鎬《しのぎ》を削《けず》っていたんだよ」

「よ〜く、覚えてるよ。僕も、その手のカメラを買った口だから」

「ところが、いざ販売してみたら、これが人気大爆発。一時は製造が追いつかなくなって品薄状態。あっという間に、フィルムメーカーの立派な主力商品になってしまったんだよ。商品企画、販売促進、広報、営業に至るまで、その分野のプロが、ことごとくネガティブな反応を示したにもかかわらずね。中には、『まるで日光写真じゃないか』と言い放った人までいたそうだからね」

「日光写真とは原理が違うけどね」

「プロの目からすれば、写真の画質が日光写真並み。要は〝写真〟と呼べる代物ではないと言いたかったんだろうね」

「でも、消費者からは絶大な支持を得たわけだ」

「そこなんだよ」

栄二郎はスマホを耳に押し当てたまま、空《あ》いた手の人差し指を顔の前に突き立てた。「実は僕、写真が趣味でね。フィルムメーカーって、頻繁に新製品を出していたんだよ」

「一般消費者向けのフィルムでも？」

「気がつかなかっただろ？」

栄二郎は苦笑した。「そりゃそうさ。メーカーがいくら赤の発色が良くなったとか、線がシャープになったとか言ったって、それは自社のラボで完璧な処理をほどこせばの話。つまり研究室レベルでの話なんだもの。線がシャープにってのは、粒子《りゆうし》が細かくなったってことなんだけど、そんなの人間の目では判断つかないレベル。それこそ顕微鏡《けんびきよう》レベルの話だからね。

「それじゃ、新製品を出す意味ないじゃん」

「この点が、その分野の専門家、プロが陥りやすい罠《わな》なんだろうな」

いつの間にか、栄二郎の顔から笑いが失《う》せ、しみじみとした口調になる。「改善を重ねるごとに仕事や製品の質、性能は良くなっていく。それが自分に課せられた使命であり、存在意義だとプロは考えるようになってしまう。でもね、本当に消費者が、そのレベルの製品を欲しているかと言えば、違うんだな。実際、家電製品やパソコンのソフトなんて、一度たりとも使わない機能満載だろ？」

「なるほどねえ……。そう言えば四井にいた頃、シカゴに駐在していたんだけどさ。あるコンサルタント会社の人間と話をしていた時に、こんなことを言われたことがあったんだ。アイスクリームの基本はバニラにある。どれほど種類を取り揃《そろ》えても、バニラの出来が悪ければ、客は見向きもしないって。彼はプレーンバニラという言葉を使って、そう言ったっけ」

「なるほど、プレーンバニラか……」

その言葉が、すとんと腑《ふ》に落ちて、栄二郎は思わず唸った。

「レンズ付きフィルムの話なんか、まさにその典型例だよね」

鉄郎は言う。「市場を、消費者のニーズを熟知しているはずの各分野のプロたちが、売れないと判断した商品が、実は消費者が待ち望んでいたものだった。より高性能な商品を出すことが、売上げに繫《つな》がると考えていたのが、消費者が待ち望んでいたのは、画質の善《よ》し悪《あ》しではなく、気軽に買えて、単に写真が撮れさえすればいいカメラだった。消費者が待ち望んでいたのは、プレーンバニラだったんだよね」

「そう考えると、ポップアップレストランを発案したのがバイトの子だったのも頷けるな」

栄二郎は言った。「業界のことを熟知している人間は、シンプルに考えることができないんだ。これまでの経験が、むしろ邪魔になってしまうのかも……」

「岡目八目《おかめはちもく》。実際、専門家が頭を悩ませている問題を、全くの素人《しろうと》があっさり解決するなんてことも、まま起こるからね」

栄二郎の言葉を肯定した鉄郎が、不意に話題を元に戻してきた。「だから富島君。マルトミの社内にも、もっと素晴らしいアイデアを持つ社員がいないとも限らないんじゃないのかな」

「えっ？」

「梅森さんがポップアップレストランを始めるきっかけになったのは、新事業のアイデアを社内公募したからだ。もし、君が新事業のアイデアを広く社員に求めたら――」

「それには、僕なりの考え……というか、社内の事情があって……」

鉄郎の指摘はもっともだし、そこを衝《つ》かれると栄二郎も忸怩《じくじ》たる思いを抱《いだ》きもするのだが、栄二郎は鉄郎を遮って続けた。

「うっかり公募をしようものなら、従業員の不安を搔《か》きたてることになるのではと懸念したんだよ。業績が急激に悪化しているのを、社員全員が知っていたこともあったし……」

「なるほど、それもそうだよな……」

鉄郎は小さく息を吐くと、重々しい声で続ける。

「経営は本当に難しいものだとつくづく思うよ。社員にとって、仕事は会社から与えられるものだし、担当以外の業務に口を挟むのは御法度《ごはっと》だからね……」

「この企画書をもらって、そのことを痛感しているところさ。加えて、人材の適材適所を叶《かな》えるのが会社組織においていかに難しいものであるかも……」

「そうそう、一つ言い忘れていた」

山崎は、一転して明るい声で言う。「小売業でと言うのなら、他のフロアに地方の物産を集めればと発案したのも、川俣さんなんだ」

「じゃあ、買い物の一時預かりとかのアイデアも?」

「そう、それも川俣さんだよ」

栄二郎は驚きの余り、言葉が出なくなった。

こんなアイデアをいとも簡単に思いつく人間が、どうやらプラチナタウンにはごまんといるらしい。いったいどんなところなんだ……。

そんな気配を察したのか、鉄郎は続ける。

「言うまでもなく、プラチナタウンの入居者は高齢者ばかりなんだけど、人材の宝庫なんだよ。バックグラウンドは様々だけど、現役時代はビジネスの最前線で働いてきた方が大半でね。経営経験のある人もいれば、財務、法務等々、各分野のエキスパートもいれば弁護士や医師、会計士もいる。川俣さんもそんな中の一人でね」

「なるほどねえ」

栄二郎は思わず唸った。「様々な経歴、それも第一線で勤め上げた人たちが、一カ所に集まって暮らしているのがプラチナタウンか……。ただの老人ホームとはわけが違うんだね」

「それも元気な人たちが大半だから、この手の話を聞くと、現役時代の血が騒ぐんだろうねえ。俄然《がぜん》興味を示すのさ。実際、僕も含めて、この町の周辺では居住者の方に相談に乗ってもらったり、アドバイスを受けたりしている会社が結構あってね。時間はたっぷりあるし、人事考課を気にすることもないから、面白いアイデアが出て来るんだな」

栄二郎にはまた一つ、気づきがあった。

分業制で成り立つ組織では、個々が己《おのれ》の仕事に責任を持つのは当然のことだ。仕事が遅れる、あるいはミスを犯せば、影響は組織全体に及ぶこともある。かかる事態を未然に防止するのが人事考課だ。

そう、人事考課は優秀な人材を見いだすためだけにあるのではなく、業務の最適化を図るためにもある。そして、昇進が人事考課によって決まる以上、社員はマイナス評価を恐れるようになり、その結果、挑戦への意欲や情熱が失われ、保守的な組織が出来上がってしまうのだと。

経営というのは、難しいものだ……と改めて痛感した瞬間、ふと脳裏《のうり》に浮かんだ言葉が栄二郎の口を衝いて出た。

「こんな素晴らしい企画をいただけて、僕は本当に幸運だ……。もしあの時、偶然徳田に出会わなかったら、もし徳田から山崎君に相談することを勧められなかったら……。マルトミをどうしたら存続させることができるのか、途方に暮れていたところだった……」

「そう言ってもらえるのは嬉しいけど、慎重に検討、検証してくれよな。牛島にしても、川俣さんにしても、僕だってそうだけど、結果については責任を持てないからね。こんなことやったら面白いんじゃないかと、正直、酒場談義の中から生まれたも同然のアイデアなんだからさ」

「もちろん、充分に検討はさせてもらうよ」

「それに、こう言っては失礼かもしれないけど、策を思いつかないでいたところに、こんなのどうでしょうと企画が出てきたら、一筋の希望を見いだしたような気にもなるだろうからね。だから即断即決は禁物だぜ……」

確かに、鉄郎の指摘はもっともである。

しかし、酒場談義の中から生まれたアイデアにしては、実に斬新《ざんしん》、面白いものだし、アフターコロナに復活するであろうインバウンド需要に備えると言う点においても、有望なプランなのは間違いない。

「分かった。早々に第三者にも意見を求めてみるよ」

栄二郎はこたえた。

「社内で議論するのもいいだろうが、小売り業とはいえ、販売商品が全面的に変わるんだ。反対意見も多々出るとは思うんだよね……」

「まず、徳田に意見を求めてみるよ。四井の支援なくして、この企画は実現しないし、問題点を指摘されたら、改善策を考えればいいだけのこと。それらを一つ一つ潰していけば、この企画は必ずや実現するだろうし、実現すると私は信じたいんだ」

今、栄二郎は心の底から、そう願った。

そして言った。

「だから山崎君、もう少し付き合ってくれ。お願いするよ」

4

「マルトミの企画書、読ませていただきました」

徳田の執務室を企画室長の新山 涼子《にいやまりようこ》が訪れたのは、栄二郎からメールで送られてきた企画書を転送した四日後のことだった。

四井では企画室長は取締役でもある。

企業社会における女性の登用が叫ばれて久しいが、四井の昇進人事において、男女の格差はとうの昔になくなっている。仕事を着実にこなし、目覚ましい実績を上げ続けた人間であれば、男性だろうと女性だろうと昇進に天井はない。つまり、新山はそれだけ優秀な商社マン、いやウーマンなのだ。

「で、君はどう思う？　率直なところを聞かせて欲しい」

もちろん、結論無くして訪ねてくるわけがない。

早々に促《うなが》した徳田に、新山は即座に口を開く。

「純粋に企画として面白いと思います。地方物産を一堂に集めたセレクトショップは、誰も手がけたことがありませんし、アフターコロナのインバウンド需要を狙うという点も、実にいいと思います。ただ……」

淀《よど》みなく話していた新山が、突然言葉を濁す。

「ただ、なんだね？」

そこで徳田が促すと、

「ビジネスプランは確かに面白いし、やってみたい気持ちも覚えるのですが、うちがどういう形でなら、このビジネスに関わっていけるのか。そこが疑問なのです」

「なるほど」

話には、まだ先があるはずだ。

相槌《あいづち》を打ちながら、徳田は目で先を促した。

果たして新山は続ける。

「白紙の状態からこのビジネスを……と言うならまだしも、これはマルトミデパートが新事業として行うものです。テナントが販売する商品は別として、デパートが販売する商品は、通常バイヤーが選定します。つまり、このビジネスを行う全ての機能をマルトミは既に持っているわけで、四井が介在する余地はないと思うのです」

新山がそんな感想を持つのも無理からぬ話だ。

「そうか、君には、マルトミと私の関係を話していなかったね」

徳田は栄二郎と同期であることを説明し、次いで資金繰りで苦境に立っているマルトミに支援を申し出た狙いを話し始めた。

「私は資金の支援を約束したが、どんなビジネスでもいいと言ったわけではない。筋がいいと判断したら、という条件をつけたんだ。当たり前だろ？　いくら同期とはいえ、箸《はし》にも棒にもかからない、失敗するのが目に見えているビジネスに、大金を出資するビジネスマンはいやしないし、うちのプラスにならない事業を支援するわけにはいかんのでね」

おそらく、自分の目には冷徹な光が宿《やど》っているのだろう。

新山もまた鋭い視線で徳田を捉《とら》え、こくりと頷く。

徳田は続けた。

「この企画書を、なぜ君に見せたのか、そのことも不思議に思っているだろう。地方物産のセレクトショップで扱う商品は、伝統工芸品、衣類、家具、日常生活の中で使われている品々の大半を扱うことになるが、君が言うように、マルトミはそれらのものを自力で集めることができるんだからね」

「その通りです」

「私はね、このビジネスは海外でも展開できると考えたんだ」

新山は、勘《かん》が働く女性だ。特にビジネスにおいては、一つ聞けば全てを察してしまうほど理解力と洞察力に長《た》けている。

新山は「あっ」と言うように唇を小さく開くと、ソファーの上で身を起こした。

「かつて日本のデパートが海外にこぞって進出した時代があったが、もはや遠い昔の話だ。本社の業績不振と共に撤退が相次ぎ、今や海外店舗は数えるほどしか残ってはいない。それは、なぜだと思う？」

「入社して間もない頃に、日本のデパートのニューヨーク店を覗《のぞ》いてみたことがありますが、店舗の広さは大型のブティック程度で、品揃えも現地の店で買えるものばかりでしたね。実際、アメリカ人はもちろん、在住の日本人でさえ、利用する人はほとんどいないと聞きましたから、ビジネスというよりニューヨークにも店舗がある。グローバルに展開していることを日本の消費者に印象づけるのが目的だったのではないでしょうか」

「そんなことができたのも、好景気の時代が長く続いたからでね。バブルが弾《はじ》けてからは、百貨店業界どころか日本経済そのものが不況に陥ってしまったし、そこにネット通販が急成長してきたんだ。それに、デパートというビジネスモデルが通用しなくなったのは、何も日本に限ったことじゃない。世界の市場で共通した現象だからね」

「この企画が評価できるのは、コロナ前のインバウンド需要の急速な伸びは、そのまま日本に興味を抱く外国人が増加しているというところに着目している点です。実際、コロナ以前は外国人のリピーターが激増していたわけですからね。専務がお考えになるように、自国に居ながらにして日本各地の物産が、本国で購入できるとなれば、大きなビジネスになる可能性はあると思います。そこに気がつかれた専務はさすがですが、マルトミもよくこんな企画を思いついたものだと感心しました」

「そこなんだがね」

徳田は新山の視線を捉えたまま、ニヤリと笑った。「実は、このビジネスプランを考案したのはマルトミじゃないんだ」

「えっ？　それでは、どなたが？」

「君、山崎鉄郎という男を知っているかね？」

「山崎鉄郎……。ああ、随分《ずいぶん》前にうちで穀物をやっていて、宮城県の町長に転じた、あの山崎さんですか？　プラチナタウンを造った？」

「その山崎だ。あいつ、今は緑原酒造という酒蔵とミドリハラ・フーズ・インターナショナルという、冷凍食品を海外に輸出する会社を経営していてね」

「ミドリハラ・フーズ・インターナショナルのことは存じております。ニューヨークを中心にレストランチェーン店を経営する会社に、冷凍食品を輸出なさっていますよね」

「私がニューヨークに駐在した八〇年代の初頭なんて、日本食と言えば、すき焼き、天麩羅《てんぷら》が精々《せいぜい》で、寿司なんてよほどの日本通でもなければ口にしなかったんだ。それが今や、寿司どころか、日本のB級、C級グルメまでもが大人気だ。日本の伝統工芸品に関心を寄せる外国人も確実に増えているのも事実だし。彼らは我々には想像もつかないような使い方をするからね」

「分かります」

新山も思い当たる節があるらしく、間髪《かんはつ》を容《い》れず同意する。「シカゴに駐在していた頃、親しくなったアメリカ人の家を訪ねたら、テーブルランナーに日本の帯が使われていたのには驚いたものです。しかもそれが、本当に良く映《は》えるんですよねえ。帯は着物に使うものと端《はな》から決めてかかっている日本人には、あんな使い道は思いつきませんよ。先入観に捉われない外国人ならではの発想というものですね」

「斬新すぎる使われ方もあったがね」

徳田は苦笑しながら言った。

「それは、どんな？」

「昔の日本の便器って、白地に藍《あい》色の染め付けってのが定番だったんだけどさ。これを花生けに使っている外国人が結構いたって言うんだよ。特に男性用の小便器をね」

「便器を……ですか？」

信じ難いとばかりに、新山が眉間に皺を寄せ問い返してくる。

「僕自身は写真を見たことがあるだけで、実際にお目に掛かったことはないんだけどさ。これが実に良くマッチするんだよなあ。考えてみりゃあ、昔の田舎の旅館では消臭効果と飛沫《ひまつ》防止効果を狙って、緑色の杉の葉を小便器に生けていたところも少なくなかったからねえ。外国人が花生けに使えると発想するのも、無理ないのかもしれないけどね」

「そう言えば、日本酒の化粧樽《だる》や赤提灯《あかちょうちん》をインテリアに使っている家にもお邪魔したことがあります。居住空間の広さの違いもありますけど、化粧樽や赤提灯をインテリアに使っている日本人の家庭は、まずありませんからね。でも、不思議なことに、アメリカの家だと、これがまた凄《すご》くいいんですよねえ」

「実際、コロナ以前は合羽橋《かっぱばし》の道具街には外国人観光客が殺到していたし、盆栽《ぼんさい》や錦鯉《にしきごい》なんかも大変な人気だよね。日本ならではの製品に関心を示すのは、日本人よりも、むしろ外国人になっているんだよ」

「合羽橋と言えば、最近包丁《ほうちょう》を買いに行ったんですけど、店の方がコロナ前は開店と同時に外国人観光客が殺到していたのにって嘆《なげ》いていましたね。実際、その時も客は私一人だけでしたし……」

「つまり、日本ならではの製品はまだまだ人気がある、需要があるってことなんだな。ならば、日本の地方物産のセレクトショップは、海外でも有望なビジネスになるってことになるんじゃないか？」

「おっしゃる通りだと思います」

「番傘《ばんがさ》、下駄《げた》、草履《ぞうり》なんて日本人には見向きもされなくなった感があるけどさ、外国人には結構人気になるんじゃないかと思うけどね。番傘なんか使ってもよし、インテリアにしてもよしだし、下駄や草履だって、我々には思いもつかないような使い方をするかもしれないからね。織物だって、さっき新山さんが言ったように、テーブルランナーとして販売すれば、大化けするんじゃないかな。和服離れのせいで、今や見る影もないほどの廃れようの西陣《にしじん》だって、息を吹き返すかもしれないし、和箪笥《わだんす》しかり、陶器《とうき》、漆器《しっき》しかり、世界を市場にすれば、日本には高い商品力を持つ伝統工芸品が、まだまだ沢山あると思うんだ。このまま放置しておけば、早晩廃れてしまう伝統産業が、海外へ販路を求めることで息を吹き返せば、それこそ商社マン、いや、商社ウーマン冥利《みょうり》に尽《つ》きるってもんじゃないか」

「そこに、日本食のフードコートを併設しよう……と、お考えなんでしょう?」

その先は、言われずとも察しがつくとばかりに、新山はニヤリと笑う。

相変わらず、打てば響くような反応に、徳田は苦笑しながら大きく頷いた。

「もちろん、ポップアップスタイルは難しいだろうから、テナントは現地にある飲食店を集めるのが現実的だが、日本食だけを集めたフードコートなんて、世界中どこを探してもありはしないからね。きっと評判になるだろうし、ビジネスとしても大成功を収めるのは間違いない、と私は確信しているんだがね」

「いや、評判になるどころか、大盛況間違いなしですよ」

新山の瞳が炯々《けいけい》と輝き出す。「なにしろ、あのニューヨーカーがラーメン食べるために、行列に並ぶんですからね。お好み焼き、たこ焼き、焼き鳥、居酒屋、焼肉だって大人気ですから、それらが一カ所に集まり、料理が選べて、お酒も飲めるとなったら、連日大盛況間違いなしでしょうね」

「ランチをやれば、その足で二階、三階へと向かう人たちだってかなりいるだろうしね。そこで、地方の特産品を販売すれば、充分採算性が取れるビジネスになると思うんだ」

「マルトミへの支援は、海外でこの事業を展開するためのノウハウを蓄積するためと考えれば、確かにアリですね」

確信に満ちた笑顔を浮かべる新山に、徳田は言った。

「四井の支援を受けて、マルトミは経営危機を脱し業態転換を図れる。四井はそこで蓄積したノウハウを以《もっ》て、海外でビジネスを展開する。まさに、両者ウイン・ウイン。これこそがビジネスってものじゃないか」

5

徳田に呼び出されたのは、企画書を送付してから二週間ほど後のことだった。

「紹介するよ。企画室長の新山さんだ」

四井の専務室を訪ねた栄二郎に、徳田は側に立つ女性を紹介する。

「お初にお目にかかります。新山でございます……」

「富島です……」

二人が名刺を交換しあったところで、三人はソファーに腰を下ろした。

「私、富島社長が四井にいらしたことも、専務と同期だったことも存じ上げませんで。この年の新卒採用者には優秀な方がたくさんいらしたんですね」

「たくさん……かね？」

徳田は片眉を上げ、冗談めいた口調で問いかける。

「同期から役員が出ない年次の方が圧倒的に多いのに、富島さんはマルトミ百貨店の社長でいらっしゃるし、山崎さんだって各方面でご活躍なさっているんですもの、これだけ揃うのは珍しいですよ」

「まあ、山崎は確かに優秀だったね。あいつが辞めていなかったら、私が専務になっていたかどうかは分からんからなあ」

苦笑を浮かべる徳田に続いて、

「二人に比《くら》べたら、私なんか足元にも及びませんよ。社長とは言っても、代を継いだだけだし、ご承知の通りマルトミは、崖《がけ》っぷちに立たされているわけですから……」

栄二郎は正直な心情を吐露《とろ》し、思わず視線を落とした。

「先輩に、このようなことを申し上げるのは生意気なのですが、窮地《きゅうち》に立たされたとは言え、長年続けてこられたビジネスモデルを捨てて再建に踏み切るのは、大変な勇気と決断がいるものです。経営者の資質は平時よりも、危機に直面した時に現れるもの。私は、今回の社長のご決断に感服しております」

こうも持ち上げられると、皮肉にも聞こえるし、言葉の裏に何かあるのではと疑いたくもなってしまう。

「いや、止《や》むに止まれず、切羽詰《せっぱつ》まっての決断ですし、徳田君に提出したプランも、私が考えたものではありませんので……。経営者として、本当にお恥ずかしい限りです……」

「そんなことはありませんよ。絶体絶命の危機に立たされたところで、助けてくれる人に出会うんですから、運をお持ちなんですよ。運もまた経営者が持つべき重要な資質の一つだと思いますけど?」

「確かに、君は強運を持っていると言えるかもしれないな」

新山の言葉を徳田が継ぐ。「山崎だって、そもそもひろめ市場は牛島が思いついたんだと言っていたからね。あいつも同期だし、そこにプラチナタウンに住んでいる万報堂のOBが、本店一階ならばひろめ市場をやれるんじゃないかって言い出したと言うんだからね。これほどの偶然が重なり合うことなんて、滅多にあるもんじゃない。それに加えて『築地うめもり』だろ? やっぱり君は強運の持ち主なんだよ」

「運がいいかどうかは、実際にやってみないことには分からんけどね」

それ以前に、長年音信不通に等しかった徳田が、途方に暮れて丸の内のオフィス街を歩いていた自分を偶然目に留めたことが、今回のプランに繋がったのだ。

その一点を取っただけで、強運の持ち主なのは違いないのだが、それも現時点までのこと。全ては結果次第である。

った。

「率直に申し上げます」

新山の口調が一変し、表情から笑みが消え、声に栄二郎との間に一線を引くような冷徹さが宿
思わず身構えた栄二郎に、新山は続ける。

「四井は、マルトミさんの新事業を支援させていただきたいと考えております」

「ありがとうございます！」

助かった……。

垂《た》れ込めていた雲の切れ間から、日が差し込んできたかのように、視界が明るくなった。

ソファーの上で深く体を折った栄二郎の頭越しに、

「ただ、条件がございます」

新山の声が聞こえた。

「えっ……？」

支援するのも得られるメリットがあればこそ。それがビジネスだ。

四井が条件を突きつけてくるのは当然のことなのだが、思わず反応してしまったのは、支援が徳田の温情の賜物《たまもの》という思いを栄二郎が抱いていたからだ。

「御社《おんしゃ》が抱えている負債は、弊社が債務保証をいたします。店舗改装に伴《ともな》う資金も、弊社が融資いたします」

支援する側とされる側、どちらが優位な立場にあるかは明らかだ。いや、他にすがる先がない

以上、生殺与奪《せいさつよだつ》の権は四井にある。

だから条件というからには、支援を受ける側の足元を見て大きな代償を求めるものになりがちなのだが、少なくとも今新山が語った内容は全く逆だ。

そんな栄二郎の内心が表情に出たのか、

「マルトミさんにお願いしたいことは二つございます」

本題はこれからだとばかりに、新山は続ける。

「一つは弊社から一名、役員を派遣することをご了承いただくこと。もう一つは、新事業で得られるノウハウを弊社と共有させていただくことです」

「役員を……ですか？」

この二つの条件が、何を狙ってのことなのか俄《にわか》には理解できず、問い返した栄二郎に新山は言う。

「率直に申し上げますが、私共はマルトミさんの経営能力を全面的に信頼することができないのです。百貨店業界が危機的状況にあるのは、なにもコロナのせいばかりではありません。ビジネスモデルがとっくに時代のニーズにそぐわないものとなっているのに気づいていながら、根本的な打開策を講じることができなかったのが、経営危機を招いた最大の要因だと私どもは考えているのです」

ぐうの音《ね》も出ないとは、まさにこのことだ。

情け容赦《ようしゃ》ない新山の指摘に、栄二郎は項垂《うなだ》れるしかない。

新山は続ける。

「来日外国人観光客は増えこそすれ、減ることはない。インバウンド需要は廃れることはないとお考えになったのも、オリンピック特需に期待したお気持ちも充分理解できます。しかし、社長。私は、新人時代に先輩社員から、ビジネスにおいて最も大切、かつ難しいのはクロージングだと教えられました。それは、何も一つの仕事を纏《まと》め上げることだけを指しての言葉ではない、もっと深い意味があるように思うのです」

栄二郎は、黙って新山の言葉に聞き入ることにした。

「ご承知のように、四井は過去に巨大なプロジェクトを幾《いく》つも手がけ、今現在も国の内外で多くの案件を抱えております。かつてはドル箱だった事業の中にも、計画通りにはいかず難渋している案件もあれば、撤退を余儀なくされようとしている部門もあるのです」

『ビジネスにおいて最も大切、かつ難しいのはクロージング』

四井にいた頃、先輩社員から同じことを言われたのを栄二郎は思い出した。そして、こうも言われたことを……。

『店を広げるのは簡単だが、畳むのは何十倍、何百倍も難しい』

果たして新山は言う。

「案件が大きくなればなるほど、事前調査の段階でも多額の費用が発生しますが、やると決まれば、それこそ桁《けた》違い。巨額の資金が注《つ》ぎ込まれます。しかし、万事において想定外の出来事は起こり得る。それはビジネスも同じです。既に巨額の資金を投じてしまったからには、引くに引けない。なんとしてもやり抜かなければならないと思いがちになるものですが、それは間違いなんです。そこで一旦立ち止まって、完遂《かんすい》しても当初想定していた利益が得られないと分かれば、その時点で撤退、つまり損切《そんぎ》りをする勇気を持つべきなんです」

新山の言葉が身に染みる。そして、次の言葉が栄二郎の胸に突き刺さった。

「これも、クロージングですよね」

何もかも、新山の言う通りだ。

もちろん、業態転換を図ろうにも図れぬ事情があったのは事実である。

資金をどうやって捻出《ねんしゅつ》するか、従業員の雇用をいかにして守るか、解決しなければならない問題は山ほどあったし、短期間のうちに激増したインバウンド需要によって、経営が回復基調にあったこともあった。

そんなところに起きたのが、このコロナ騒ぎである。

不測の事態、不可抗力……。言い訳としても充分通用する言葉は幾つも思いつく。

しかし、百貨店というビジネスモデルが通用しなくなってしまっていることに気がつきながらも、根本的な打開策を講じることなく今日《こんにち》に至ったのは事実だし、何よりもビジネスで問われるのは結果である。同情、理解は得られても、経営を窮地に陥れた責任は免《まぬが》れるものではない。

また項垂れてしまった栄二郎の頭上から、新山の声が聞こえてきた。

「うまく行っていたビジネスモデルを捨てるのは、本当に難しいものです。収益が低下する兆候があっても、まだやって行ける程度であればなおさらですし、業態転換を図るにしても失敗した時のリスクを考えれば、簡単には決断がつかないでしょう」

「新山さんのおっしゃる通りです……。百貨店の時代はいずれ終わる。業態転換を図らなければ、先がないのは重々承知していたのですが、コロナ以前はまだ食えていましたもので――」

「ですから、経営陣に私共から派遣する人間を入れていただきたいのです」

新山が栄二郎の言葉を遮った。「このプランは成功する可能性が高いし、大きな事業に成長する可能性を充分秘めていると私共は考えています。ただ、誰も手がけたことがない事業である以上、百パーセント成功するという保証はありません。ですから、うまくいかなかった時の備えを講じておく必要があるのです」

「備え……とおっしゃいますと?」

「コンティンジェンシー・プラン、つまり想定通りにいかなかった場合の代替策を事前に立てておかねばなりません。何か起きてから代替策を考えるのと、先に立てておくのとでは大変な違いがありますので……」

コンティンジェンシー・プラン……。これもまた、懐かしい言葉だ。かつて、四井にいた頃には、何度となくこの言葉を耳にしたものだった。

そう思うと、修業を積む目的で四井で働いたあの間に、いったい俺は何を学び、マルトミの経営に生かすことができたのか……。

栄二郎は、惨《みじ》めな気持ちを覚えた。

「それと役員を送り込む目的は、もう一つございまして……」

新山はそう前置きすると、さらに続ける。

「私共が問題と感じているのは、もう一点、今回のプランが社外から提案されたものだということなんです。これは経営的見地からして、大変深刻なことでして、少なくとも役員、上級管理者は、今現在会社がどのような経営状態にあるかを把握していたはずです。なのに誰一人として、危機を打開する策を講じる必要性を訴えなかったのはなぜなのか。その理由は、マルトミさんの企業体質にあるのではないかと考えておりまして……」

「新山君、富島君だって、その辺のことは重々承知しているさ」

容赦ない指摘に、さすがに気の毒になったとみえて徳田が割って入ると、「そろそろ、うちの計画を説明したらどうだね」

新山を促した。

「その前に、もう一つだけ……」

しかし、新山はそう断りを入れると、話を継続する。

「ビジネスに限らず、筋のいいアイデアとは、まず第一にコンセプトが単純明快であることなんです。複雑になればなるほど、いざ始めてみると想定通りにいかず、試行錯誤と言えば聞こえはいいのですが、とどのつまり場当たり的な対処を迫られることになりがちなんです。こうした展開を迎えたプロジェクトは成功裡《り》に終わったことは、私の知る限り皆無《かいむ》でして」

「では、新山さんが賛成なさると言うことは、このビジネスがうまくいくと確信していらっしゃるわけですね？」

「もちろんです。でなければ、四井が支援するわけありませんので……」

新山は一転、柔らかな声で言い、唇の間から白い歯を覗かせる。

徳田がすかさず言葉を継いだ。

「有望なビジネスと判断すれば、資本参加とか、社長交代とか、マルトミが事実上、四井の傘下になることを条件とするところだが、債務保証にしたのにはもちろん理由がある」

やはり、そうか……。

運転資金の確保に目処が立たない。その上莫大《ばくだい》な負債も抱えている会社が、有望な事業プランを持っていると分かれば、資金力のある企業はまず買収を狙ってくるものだ。

そう考えると、次に提示されるであろう条件に、四井の本当の狙いがあるはずだ。

徳田が理由を伝えるよう、新山を目で促す。

「先に条件として、この事業で得られたノウハウを共有させていただきたいと申し上げましたが、特に海外での事業展開は、全て弊社にお任せいただきたいのです」

「海外での事業展開？」

マルトミの再建で頭がいっぱいだったこともあって、次の展開など考えたこともなかった栄二郎は、すっかり虚《きょ》を衝かれ、間抜けな反応をしてしまった。

「正式なネーミングは追々考えますが、世界の主要都市で〝ジャパン・センター〟を展開しようと考えておりまして……」

新山に次いで、徳田が言う。

「コロナ以前は、外国人観光客が増加の一途を辿《たど》っていたんだ。しかもリピーターがかなりの割合を占めていたからね。これは日本が外国人にいかに魅力的な国か、観光がこれから先の日本を支える重要な産業になることの証左だよ」

「実はインバウンド需要が急速な伸びを示しはじめた辺りから、観光産業にどういう形で参入するかをずっと考えていたのです」

新山は言う。「当の日本人はあまり自覚していないようですけど、外国人の目には、日本は本当にユニークで、魅力に溢《あふ》れた国と映《うつ》ってるんです。安全性、清潔さ、ホスピタリティ、日本人にとっては当たり前でも、世界のスタンダードからすると、まさに異次元。信じられないほどの高いレベルにあるんです」

「それ、よく言われますけど、日本人の大半は、生まれてこの方、ずっとそんな環境で暮らしてきたんですから、当たり前過ぎて、なかなか実感が湧かないんでしょうね」

栄二郎が相槌を打つと、新山は言葉に力を込める。

「加えて、日本には極めてユニークな伝統文化や工芸技術が沢山あるんですね。そして、何と言っても食文化です。高級なものから庶民的なものまで、種類の豊富さ、味のよさ、質の高さは、世界に類を見ないといっても過言ではありません」

異論はない。

頷いた栄二郎に新山は続ける。

「この高まる一方の日本への関心を、四井のビジネスにどうやって繋げるかにずっと知恵を絞《しぼ》ってきたのですが、実のところ、これといったアイデアが浮かばないでいたんです。そんなところに出てきたのが、今回のプランでして」

「インバウンド需要をビジネスに結びつけるのではなく、海外に打って出るというわけですね」

「一階は各種日本食を取り揃えたフードコート。二階には、冷凍食品や果物、菓子、スイーツ、パン、三階から上の階は、日本各地の伝統工芸品や物産を取り揃えた販売フロアーに。さらに観光案内センターを併設すれば、日本観光へのゲートウェイにもなるでしょう。マルトミさんがお始めになる店舗で得たノウハウを生かし、世界の主要都市でこのビジネスを展開したいのです」

「もちろん国内は別だよ。大阪、名古屋、福岡、札幌、外国人観光客のゲートウェイになる国際空港がある大都市なら、このビジネスが成功する可能性は大いにあるからね」

すかさず徳田が新山の言葉をフォローする。

なるほど、いかにも四井が考えそうなことだ。

海外での日本食、それもB級、C級グルメの人気が高まるばかりなのは栄二郎も承知している。

新山が語ったように、ニューヨークに進出した日本の有名ラーメン店は連日大行列で、しかも客単価は八十ドルを超えると聞く。たこ焼き、お好み焼き、カレー店もまたしかり。居酒屋も連日大賑わいだという。

各ジャンルの料理が一カ所で味わえる。それがフードコートのメリットだ。海外での日本食への関心の高まり度合いを思えば、コロナ禍が過ぎ去った後は解放感も相まって、このビジネスが成功を収めるのはまず間違いあるまい。

しかし、フードコートの運営には、独自のノウハウが必要だと聞いたことがある。それももっともな話で、世界各国に店舗を持つハンバーガーチェーンでは、長年に亘《わた》って蓄積したノウハウを元に作成されたマニュアルが最高機密とされているのは知られた話である。

まして四井は、世界の主要都市で展開すると言うのだ。当然巨額の資金が伴う事業になるわけで、絶対に失敗は許されないのだから、事前にノウハウを蓄積し、マニュアルを整備しておく必要がある。

話は充分理解できた。

そこで、栄二郎は問うた。

「条件は、まだ他にも？」

「大筋では以上です。細部につきましては、合意書を交わす際に改めて……」

「分かりました」

栄二郎はこたえた。「海外出店は四井さんにお任せいたします。というか、今のマルトミにそれほどの事業を行えるだけの体力はありませんし、仮に東京で成功を収めても、海外に打って出るまでには、相当な時間を要します。月並なたとえですが、〝二兎《にと》を追う者は一兎をも得ず〟。国内を任せてもらえるだけで充分です。海外は、どうぞご存分に……」

ビジネスにおける交渉とは、最大限の利益を上げるのを目的とする。相手に弱みがあれば、そこにつけ込んでくるのが当たり前なのだが、四井が提示してきた二つの条件は、あり得ないほどに好意的なものだ。

二人はその理由に触れないが、おそらく徳田の情によるものだろうと栄二郎は思った。

軍歌『同期《どうき》の桜《さくら》』は、運命を共にする者同士の絆《きずな》の深さを歌ったものだが、そんな関係が成り立つのも〝見事散る〟覚悟を共有している軍人であればこそだ。

その点、企業社会における同期は全く違う。なぜなら同期とは、いずれライバルになることを宿命づけられているからだ。

それが証拠に、入社当初は頻繁に会い、集《つど》い、飲みしていた仲が、昇進に差がつきはじめるにつれ疎遠になり、やがて一切の関わりを絶ってしまうようになるのが常だからだ。

もし、今回の条件に徳田の意向が働いていたなら、それが同期の出世頭《しゅっせがしら》としての情によるものなのか、あるいは今回のプランが山崎、牛島という同期の二人によって立案されたものであったからなのか。いずれにしても、ライバル関係とは無縁になった同期の絆によるものだと栄二郎は思った。

しかし、敢《あ》えて触れまい。いや、触れる必要もないと栄二郎は思った。

これで、マルトミは救われる。新しい事業に取りかかれることになったことに、感謝すべきなのだ。

「徳田君……。そして新山さん……。お二人には、本当に、本当に感謝申し上げます。今回のご厚情、大恩に報いるためにも、この事業は絶対に成功させてご覧に入れます」

いま、栄二郎は心の奥底からの言葉を口にすると、二人に向かって深く頭を下げた。

終　章

1

「ご足労いただいたのは他でもない、日本橋本店のことなんですがね」

挨拶《あいさつ》を交わすや下村は早々に本題に入る。「どうです？　その後、何か進展はありましたかね？」

さすがに大手都銀の頭取室は造作《ぞうさく》が違う。

内装、執務机、会議用のテーブル、家具のいずれにも木材が使われ、長い年月によって熟成《じゅくせい》された艶《つや》が重厚感に拍車をかける。

「ええ、着々と……」

部屋の中央に置かれた革張りのソファーに腰を下ろしながら、寿々子はこたえた。「近々開かれる役員会で、兄は解任されることになります」

下村には以前、ゴルフを共にした際に、この件については相談してある。

それでも彼の瞳《ひとみ》に、一瞬冷え冷えとする光が宿《やど》ったのを寿々子は見逃さなかった。

「メインバンクに断られた以上、追加融資に応ずる金融機関はありません。となれば、マルトミを清算するか、あるいは他社と合併するしかないのですが、業界全体が不振に喘《あえ》いでいる最中に、合併に応ずるどころか、興味を示す先すらありはしませんからね」

寿々子は足を組みながら微笑《ほほえ》むと、「マルトミが生き残ろうと思うなら、私のプランを受け入れるしかありませんわ」

歌うように言った。

「お兄様とは、この件について、話し合われたのですか？」

寿々子は薄く目を閉じ、首を振った。

「話すだけ無駄ですわ。本気でマルトミを救いたいと考えているのなら、追加融資先を探して奔《ほん》走《そう》するより、持てる資産を活用してどう立て直すかに知恵を絞《しぼ》るはずです。だって、そうじゃありませんか。確かにコロナ以前はインバウンド需要のお陰で何とかなってはいましたけど、この騒動がいつまで続くかなんて、誰にも分からないんですもの。パンデミックさえ収まれば、また外国人観光客が戻ってくるとでも、淡い期待を抱いてるんじゃないかと思いますけど」

「〝明けぬ夜はない〟とは言いますが、それも朝が来る目処《めど》があればこそ。損切《そんぎ》り、撤退する勇気は経営者に求められる重要な資質の一つですからね。おっしゃる通り、お兄様には、その辺りが少し欠けているように思えますね」

寿々子の見解に理解を示す下村だったが、「でもねえ寿々子さん、たった二人の兄妹なんですよ。いきなり寝首を掻《か》くというのは、さすがにどうかとは思いますけどねえ」

と二人の仲を案ずるように言う。

「あら、頭取。兄の解任をご相談した際には、『それも止《や》むなし』とおっしゃったじゃありませんの」

「それは、話し合いが決裂した場合のことですよ。寿々子さんがやろうとしているのは、クーデターそのものですからね。老舗百貨店の経営者が解任された、それも謀反《むほん》を起こしたのが実の妹だったなんて、恰好《かっこう》のマスコミネタじゃないですか」

「マスコミごときに騒がれたって、どうと言うことはありませんわ。百貨店を続けるならイメージを気にしなければなりませんけど、新しく始めるのは貸しビル業ですのでね。家主のことなんか誰も気にしませんし、〝人の噂《うわさ》も七十五日〟と言いますけど、それもかつての話です。これだけ情報が乱れ飛んでいる時代ですもの、あっという間に忘れてしまいますよ」

「まあ、そこまで腹を括《くく》られているのなら、何も言うことはありませんがね……」

おそらく下村は、栄二郎が解任された後、このプランが実施に向けて動き始めた時のことを気にしているのだろう、と寿々子は思った。

なぜなら、複合商業ビルを建設運営するに当たっては、東亜銀行が名を連《つら》ねるサクラグループの建設会社、不動産会社が受注するものと確信しているのに違いないからだ。

メインバンクの東亜が追加融資に応じなかったことで、マルトミは経営危機に直面した。見るに見かねて実の妹はクーデターを起こし、兄を解任した。そして複合商業ビルの建設を受注したのがサクラグループの建設会社。ビルの管理もまた同じグループの不動産会社となれば、寿々子と東亜銀行が結託して栄二郎を追い出したと世間は見るに決まっているからだ。

いかにも看板、信用を気にするバンカーらしいとも考えられるが、銀行の本業はカネ貸しだ。それもいかにして効率的にカネを儲《もう》けるかにあるのだから、下村の本心からの言葉であるわけがない。

「それに私は、唯《ただ》の一度もマルトミの経営に携わったことがございませんでしょ？　兄妹とは言え、ことマルトミの経営に関しては門外漢。会社のことに口を出すなと言われれば、それで終わってしまいますので……」

「なるほど……」

下村は納得した様子で頷《うなず》くと、「となると、後任にはご主人の幸輔さんが就《つ》くことになるわけですね」

当然のような口ぶりで問うてきた。

「いいえ、専務の西村にやってもらうことにいたします」

「専務に？　どうしてまた」

「謀反の手筈《てはず》を整《ととの》えさせたんですもの、それなりの褒美《ほうび》を与えなければなりませんでしょう？」

さすがの下村もこれには驚き、

「それでは、ご主人は……」

喉仏《のどぼとけ》を上下させ、言葉を呑《の》む。

「退任させます」

「退任？」

下村は口を半開きにし、目を丸くして固まった。

「副社長として兄を支えてきた主人も、今回の経営危機を招いた張本人なのですから、責任を取って退任するのは当然ですわ」

「しかし――」

「頭取……」

何事かを言いかけた下村を寿々子は遮った。「西村だって、生半可《なまはんか》な褒美では動きませんよ。そもそも、専務は一族以外の社員にとって、望み得る最高の地位。上がりのポジションなんです。先代や兄の顔色を窺《うかが》いながら、忠臣と認められたからこそ、ここまで上り詰めることができたんです。そんな人間に、主君の首を取らせようというのですもの、専務以上のポストを約束してやらないと」

寿々子は努めて冷静な口調で話したのだが、それが逆に凄《すご》みとなったものか、下村は言葉が出せない様子である。

そこで寿々子は続けた。

「人間誰しも欲があるんですよ。欲《ほっ》しても決して手にすることができないと諦《あきら》めていた地位が手に入るとなれば、忠臣も奸臣《かんしん》に変わるんです。それは、頭取もよくご存じでしょう？」

大銀行の頭取の座を手にするのは並大抵のことではない。

なにしろかつての同期入行の新卒社員は五百人を超える。幹部候補生と見込まれて入行するのはごく僅《わず》か。圧倒的多数は兵隊なのだが、入行年次の前後、三年乃至《ないし》五年の幹部候補生が、たった一つしかない頭取の椅子《いす》を争うのだ。ミスを犯せばそれまでだし、かと言って実績を挙げないことには出世できない。その上、上司の歓心も買わなければ高い評価は得られないときているのだから、競争は激烈で並の神経では耐えられる世界ではない。

下村にしても、権謀術数《けんぼうじゅつすう》渦巻《うずま》く世界で数々の修羅場《しゅらば》をくぐり抜け、他人を蹴落《けお》として今の地位を手にしたに違いないのだ。

「なるほど……」

果たして下村はニヤリと笑うと、「それでは富島家はマルトミの経営から身を引くというわけですか？」

何か考えがあるのだろうとばかりに、探るような目で寿々子を見る。

「主人に代わって、私が役員に就任することになっています」

「ほう……。寿々子さんが？」

「はっきり申し上げて、西村は繋《つな》ぎ……と申しますか、地均《じなら》し役ですの。私、経営の経験がございませんでしょう？　マルトミが複合商業ビルを経営するのは始めてですけど、西村には百貨店のテナント集めの経験がありますので……」

「すると、いずれ大政奉還《たいせいほうかん》、寿々子さんが社長になると言うわけですな」

「そのように考えておりますし、西村も同意しております」

「そうですか」

下村は、うんうんと頷くと、「どうやら、寿々子さんには経営者の資質がおありになるようだ。〝泣いて馬謖《ばしょく》を斬《き》る〟という言葉がありますが、私はね、常々経営者たるもの〝泣かずに馬謖を斬る〟くらいの冷徹さと、合理性を持つべきだと考えておりましてね。会社にせよ、人間関係にせよ、情を持つことは否定しませんが、持ち過ぎるのは禁物です。まして溺《おぼ》れることはあってはならないとね。判断、決断を迫られたら、その時点で自分なり、組織なりに最も利のある選択をしなければならないとね」

「同感ですわ」

寿々子が艶然《えんぜん》と微笑みながら頷くと、下村もまた目を細める。

「そこまで仕掛けが進んでいるのなら、後は実現に向けて本格的に準備しなければなりませんな。この件は、すでに桜花地所《おうかじしょ》の山野《やまの》社長にも話を通しておりますので、近々席を……おっとこのご時世ではそうはいきませんな。ゴルフでも――」

「頭取……」

話を半ばで遮られ、怪訝《けげん》そうな表情を浮かべる下村に寿々子はいった。「まだ、山野社長にお会いするのは早いのではないかと……」

「なぜですか？　お兄様が退任すれば、寿々子さんのプランは動き始めるんでしょう？　その際の資金を当行で面倒を見て欲しいから、私に相談を持ちかけてきたのではないのですか？」

「実は、コンペにしようかと考えておりまして……」

「コンペ?」

　下村はあからさまに不愉快な表情を浮かべる。

「後々のことを考えれば、そうすべきかと……」

「後々のこと?　それはどういうことかな?」

「御行《おんこう》のためにも、その方がいいのではないかとも考えたのです」

「うちのため?」

「先程兄の解任をお話し申し上げた際に、頭取は恰好のマスコミネタになるとおっしゃいましたよね。あれは、兄妹間の争いがスキャンダルとして報じられることをご心配下さった以上に、御行が謀反をけしかけたと邪推《じやすい》されることを気になさったんじゃありませんの?　追加融資を断った御行と、同じサクラグループ内の不動産会社がビル建設に関わったとなると背後で動いたのは誰か。御行、ひいては頭取と私の関係が、俄然《がぜん》注目されることになると思うのですが?」

「この話を持ちかけてきたのは寿々子さん、あなたじゃありませんか。私は、相談に乗っただけで——」

「世間はそう見るでしょうか?　私や頭取が否定しても、面白おかしく書きたてるのがマスコミです。こう言っては何ですが、バブル崩壊後の貸し剝《は》がしの悪逆非道ぶりは、世間はまだ忘れてはおりませんし、銀行の経営もおしなべて苦しくなっているのも周知の事実ですのでね。痛くもない腹を探られることにもなりかねないと思いますけど?」

「するとコンペはあらぬ疑いを掛けられるのを防ぐためであって、ビル建設はサクラグループに任せてくれると言うのだね」

「入札額に大きな開きがなければ……」

寿々子は明言を避けた。「設計から建設までを丸投げすると、各工程に纏《まつ》わる費用の妥当性が分からなくなってしまうとか。私もいろいろと勉強いたしましたので……」

「それぞれの会社が、費用を水増しすると？」

「やりかねませんでしょ？」

寿々子は鼻を鳴らしそうになるのを堪《こら》え、片眉を吊《つ》り上げた。「受注したのは大手でも、実際に建設するのは下請《う》け、孫請けじゃないですか。まずは、それぞれの会社が、自分たちの利益を確保した上で、下に仕事を回していくんですもの。うっかり丸投げなんかしようものなら、高い買い物になってしまいかねませんわ」

「手抜きが常態化していると言わんばかりですが、そうはさせないように、元請けは現場に管理者を置くんですよ」

「別に元請けが利益を確保するのが悪いと言っているのではありませんの。その利益が妥当なものであるかどうか、把握できるようにしておきたいと申し上げているのです」

あからさまに不愉快な表情を見せる下村に、寿々子はしれっとした口調で返すと、話を続けた。

「私はいずれマルトミの社長に就任するんですよ。新ビルを建設するに当たって、マルトミは御行から融資を受けることになるんです。融資を実行するに当たって、銀行が重視するのは、条件通りに融資金額が回収できるかどうか。事業の確実性だけで判断なさるのですか？　融資を審査するに当たっては、経営者の資質は考慮の対象にならないとおっしゃるのですか？」

「いや、そんなことはありませんよ。もちろん、経営者の資質に問題ありと判断すれば――」

「でしょう？」

寿々子は、その先は聞くまでもないとばかりに下村の言葉を遮った。「借りた資金でビルを建てる。これはマルトミにとっては先行投資なんです。投資を行うにおいて、最も重要な指標となるのは効率、リターンです。つまり、最小限の投資で最大の利益を上げるのが経営者の務めであり、評価の基準になるはずです」

全くの正論だけに、さすがの下村も反論できずに押し黙ったのだったが、

「じゃあ、コンペをどのように行うかも考えがあるわけですね」

と話題を転じてきた。

「まず、桜花地所をはじめ、複合商業ビルの建設や運営に実績のある複数の会社に話を持ちかけて、この事業への参加に興味があるかないかの意思を問います。その上で、参加したいと言うのであれば、ビルの概要、事業案、建設費の概算を提出していただきます、さらに、しかるべきコンサルタントを雇い、提案内容の正当性を審査させていただくことにしようかと……」

「そうですか……」

下村は上目遣《うわめづか》いに寿々子をじろりと睨《にら》みつけると、ソファーの上で姿勢を変え、改めて念を押してきた。

「先程、入札額に然程《さほど》の違いがなければ、桜花地所にとおっしゃいましたが、その言葉、信じていいんでしょうね」

「もちろんです。頭取には、ご相談に乗っていただいたこともありますし、御行にはマルトミのメインバンクとして長年お世話になってきたご恩がございます。この関係が今後も末永く、続いていくことを望んでおりますので……」

「その言葉を信じることにいたしましょう……」

下村は口元を歪《ゆが》め、不敵な笑みを浮かべると、寿々子の視線を捉えたまま続ける。

「それにしても寿々子さん、あなた大した人だね。こう言っては何だが、苦労知らずのお嬢様だとばかり思っていたけど、なかなかどうして、これなら経営者として立派にやっていけそうだね」

「恐れ入ります。頭取から、そうおっしゃっていただけると、励《はげ》みになります」

皮肉なのか、嫌みなのか、あるいは本音なのか判断がつかぬまま、寿々子は無難な言葉を返した。

「この際ですから、一つアドバイスをしておきましょう」

下村はそのままの表情で、そう前置きすると続けていった。

「ビジネスで最も重要、かつ難しいのはクロージングですからね。いかなるビジネスも交渉事がつきものである以上、相手がハンコを押さない限り、契約は成立しないんです。詰めを誤れば、一瞬にしてそれまでの努力が水の泡《あわ》になる。それがビジネスです。最後まで気を抜かないことですな」

2

「お初にお目にかかります。『築地うめもり』の梅森でございます」

「経営企画室の滝澤でございます……」

四井の応接室に現れた二人が、名刺を差し出してきた。

「新山でございます」

二人との名刺交換を終えたところで、「どうぞ、おかけ下さい」

新山は着席を促した。

二人がソファーに腰を下ろしたところで、

「今日お越しいただきましたのは、うめもりさんと弊社とで、新しいビジネスを始めたいと考えておりまして」

新山は早々に切り出した。

「四井さんと弊社が一緒に？　新しいビジネスを？」

梅森もこれには驚いたらしく、きょとんとした顔で訊《たず》ね返してくる。

由佳に至っては、耳を疑うように、小首を傾《かし》げるのだったが、それも一瞬のことで、澄んだ瞳が炯々《けいけい》と輝き出す。

「日本橋のマルトミ百貨店をご存じですね」

二人が頷くのを見て、新山は続けた。

「マルトミさんが業態転換を考えておられるのはご存じかと思いますが、その内容が決まりまして、日本全国の特産品や伝統工芸品を集めたセレクトショップにすることになったのです。それで一階に、ポップアップスタイルのフードコートを併設しようと……」

二人は、「えっ」と言うように口を小さく開き、顔を見合わせた。

「そうです。散在する地方物産のアンテナショップを一箇所にまとめるというアイデアを、梅森さんは思いつかれたそうですが、それを聞いた山崎さんたちが——」

新山がそこまで言いかけたその時、

「いや、それを思いついたのは私ではありません。この滝澤ですよ」

慌てて梅森が口を挟んだ。

「えっ？　そうなんですか？」

「そうなんです。他のフロアーに地方物産のアンテナショップを集めたら、コンセプトに統一性が出ると言いましてね。私は、彼女のアイデアに賛成しただけでして」

梅森は隣に座る由佳を見る。

「一貫性が出るとおっしゃったのは社長ですよ。食堂街をポップアップレストランにしたらと言うのも、催事を毎日やったらと言うのも社長がおっしゃったことですし、それが実現したら、地方の食と物産を一堂に会した商業施設になるっておっしゃったのも、社長じゃないですか」

二人が功を譲り合う姿を微笑ましく思いながら、新山は話を進めることにした。

「それで、このセレクトショップの運営に、私共が加わることになりまして……」

「四井さんが？」

由佳は問い返してきたが、梅森は黙って新山の話に聞き入っている。

「と言いますのも、このビジネスは、海外でも充分通用すると私共は判断したからなのです」

「なるほど。コロナ以前は、外国人の間での日本人気は高まる一方。特に食は、B級C級グルメに至るまで高い評価を受けておりましたし、伝統工芸品もまたしかりでしたからね。一階を日本食のフードコートにすれば高い集客効果が見込めるし、日本物産のセレクトショップというコンセプトにも一貫性が出てくるとお考えになったわけですね」

さすがは梅森だ。

説明をすることもなく、四井の狙いを見抜いたようだ。

「セレクトショップでは、主に日本の伝統工芸品を販売するのですが、同時にそれぞれの製作技術を応用した、新商品の開発を積極的に進めるつもりです」

「それ、凄《すご》くいいと思います！　一言で海外といっても、お国柄というものがありますからね。好みも違いますし、日本人には思いもつかない使われ方をしますので」

興奮を露《あら》わに身を乗り出してきた由佳だったが、そこではたと気がついたように言葉を呑むと、「ごめんなさい……。海外の事情はよくご存じでいらっしゃるのに、生意気なことをいってしまいました……」

消え入るような声で言い、目を伏《ふ》せてしまった。

「ご意見は遠慮することなく、どんどんおっしゃって下さい」

新山は笑みを浮かべながら言い、声に力を込めた。「このビジネスは、単にマルトミさんの業態転換策というだけでなく、日本の将来にとって大変重要なものになるはずです。特に海外展開が進めば、国内の伝統工芸品のみならず、食、特に冷凍食品やインスタント食品、菓子などの需要増大につながります。伝統技術の継承者も現れるでしょうし、地方の雇用創出、ひいては地方の活性化という効果も期待できる。つまり日本という国全体の活性化につながっていくのです。ですから、是《ぜ》が非《ひ》でもこのビジネスを成功させなければならないと私共は考えているのです」

「増産するには素材が必要になりますから、食分野なら農、漁業。木工製品なら林業と、衰退産業と言われてきた分野にも雇用が生まれ、地方人口の回復も期待できるわけですね」

「インバウンド需要に期待するのは『待ちの戦略』ですが、海外展開は『攻めの戦略』と言えます」

新山は梅森に視線を転ずると、いよいよ本題に入った。「そこで、御社にいくつかご検討いただきたいことがございます。一つは、マルトミさんはセレクトショップに業態転換を図った後も、従来通り最上階に食堂街を設《もう》ける計画なのですが、その運営を御社にお願いできないかと……」

「それは、最上階をポップアップレストラン街にしたいと言うことですか？」

新山は頷き、すかさず続けた。

「同時にフードコートの運営も、うめもりさんにお引き受けいただけないかと……」

「フードコートの運営も？」

さすがの梅森も、これには驚いた様子で問い返してきた。「いや、そりゃあ願ってもない申し出ですが、うちは今までフードコートをやった経験が――」

新山は梅森の言葉を遮った。

「ポップアップレストランだって、うめもりさんが初めて手がけられた事業ではありませんか」

「それはそうですが……」

「マルトミさんはもちろん、私共もフードコートを運営した経験がありません。もちろん、今現在実際に営業を行っている会社もありますし、コンサルタントもいるのですが、マルトミさんのセレクトショップのフードコートは、ポップアップスタイルでやりたいのです」

「そうおっしゃっていただくのは有り難いのですが、フードコートを、それもポップアップスタイルでとなると、解決しなければならない問題がいくつかございまして……」

「たとえば、どのような？」

「一番の問題は、宿舎ですね」

梅森は言う。「麻布の店のテナントさんは出店期間中、調理師を東京に派遣してくるのですが、その間は弊社が用意する宿舎を利用します。マルトミさんのフードコートをポップアップスタイルでやるとなると、宿泊施設を新たに用意しなければなりません。もちろん、アフターコロナを睨んでの事業ですから、先行投資と考えることもできるのですが、ご存じの通り、このパンデミックで弊社の業績も低迷しておりまして……」

「その点は、私共に考えがあります」

新山は微笑んだ。

「と、おっしゃいますと？」

「弊社は独身寮を持っているのですが、総合職が男性に限られていた時代の名残《なごり》で、未《いま》だに入居者は男性に限定されているのです」

「失礼ですが、新山さんは、総合職で採用されたのですよね？」

「ええ……。私は、女性総合職の第一期生です」

新山は頷くと続けた。「女性は一般職が当たり前であった時代に、四井は他社に先駆けて女性総合職の採用に踏み切ったのですが、当時は女性の志望者自体が少なかったこともありまして、寮を設けるまでには至らなかったんですね」

「四井のような大商社が、女性に道を拓《ひら》いたのにですか？　キャリア志向の女性には、待ちに待ったチャンス到来と映ったのでは？」

「端《はた》から見れば、四井だって日本の会社ですからね。男性と同等に扱うと言われても、実際に入社して働いてみないことには本当かどうか分かりませんから、キャリア志向の女性は、外資へ行った方が多かったんですよ」

「分かるような気がします……」

由佳がしみじみと言う。「男性社会の中にパイオニアとして飛び込んで行くんですからね……。どうせ結婚したら辞《や》めるんだろうとか、精々《せいぜい》出産までだとか、先入観や偏見の中で闘っていかなければならないんですもの、よほどの決意と勇気がないと日本企業を選ぶ気にはなれなかったでしょうね」

「その点四井は、元来結果が全て。実力主義が社風の会社ですからね。女性にとってはやり甲斐《がい》のある職場だったのですが、一般職は女性が大半で、しかも自宅通勤が条件でしたし、かと言って、若い男女を一つの寮に住まわせるわけにはいきませんのでね」

「では、女性総合職には、住宅手当の増額とかで対応したのですか？」

「四井の場合は家賃に上限を設けて、基本借り上げでしたね」

新山は由佳の質問にこたえると、さらに詳しく説明をすることにした。

「当時は大手企業の多くが福利厚生の一環として独身寮を持っていましたが、商社の場合、業界特有の事情もあったんです。一つは、時差のある海外とのビジネスが多いので、どうしても勤務時間が不規則になること。もう一つは若いうちから研修や駐在で、海外勤務を命ぜられる職場であったことです」

「個人でアパートやマンションを借りていたら、深夜に帰宅して、それからお風呂に入ってというのも大変ですし、炊事もあれば洗濯もある。駐在を命じられたら、住居の解約とか、引っ越しとか、いろいろ面倒ですものね」

「でも、これも時代の流れなんでしょうね。入寮を希望する新入社員が年々減少しましてね。特に、都内の大学出身者は、学生時代に暮らしていたアパートやマンションに、そのまま住み続ける人が多くなってしまったんです」

「えっ？　それじゃ海外勤務になったら、家具とかはどうするんですか？　面倒じゃないんですか？」

「寮に入ると決めたら、処分しなければならないんですから同じこと。それよりも、プライベートと会社は完全に別にしたいって考えてるようなんですね」

「じゃあ、空き部屋が相当あるわけですね」

「ええ……。そんな事情もあって、独身寮の必要性を根本的に見直すべきだと言う声が上がっていたところに、コロナパンデミックが起きたんです」

「寮が、クラスターの発生源になるのではないかと懸念されるようになったのですね」

「その通りです」

新山は、顔の前に人差し指を突き立てた。「帰宅時間はまちまちとはいえ、朝食と夕食は食堂で摂《と》りますし、お風呂だって大浴場。万が一にも寮でクラスターが発生すれば、社内に感染が一気に広がることもあり得ますのでね」

「すると、コロナを機に寮を廃止すると？」

「それも選択肢の一つですが、簡単な話ではありません。僅《わず》かとはいえ調理師や管理人等、従業員もいることですし、彼ら、彼女らにも生活がありますのでね」

「では、その空き室にフードコートの従業員を宿泊させると？」

「東京の寮は東棟と西棟に分かれておりまして、二棟の間に食堂とサロン、大浴場、洗濯室が設けられていましてね。今現在、四十名ほどの入寮者が東西二つの棟に分散して住んでいるのですが、ひとまとめにすれば、一方の棟の全室が空き室になるんです」

「なるほど、それなら宿泊施設についての問題は解決されますね」

梅森が、光明を見いだしたかのように眉を開く。

「それに、このセレクトショップは、アフターコロナを見据えての事業プランです。つまり、開店時にはコロナに対する対処法が確立され、コロナ発生以前の社会に戻っていることが前提ですから、当然クラスターを懸念する必要はないわけです」

「お話の向きは大変よく理解できました。前向きに検討させて下さい。と言うか、是非一緒にやらせて下さい」

梅森のテンションが、頂点に達しているのが手に取るように分かる。

そこで、新山は第二の提案を切り出すことにした。

「それと、もう一つ。お願いがございます」

「なんでしょう」

「海外で展開するセレクトショップにもフードコートを設ける計画なのですが、そちらの運営も、うめもりさんにお願いできないかと……」

「海外？」

さすがの梅森も驚愕《きょうがく》し、声が裏返る。

新山は続けた。

「もちろん、海外店のフードコートはポップアップと言うわけにはいきません。既に現地で営業している店に出店を要請し、テナントという形で入っていただくことになりますが、調理師の確保が問題になると思われまして……」

「なるほど、調理師ですか……」

　理由を聞くまでもなく梅森は呟《つぶや》くと話し始めた。「大手も店を出してはいますが、海外の日本食レストラン、特にB級、C級グルメとなると、個人経営が大半ですからね。出店を打診しても、調理師を出すのは難しいかもしれませんな」

「その点うめもりさんは、寿司と居酒屋を全国展開していらっしゃる。寿司職人も、調理師も大勢抱えておられます。寿司はフードコートでも大人気になるのは間違いありませんし、お好み焼き、たこ焼き、焼き鳥などのB級、C級グルメは、居酒屋の調理師を訓練すれば、短期間で充分戦力となるレベルに達するのではないかと……」

　由佳の目が、今までにも増して輝き出す。

　やりたい！　やらせてほしい！　その強烈《きょうれつ》な思いがひしひしと伝わってくる。

　おそらく、梅森もその気配を察したのだろう。

　突然、由佳に向き直ると、

「滝澤さん。やりたいよなあ。海外で働くのが、君の夢だったもんなあ」

　笑いながら問いかける。

「是非！　是非、やらせて下さい！」

即答する由佳に、梅森はうんうんと頷くと、

「新山さん……。その話、お受けいたします」

改めて、新山に向き直ると快諾する。「実は、滝澤は、英語が堪能《たんのう》でしてね。六本木店でバイトをしていた頃は、来店した外国人客がSNSで英語が通じると発信したもので大評判になりまして、連日観光客で大盛況だったんです。卒業時には、外資の一流企業から内定をもらっていたのですが、彼女が発案したポップアップレストランの企画が通ってしまったもので、そのままうちに就職してくれたんです」

「そうでしたか。語学が堪能な上に、企画力もおありになるのなら適任ですわ」

新山も嬉《うれ》しくなって満面に笑みを湛《たた》えながら由香を見ると、優しく語りかけた。

「このセレクトショップは、まだ誰も手がけたことのない事業です。まずはマルトミさんで、店舗運用のノウハウを積み重ねた上での海外展開となりますが、それに際しては、進出計画、マーケティング調査の段階から加わっていただき、現地ショップ内のフードコートのマネージメントを滝澤さんにお任せしたいと考えているのですが、いかがでしょう?」

梅森は、そこで由佳を見ると、

「やってくれるよね」

優しく、しかし力の籠《こ》もった声で念を押す。

「もちろんです!」

由佳が喜ぶまいことか。

その姿を見ていると、若かりし頃の己の姿を見ているようで、新山は心が温かくなるのを覚えた。

「やれやれ、これで私も気持ちが軽くなったよ。海外を舞台に働きたいという、滝澤さんの夢を奪ってしまったような気がして、本当に申し訳なく思っていたんだ」

「そんなことはありませんよ。私、『築地うめもり』に入社して本当に良かったと思っているんですよ」

二人の会話に口を挟むのは気が引けないでもなかったが、新山は話を纏《まと》めにかかった。

「では、お引き受けいただけるということでよろしいでしょうか」

「もちろんです。正直申し上げて、海外進出は考えたこともありませんでしたが。大丈夫、滝澤ならば充分期待にこたえられると確信しておりますので」

梅森は断言すると、心底嬉しそうに破顔した。

3

時刻は午後七時になろうとしていた。

そろそろ幸輔が帰ってくる時刻である。

寿々子は風呂に湯を張り、キッチンに立つと、夕食の支度《したく》に取りかかった。

掃除は苦手で週に三度、業者が派遣してくる家政婦に任せているが、料理は趣味の一つで、全く苦にならない。

冷蔵庫から食材を取り出そうとしたその時、アイランドキッチンの上に置いてあったスマホが鳴った。

幸輔？　と思いながら、パネルに浮かんだ名前を見ると、西村である。

「はい……」

寿々子が短くこたえると、

「西村でございます。至急、お耳に入れたいことがございまして、お電話申し上げました」

西村は声を潜《ひそ》め、早口で言う。

「何かあったの？」

「副社長は既にご帰宅ですか？」

「いいえ、まだよ。そろそろだと思うけど？」

「実は、社長から先程臨時取締役会を明後日《あさって》開催する旨、通達がありまして」

「取締役会を？　兄さんが招集したの？」

「そうなんです。議題は、業態転換について――」

「業態転換？」

寿々子は西村の言葉を遮り、思わず声を上げた。「じゃあ、四井の支援を受けてって言う話に目処がついたの？」

「かもしれません」

西村の声に緊張感が籠もる。「具体的なプランがなければ、取締役会を招集するわけがありませんからね。少なくとも社長と四井の徳田専務との間で、なにかしらの合意があったのではないかと……」

「冗談じゃないわよ。同期の仲だか何だか知らないけどさ、四井は慈善事業をやってるわけじゃないのよ。海千山千《うみせんやません》、世界を股《また》に掛けるビジネスマンの集団なんだもの、カネを出すなら、口も出すに決まってんじゃない。まして、サラリーマン集団なんだもの、失敗した時の保険だって、抜け目なくかけてくるわよ」

失敗した時の保険が何を意味するかは、改めて説明するまでもない。

「おっしゃる通りだと思います」

果たして西村は言う。「新事業とやらがうまくいかなかった場合は、何らかの手段を講じて、東亜に代わって本店を土地ごと取り上げる。支援するに当たっては、その程度の条件は出してくるでしょうからね」

「高層ビルを建てて転売するもよし、運営をビル管理会社に任せて、長期に亘《わた》って確実な利益を得るもよしなんだもの、それこそ濡《ぬ》れ手で粟《あわ》のようなもんだわ」

「業態転換と言うからには、本店ビルをそのまま使うのでしょうから、四井の負担は、おそらく債務保証と改装に纏わる費用の融資程度のものになるでしょうし……」

「いったいどうするつもり？　兄さんの案が通ったら——」

自分が考案したプランが水泡に帰しかねない事態に焦《あせ》りを覚え、激しい口調でがなりたてた

寿々子を、

「その点は、ご心配なく」

西村の冷静な声が遮った。

「えっ?」

「社長が議題に入る前に、解任動議を提出すればいいだけのことですので……」

「そうか、その手があるわね」

拍子《ひょうし》抜けした寿々子は、間の抜けた声で言った。

「そう考えれば、むしろ好都合でした」

西村が含み笑いをする気配が伝わってくる。「私の方から臨時取締役会の開催を提案するとなると、事前に社長の承諾を得なければなりません。次の定期取締役会まで待つしかないと思っていたのですが、社長の方から招集してくるとなれば話は別です」

飛んで火に入る夏の虫と言わんばかりに、忍び笑いを堪えているのか、西村の声が震えているように聞こえるのは、気のせいではあるまい。

「あなたの言う通りだわ」

寿々子は、嘲笑《ちょうしょう》を浮かべながら問うた。「解任動議に賛同する過半数は、間違いなく確保できているんでしょうね」

「通達があった直後に、念のため確認いたしましたが、私を含めた三名は確実です。ただ、副社長の意向は確かめてはおりませんが……」

幸輔についてはアンタッチャブル。寿々子マターだと暗に西村は匂わせる。

「それは、大丈夫」

寿々子は小さく鼻を鳴らした。「解任に賛成するよう、ちゃんと言い含めてあるし、反対なんかするわけないわよ。そんなことをしようものなら、私に謀反を起こすことになるんだもの、どんなことになるか、百も承知してるわよ」

「でしたら、ご心配には及びません。全ては、寿々子さんのプラン通りに運ぶことになります」

「帰ってきたら、改めて念を押しておくけどね」

寿々子が上機嫌で返したその時、玄関のドアが開く気配がした。「あっ、帰ってきた。電話切るわね。報告、ご苦労様」

画面をタップして回線を切ったのと同時に、幸輔がリビングに入ってきた。

アイランドキッチン越しに声を掛けた寿々子に、

「おかえりなさい」

「ああ、ただいま……」

幸輔は、浮かぬ顔でこたえる。

「どうしたの？　会社で何かあったの？」

寿々子が、この手の言葉を口にするのは珍しい。しかも猫撫《ねこな》で声である。

幸輔はぎくりとした様子で、

「いや、別に……。少し疲れを感じてね……」

重い声で語尾を濁し、訝《いぶか》しげな目で寿々子を見る。

「ふ〜ん……」

寿々子はついと顎《あご》を上げ、幸輔の顔を見詰めると、

「明後日、臨時取締役会が開かれるんだって？」

軽い口調で問うた。

「えっ……。どうしてそれを？」

「議題は、業態転換についてなんですってね？」

問いかけを無視して、質問を重ねる寿々子に、

「誰だか分からんが、随分《ずいぶん》な忠犬を飼ってるんだね。通達があって、それほど時間が経《た》っていないのに、もうご注進したのがいるのか」

幸輔は精一杯の皮肉を言い、口元を歪ませる。

「そりゃそうよ。忠犬には、それ相応のご褒美を与えることを約束してるんですもの」

「褒美って、義兄《にい》さんの後任のことか？」

「まあね」

寿々子は艶然《えんぜん》と微笑んで見せると、続けて問うた。

「あなた、兄さんから、この件に関して何か相談を受けたの？」

「いいや。随分前に、新しい形態の小売り業を模索していると聞かされただけだけど」

「臨時取締役会を開くってことは、その内容が具体的になって、四井の支援も取り付けたとしか

考えられないんだけど、その内容について、一言も聞かされていないの？」

「全然」

幸輔は不意に視線を逸《そ》らし、首を振る。

怪《あや》しいと思った。

社内にいるたった一人の身内、それも義弟である。しかも、副社長だ。

新事業を議題に、臨時取締役会を招集すると言うのだ。幸輔には事前に相談があって然《しか》るべきだし、何も聞かされぬまま、栄二郎の独断で内容を決められたなら、屈辱を感じるはずである。

寿々子が醸《かも》し出す雰囲気から、察するものがあったのだろう、幸輔は言う。

「義兄さん、ことこの件に関しては、僕を警戒しているようでね」

「警戒？　どうして？」

「君が動いていることを察しているんじゃないかな」

「私の動きを？」

一瞬、ぎくりとした寿々子だったが、すぐに否定しにかかった。「そんなはずないわよ。私のプランを知ってるのは、ごく限られた人たち、それも各企業のトップ中のトップばかりなのよ。そこから話が漏れるなんて、絶対にあり得ないわ」

「完全に守られる秘密なんて、ありはしないさ」

幸輔はふんと鼻を鳴らすと、「この前言っただろ。秘密を知る者は、乗算的に増えていくって言葉があるのを」

寿々子に向かって、嘲《あざけ》るような笑いを投げかけてきた。

「なにそれ……」

「知る者が一人しかいないのなら、秘密は守られる。これが二人になると、四人に。四人が知ると十六人に。つまり、知る者が多くなればなるほど、漏れる可能性は格段に高くなっていくってことさ」

「言ったでしょ？　私が会っているのは、大企業のトップばかりだって……」

「前にも言ったが、トップは実務をやらんのだよ。本店を解体した跡地に、どでかい高層ビルを建てようってんだ。二人だけの秘密にしといてくれと言われて、黙っている経営者がいるもんか。担当部署の役員には、こんな話がって漏らすだろうし、ああそうですかって、聞いているだけの部下なんていやしないさ。役員は部長に、部長は課長に、その時に備えて準備しておけって指示を出すに決まってるよ」

幸輔の言葉には圧倒的な説得力があった。

黙った寿々子に向かって、幸輔は続ける。

「そうじゃなかったら義兄さんのことだ。業態転換をどういう形で図るつもりなのか、僕に事前に相談したはずさ。今に至るまで、概略のひとつも教えてくれないのは、君の邪魔が入ることを懸念したからじゃないのかな。僕は、そう考えているけど？」

この話題を続けても、幸輔を論破することはできない。

そこで寿々子は問うた。

「まさか、あなた、兄さんを解任する動きがあること、喋《しゃべ》ったりはしてないでしょうね」

「喋るわけないだろ！」

幸輔は怒気を含んだ声で言う。「君にあそこまで言われて、ご注進に及ぶ勇気なんか僕にはないよ」

まあ、そうだろうな……と寿々子は思った。

この歳《とし》になって、丸裸同然でこの家を追い出されれば、ただちに生活に困ることはないにせよ、老後の暮らしに暗雲が漂《ただよ》い始める。それに、あのまま外資系の投資銀行に勤務していたら、リーマンショック以降、業界を襲ったリストラの嵐の中で放逐《ほうちく》されていたかもしれないのだ。

これまで何ひとつ不自由することなく暮らしてこられたのは、富島家の一員に名を連ねることができたからこそだと、一番良く知っているのは他の誰でもない、幸輔のはずだからだ。

「兄さんには悪いけど、臨時取締役会を開いても、議題に入る前に退場してもらうことになるわ」

寿々子の言葉に、

「えっ……」

幸輔は、ぎょっとした様子で短く漏らした。

「冒頭で、解任動議が出されることになるからよ」

「ちょ、ちょっと待ってくれ。いくら何でも、それはないんじゃないのか。義兄さんが、取締役会に案を提出するってことは、四井と協議、検討を重ねた結果、合意に至ったってことなんだぜ。事はうちだけの問題じゃないんだ。解任同義を出すにしたって、せめて話を聞いた上で――」

寿々子は、幸輔の言葉を皆まで聞かずに口を開いた。

「役員の過半数が、私の案に乗るって言ってるの。聞いてから否決されるか、聞く前に否決されるか、どっちにしたって、結論は同じなんだもの、聞くだけ無駄ってもんじゃない」

「内容を聞いて、考えを改める役員だって出てこないとは限らないじゃないか」

執拗《しつよう》に食い下がる幸輔に、寿々子は苛《いら》っときた。

幸輔がこんな反応を示すのははじめてだったし、「考えを改める」という言葉が、引っかかったからだ。

「あなた、やっぱり知ってるんじゃないの？　兄さんの案を……」

寿々子は幸輔を睨みつけた。

「知らないって言っただろ」

幸輔は断固として否定する。「しかしね、マルトミは百貨店、小売り一筋でやってきた会社なんだぜ。君は、複合商業ビルに入るテナントに、従業員を斡旋《あっせん》するって言うけどさ、現実は甘くはないよ。各テナントごとに、パートなのか、正社員なのかによって、給与も社会保障制度への対応も違ってくるんだ。その点、新しい形態の小売り業に転換できれば――」

「今の時代に、新形態の小売り業なんてものが、残されていると思ってんの？」

寿々子は、再び幸輔を遮ると続けて言った。

「どんなものでもクリック一つ、ネット通販で簡単に買えちゃう時代なのよ？　翌日どころか、当日に注文した商品が指定した場所に届くのよ？　小売り業が成り立たなくなろうとしている最大の理由は利便性にあるんじゃない。今時、ネットで買えない商品なんて、まずありはしないんだもの、何をやろうと潰《つぶ》れるのは時間の問題ってもんじゃない」

それでも何かを言いたげに、もごりと口を動かす幸輔だったが、苦々しい顔をして口を噤《つぐ》んでしまう。

「こんなこと、あなたと議論したところでしかたがないわ」

寿々子は話を終わらせにかかった。「とにかく、解任動議が出たら、あなたは賛成すればいいの。それで万事うまくいくんだから。いいわね」

4

臨時取締役会の当日がやってきた。

午前十時。マルトミ百貨店本社最上階の役員会議室に入った栄二郎は、楕円《だえん》形のテーブルを囲む六人の取締役を前に、

「では、これから臨時取締役会をはじめます」

開会を宣言し、部屋の隅《すみ》に控えている総務部長に目配《めくば》せした。

彼が企画書が綴《と》じられたファイルを配り始める傍《かたわ》らで、栄二郎はパソコンを起動させ、背後の

モニター画面の電源をオンにした。

と、その時だった。

「社長……」

西村が立ち上がり、「緊急動議を提出いたします」

硬《かた》い声で言った。

このタイミングでの緊急動議が何を目的とするかは、聞くまでもない。

謀反だ。そして勝算なくして起こす謀反は一《いち》か八《ばち》かの賭《か》けである。

マルトミは、代々創業家がトップについてきた会社だ。絶対的君主の首を取りにくるからには、周到な準備を重ね、勝てるという確信を抱《いだ》いていればこそのはずなのだが、それでも緊張、あるいは決死の覚悟の表れなのだろう、西村の眦《まなじり》は吊り上がり、顔面が見る間《ま》に赤く染まっていく。

「緊急動議？　なんだそりゃ」

それでも栄二郎は敢《あ》えて問い、西村を睨みつけた。

「社長、富島栄二郎氏の解任を提案いたします」

「西村君、正気か？　私を解任するだと？」

「マルトミ百貨店を窮地に陥れた、経営責任を取るべきです」

「経営責任は否定しないが、業績の回復、向上に全力を尽くすのは経営者の義務だ。その起死回生の一発になるプランを提案しようという時に、内容を聞かずして解任動議を提出するとはあまりにも乱暴に過ぎんかね？」

「結果はもう出ているではありませんか」

刃《やいば》を君主に突きつけてしまったからには、もう後には引けない。

恐怖に駆《か》られるのは敵と対峙《たいじ》するまでのこと。一旦戦端が開けば、そこからは殺《や》るか殺られるかなのだから、腹も据わろうと言うものだ。

それが証拠に、西村の顔から赤みが抜けていく。表情からも、冷静さを取り戻している様子が窺《うかが》える。

西村は続ける。

「業績の低迷は、コロナのパンデミックが原因だ、不可抗力だとおっしゃるでしょうが、経営者に問われるのは結果です。想定外の事態に直面したなら、そこをいかにして乗り切って見せるかに、経営者としての能力、資質が現れるのです。それをあなたは、失敗した。いや、有効な策すら打ち出せなかった。つまり、あなたは経営者の資質、能力に欠けていると判断されてもしかたがないのです」

「なるほど」

西村の言《げん》を肯定してみせた栄二郎だったが、すぐに反論に出た。「しかしね、まだ時間は残されているし、資金面についても、四井の支援を仰ぐ目処がついた。それでも資質、能力に欠けると言うのかね？」

「長年、傍《そば》に仕《つか》えてきたんです。社長の資質、能力がどの程度のものかよく分かっているつもりですが？」

西村は傲慢《ごうまん》な口調で言い放つ。「とにかく、解任動議が提出された今、当事者となった社長は議長を務めることはできません。副社長は社長の義弟ということもありますので、ここからの議事進行は、高塚君にお願いしたいと思いますが、いかがでしょう」

困惑する取締役もいたが、動議が提出された時点で、当事者である栄二郎が議事を進行させることはできなくなったのは、西村が言う通りだ。

「異議なし！」

声を張り上げたのは宮前だけだったが、かといって異議を唱える者もない。

「では、承認を得たということで、ここからは高塚君に議事進行をお願いします」

西村に促された高塚は、栄二郎がいた席に着くと、

「では、ここから先の議事進行は、私が行います」

やはり緊張は隠せないと見えて、震《ふる》える声で宣言し、すかさず続けた。

「ただいま提出されました、富島栄二郎氏の社長解任動議に賛成の方は挙手願います」

勝つと確信していたのだろう、西村は目元を緩ませながら、いち早く手を挙げた。彼の反応を窺ってからとでも思っていたのか、宮前が一瞬遅れて続いた。

ところが、賛意を示したのは二人だけで、高木、増川の両名は、微動だにしないでいる。

西村の目元から、一瞬にして緩みが消えた。表情が強《こわ》ばり、血の気の引いた顔面が白くなっていく。

　次の瞬間、西村は嚙《か》みつきそうな目で幸輔を見た。

　幸輔は、そんな西村を無視し、我関せずといった態《てい》で微動だにしない。

「で……では、反対の方は挙手願います」

　高塚が促すと、高木、増川、そして幸輔が手を挙げた。

　この時点で、賛成二名、反対三名。幸輔が賛成に回ると確信していた西村にとっては、大誤算だ。議長の高塚が賛成に回っても三対三。過半数の賛同を得られなかったら、西村の解任動議は否決されたことになる。

　ところがだ、ここで、全く予期しなかったことが起きた。

「議長は、富島栄二郎氏の社長解任動議に反対いたします。よって、賛成二、反対四。緊急動議は否決されました」

　なんと、高塚は反対に回るではないか。

　西村が議長に指名したところからして、高塚がグルであったのは明らかだ。事前に四人の賛成を得られる確信を得たからこその解任動議である。

　本来ならば、同数になったところで議長となった高塚が賛意を示し、栄二郎は解任されるはずだったのだ。ところが蓋《ふた》を開けてみれば、賛成するはずだった三人が二人に。

　西村も慌てただろうが、高塚だってそれは同じだ。しかし、彼にはまだ、寝返るという選択肢《し》が残されていた。そして、生き残りへの執着は、サラリーマンの本能とも言うべきもの。その点から言えば、高塚はサラリーマンの鑑《かがみ》と言えるだろう。

果たして、西村の怒るまいことか。

白くなっていた顔が、見る間に赤くなったかと思うと、

「高塚、きたねえぞ！　お前、裏切るのか！」

勢いよく椅子《いす》から立ち上がり、鬼の形相で食ってかかる。「お前だけ助かろうってのか！　よくもそんなことができるもんだな！　お前には、恥ってもんがないのか！」

ところが高塚は、そんな西村に一瞥《いちべつ》もくれることなく、

「では、ここから先は、当初予定の議題に沿って取締役会を行います。議事進行は、富島社長にお願いいたします」

と落ち着き払った声で言い、議長席を栄二郎に明け渡した。


「義兄さん、たった今、臨時取締役会の開催通知をいただきました」

幸輔がアポも取らず、突然社長室に現れたのは、一昨日《おととい》のことだった。「業態転換についてとありますが、案が固まったんですね」

「君には、明日一番に話しておくつもりだったんだが、ちょうどいい」

引き出しから取り出したファイルを手に、執務席から立ち上がった栄二郎は、応接セットに歩み寄り、正面の席に座るよう幸輔を促した。そしてソファーに腰を下ろした幸輔の前にファイルを置き、

「新事業のプランだ。目を通した上で、正直な感想を聞かせてほしい……」

静かに言った。

幸輔は黙って頷くと、

「拝見します……」

ファイルを開いた。

読み進めるにつれ、幸輔の目の色が変わっていくのが見て取れた。

食い入るようにというのは、まさにこのことで、文字やグラフを追って左右上下に幸輔の瞳の動きが速くなる。

どれほどの時間が経ったのだろう。

やがて幸輔は視線を上げ、栄二郎の顔を見据えると、

「これ、本当にやれるんですか?」

信じられないとばかりにいった。

「無謀だと思うかね?」

「いや、そうじゃありません。まさか、こんな手があったとは……いや、驚きました。しかも四井と『築地うめもり』が、この事業に参加するなんて……実現したら、義兄さんがおっしゃっていたように、誰も手がけたことのない小売り事業に、マルトミは進出することになりますね」

もはや興奮は隠せない。

幸輔は、瞳を輝かせながら破顔した。

「実現したらじゃない。実現するんだよ」

栄二郎は言った。「うちは関与しないから、敢えて書かなかったが、四井はこのビジネスを世界の主要都市で展開しようと考えていてね」

「世界で？」

「コロナ以前は、来日観光客は伸び続け……というか、爆増といえる勢いで伸びていただろ？　当の日本人がどう思っているかは分からんが、日本が観光資源の宝庫なのは間違いないんだ。日本人の国民性、安全な社会、世界に比類なきほど発達した公共交通機関、高い評価を得ているものを挙げれば切りがないんだが、伝統工芸品に魅せられる外国人はとても多いし、中でも日本の食は最大の魅力だからね」

「おっしゃる通りです。コロナ騒動が長引いたせいで、遠い昔のことのように思えますけど、繁華街は言うに及ばず、全国各地、どこへ行っても外国人観光客の姿がありましたものね」

「僕はねえ、このコロナ騒動もそう長くは続かないと考えているんだよ」

栄二郎は言った。「実際、この二百年の間には、スペイン風邪《かぜ》にコレラと世界的に大流行した疫病《えきびょう》は二つあった。それ以前にも記録に残っていないだけで、疫病大流行はあったと思うんだ。でもね、人類はその度《たび》に危機を乗り越えてきたんだよ。そうじゃなければとっくの昔に絶滅していたに違いないんだからね」

「私も、そう思います」

「長く続いたコロナ禍のせいで、日常生活や移動を著《いちじる》しく制限され続けた人たちのストレスは頂点に達して爆発寸前、まるで加熱された圧力鍋の中にいるようなものだ。どこに行くにも自由で、思うがまま、気が向くままの暮らしができた日常が、恋しくて堪《たま》らなくなっているんだよ。そんなところに、ある日突然、鍋の蓋が空いたらどうなると思う?」

「分かります。分かります!」

幸輔は目を輝かせて、言葉を弾ませる。

「間違いなくコロナ前を上回る勢いで、外国人観光客が日本に殺到するだろうさ。だから今のうちに、その時に備えておかなければならないんだよ」

「それにしても、よくこんなプランを思いついたものですね。さすがは義兄さんだ。改めて感服いたしました……」

幸輔はソファーの上で姿勢を正すと、心底感心した様子で頭を下げる。

「いや、それがだね……。このアイデアを思いついたのは、僕じゃないんだ……」

褒《ほ》められると、逆に己の無能さを改めて思い知らされる気になってしまう。

栄二郎は、胸に複雑な思いが込み上げてくるのを感じながら言った。

「義兄さんのアイデアじゃないって……じゃあ誰が?」

そこで、栄二郎がこのプランが纏まるまでの経緯を話して聞かせると、

「じゃあ、義兄さんの同期の絆《きずな》がマルトミを救うことになったわけですね」

幸輔は感慨深げに言う。「僕は外資でしたので、同期って観念も薄かったし、会社への愛社精神よりも、よりよい条件を提示されたら、当然会社を移るって文化の中で働いていたので……。正直、ちょっぴり羨《うらや》ましいです……」

「在籍していた当時も辞めた後も、特に親しくしていたわけじゃないんだが、人の縁ってものは、大事にしないといけないと、つくづく思い知らされたよ……」

栄二郎は本心から言い、「ところで幸輔君。僕はてっきり、君が抗議しに現れたんじゃないかと思ったんだが？」

と唐突に訊ねた。

「抗議……ですか？」

「こんな重要な案件を、取締役会にかける寸前まで、君に一言も相談することなく、私一人で進めてきたことに、不満を覚えたんじゃないかと思ってさ」

幸輔は表情を硬くし、視線を落とした。

重い沈黙が流れた。

「義兄さん……ご存じなんでしょう？　寿々子が何を目論《もくろ》んでいるかを……」

隠そうとするならともかく、打ち明けるからには、こちらも正直にこたえなければなるまい。

「複合商業ビルのことかね？　それとも私を解任しようとしていることかな？」

「えっ……そこまでご存じだったんですか？」

幸輔は目を丸くして驚愕する。

「実はね、このプランが纏《まと》まった時点で、四井の徳田専務と一緒に、東亜銀行の下村頭取を訪ねたんだ」

「下村頭取を？」

「四井の支援が受けられるようになり、『築地うめもり』も加わって、業態転換を図ることになったことを報告するためにね。その上で、四井と一緒に作成した債務の返済計画を提示して、猶《ゆう》予《よ》期間の延長をお願いしたんだ」

「じゃあ、東亜は返済猶予期間の延長に応じたんですか？」

「やっぱり四井の看板の力だねえ……。業態転換を図るに当たっての資金は、四井が全面的にバックアップする。債務についても四井が保証すると、徳田専務が確約した途端、下村さんの態度が一変してね……」

これも、栄二郎にとっては決して愉快な話ではなかった。

マルトミ、ひいては栄二郎の与信力はゼロだが、四井が保証するというなら問題なしということを思い知らされただけのことだからだ。

その時、覚えた屈辱感、悔しさ、惨めさは、忘れることはできない。

内心に込み上げる、忸怩《じくじ》たる思いを堪えて栄二郎は続けた。

「下村さんも、このプランを高く評価して下さったんだな。それに、先代とは深い付き合いだったから、本心ではマルトミの存続を願ってもいたんだろう。是非実現すべきだとおっしゃったところで、寿々子の話になったのさ」

「臨時取締役会の冒頭で、解任動議を出されたら、このプランを公表することはできなくなってしまいますからね」

「マルトミが再建できないのであれば、寿々子が計画している複合商業ビルは、現時点で考え得る最良のプランだと下村さんは評価していたんだ。実際、解任動議の提出は、下村さんの知恵なんじゃないかと僕は睨んでるんだがね」

「下村さんが？」

「会社の経営に関与したことがない寿々子が、そんな手を思いつくとは思えんからね」

栄二郎は苦笑すると、続けていった。

「おそらく、複合商業ビルを建設するに当たっては、東亜が何らかの形で関与する密約があったんじゃないかと思うんだ。でも、何があったかは分からんが、あの口ぶりからすると、寿々子は下村さんに不信感を抱かせるような動きを見せたようでね」

幸輔は、すぐに言葉を返さなかった。

何か思い当たる節《ふし》があるのだと直感したが、栄二郎は敢えて訊ねず、話を進めた。

「下村さんは、現取締役七名のうち、四名の同意を取り付けているようだと言ってね。手を打たねば、このプランは実現できないと……」

「実は、その四名のうちの一人が私なんです……」

これもまた、予想していたことだった。

社長解任が謀反である以上、失敗は絶対に許されない。

寿々子のことだ、なにかしらの条件を突き付けて、夫である幸輔に賛成票を投じることを強要すると睨んでいたからだ。

「寿々子に、きつく言われましてね……」

　何を言われたかは、想像がつく。

　栄二郎は、ただ一言、

「そうか……」

　とだけ言った。

「でも義兄さん。このプランを知った以上、僕は解任動議に賛成しません。このプランは、是非実現すべきです」

　幸輔は熱の籠もった声で言う。「このプランが実現すれば、マルトミは必ず再生します。こんな夢のあるプランを、自らの手で葬《ほうむ》るなんて、あまりにも馬鹿げてますよ」

「君が反対に回るとなると、寿々子側につくとはっきりしているのは三名か……。鍵《かぎ》を握るのは、残り二名がどう動くかだが、解任に賛成する三名が誰なのか、君は知っているのか？」

「それが分からないのです。寿々子は、その時が来れば分かるというだけでして……。ただ……」

「ただ、何だね？」

「寿々子が恐れているのは、事前に義兄さんに動きを悟られることです。つまり、残る二名に解任を打診すれば、義兄さんの耳に入ってしまうと考えているのだと思うのです」

「なるほど、最初から当てにはしていないと言うことか。とにかく、賛成四票を確実にすれば、解任できると考えたんだな」

「どうします？」

焦ったように問うてくる幸輔に、

「どうするもないさ」

栄二郎は苦笑を浮かべながら言った。「下手に動けば、寿々子にこちらの動きを知られてしまう。寝た子を起こすようなことにもなりかねんからね」

「しかし、それでは——」

言いたいことは分かっている。

「四井にいた頃、上司からこんなことを言われたことがある」

栄二郎は幸輔の言葉を遮った。「筋のいいビジネスってのは、拍子抜けするほどすんなりいくもんだ。ああでもない、こうでもないとやるようなビジネスは、結局失敗に終わるとね」

幸輔は黙って、話に聞き入っている。

「君が反対に回るといってくれた今、僕はその言葉に懸《か》けてみようと思う」

栄二郎は続けた。「このプランが筋のいいものであるのなら、解任動議は必ずや否決される。もし、そうでなかったら……」

「そうでなかったら?」

「それまでのプラン……。つまり、筋の悪いプランだったということさ」

「では、当初の議題について、発案者の私から、新たに取り組む事業について説明いたします」

栄二郎は、一同を睥睨《へいげい》しながら高らかに宣言した。「まず、この事業の概要ですが、お手元の二ページ目をご覧下さい」

プレゼンが進むにつれ、高木、増川の瞳が炯々と輝き出す。そんな二人の反応がよほど嬉しいとみえて、幸輔の目元が緩み出す。

その一方で、西村、宮前、高塚の三人は、悄然《しようぜん》と肩を落とし、今にも泣き出しそうな顔をして、資料を呆然《ぼうぜん》とした面持ちで眺めるばかりだ。

そんな三人の姿を見ながら、「まるで、打ち首を待つ、罪人だな」。

栄二郎は、胸の中で呟いた。

5

「下村ですが……」

回線が繋がり、低い声でこたえた下村に、寿々子は名乗った。

「富島でございます……」

「ああ、寿々子さん。どうなさいました?」

いつもと変わらぬ口調で訊ねる下村に、つい今し方終えたばかりの西村との会話を思い浮かべながら寿々子は言った。

「頭取にお詫《わ》びしなくてはならない事態が起きまして……。早急にお時間を頂戴したいのですが……」

西村から、臨時取締役会で栄二郎の解任動議が否決された知らせが入ったのは、二十分ほど前のことだった。

てっきり解任動議が可決された知らせだと思いきや、

「たった今、臨時取締役会が終わりまして……、解任動議は否決されました……」

西村は、消え入りそうな声で告げてきた。

「否決されたあ？」

可決されると確信していただけに、一瞬思考が停止してしまった寿々子だったが、すぐに怒りが込み上げてきた。

「何でそんなことになるのよ！　あんた、過半数の四名は確保できた！　間違いなく解任動議は可決されるって断言したじゃない！」

怒声を浴びせた寿々子に、

「それがですね、賛成したのが二名だけでして……」

西村はすっかり狼狽《ろうばい》した様子で、声を震わせる。

「二名？　じゃあ裏切ったやつがいるのね。誰よ、それ！」

「それがですね……」

じれったいったらありゃしない。

「それがですねばっかりじゃ分かんないわよ！　誰が反対に回ったのか、さっさと言いなさいよ！」

「副社長が、反対されまして……」

「うちの人が？」

文字通りのまさかである。

絶対に反旗を翻《ひるがえ》すはずがない幸輔の名前を聞いて、寿々子は絶句した。

そして、次に猛烈な怒りが湧いてきた。

あれだけ言い聞かせたのに、反対に回るとは、どういうことだ。

これまで人並み以上の暮らしを送ってこられたのは、誰のお陰だと思ってる。百貨店どころか、小売り業がもはや成り立たない時代になっているのが明白だからこそ、複合商業ビルの運営に活路を求めたのだ。これじゃ、まるで栄二郎と心中《しんじゅう》するも同然だ。

馬鹿だ！　まさかあの男が、ここまで馬鹿だとは……。

おそらく西村は、解任同義に賛成するよう、副社長に根回ししたのはお前じゃないか。だから、自分には落ち度はないと言いたかったのだろうが、マルトミの経営にタッチしていないとはいえ、創業家の一員に、そんなことが言えるわけがない。

西村はおずおずとした口調で、否決に至った経緯を話し始める。

「解任動議を提案し、高塚を議長に任命したところまでは筋書き通りだったのです。ところが決を採ってみたら、副社長が挙手なさらなくて……。それを見た高塚も、反対に回りまして……」

「そんなはずないわよ！　私に背《そむ》けばどんなことになるか、分かっているはずなのに、反対に回るなんてあり得ないわ！　あの人にそんな根性があるわけないいんだから！」

「ですが、現に反対に挙手なさったわけで……」

西村はすっかり困惑した様子で、か細い声で返すのが精一杯だ。

しかし、解任動議が否決されても、業態転換案が可決されるとは限らない。

そこで寿々子は問うた。

「それで、どうなったの？　兄さんが提案した業態転換案は承認されたの？　まさか、それにも賛成したわけじゃないでしょうね」

「そのまさかでございまして……」

「可決されたの？」

怒りに代わって寿々子の胸中に込み上げてきたのは絶望である。

解任動議が否決された上に、業態転換案が可決されてしまった以上、寿々子の構想が実現することはなくなってしまったからだ。

「そんな馬鹿な……」

寿々子は愕然として、思わず漏らした。

「正直申し上げて、社長が提示なさったプランと言うのが目から鱗《うろこ》と申しますか、なるほどこんな手があったかと思えるほど良くできたものでして、反対するような理由が見つかりませんで……」

「じゃあ、なに？　あんたたちも賛成したわけ？」

「四井の債務保証も取り付けた。改装費用も四井が融資する。しかも、四井は海外、うちは国内で、この事業を拡大していく。従業員の雇用も守れれば、本店も解体せずに済むと言われたら、賛成するしかないじゃありませんか」

「そんなうまい話、あるわけないじゃない。そもそも、そんな案が浮かぶくらいなら、マルトミが経営不振に陥るわけが――」

「寿々子さん、それは違います」

意外にも西村が、寿々子の言葉を遮ってきた。

彼がこんな態度を示すのは、後にも先にも初めてだ。

思わず黙った寿々子に、西村は続ける。

「確かに業績は思わしくありませんでしたが、コロナ以前はインバウンド需要のお陰で、なんとか凌《しの》いでこれたのです。もちろん、百貨店というビジネスモデルが、限界にきていることを知りながら、根本的な打開策を講じなかったのは社長、ひいては私共経営陣の責任です。インバウンド需要が続く限りは、何とかなるのではないかと安易に考えていたことも含めて……」

「危機的状況に陥ったのは、コロナのせい。不可抗力だと言いたいわけ？」

「新型のウイルスの出現は、度々起きてはいましたが、世界的なパンデミックになったのは、スペイン風邪以来、百年ぶりのことなんですよ。この三年の間で起きたことは、もはや小説、それもＳＦの世界の出来事に等しいものです。コロナを機に、経営が危機的状況に陥ったのは、何もうちだけじゃありませんし、社長にしたって、このままではマルトミがもたないと思ったからこそ、生き残り策を必死に模索したわけで……」

「じゃあ、兄さんが必死で考えた結果、起死回生の一発になるアイデアが浮かんだと言うわけ？」

「それが少し違いまして……。実は、プランを考えたのは、社長ではないのです」

「兄さんじゃない？　じゃあ、四井？　だったら、迂闊《うかつ》に話に乗るのは危険じゃないの？　だってそうじゃない。債務保証をするっていうことは――」

「いえ、四井でもないのです」

西村は、再び寿々子の言葉を遮った。

「四井じゃないなら誰よ。誰のアイデアなのよ」

「プランを考えたのは、社長が四井にいた頃の同期だそうでして……」

「四井の同期？」

「寿々子さん、プラチナタウンってご存じですか？」

「聴いたことはあるわ。確か東北のどこかにある、老人ホームよね。だけど、小売業をやろうってのに、何で老人ホームが出てくるのよ」

「プラチナタウンに入居するに当たっては、ます健康であることが条件なんです。老後の暮らしを豊かな自然環境の中で、いかに楽しく過ごすかをコンセプトとしたもので――」

「そんなことはどうでもいいの、何でそんなものを持ち出すのかって訊いてるのよ！」

一喝《いっかつ》して遮った寿々子に向かって、

「まあ、最後まで話をお聞き下さい」

西村は落ち着いた声で言い、経緯を話し始めた。

そして、やがて栄二郎の同期だった鉄郎と牛島の二人に加えて、万報堂のＯＢの三人が発案した業態転換のプランを聞いて、寿々子は心底驚いた。

フードコートを併設する大型商業施設自体は珍しいものではないが、地方食をメインに、しかも定期的にテナントが入れ替わるポップアップスタイルは聞いたことがない。

高知のひろめ市場の名前ははじめて耳にしたが、昼は食事がメイン、夜は酒場、しかもずらりと並ぶ店から、食べたい料理が選び放題というのだから客受けすることは間違いあるまい。

さらに驚いたのは、メインの小売りビジネスを、地方物産のセレクトショップにするということだ。

マルトミの業績がインバウンド需要で支えられていたことからしても、アフターコロナのメインターゲットを外国人観光客に絞るのは、確かに理に適《かな》っている。しかも、販売品目は地方の伝統工芸品や物産だという。その割り切り方といい、目のつけどころといい、目から鱗としか言いようがない。

しかし、こうなると、問題は水面下で進めていた複合商業ビルの建設構想を、どうやって収拾するかだ。それに、西村の説明では、プランが明かされたのは、解任動議が否決された後のことだと言う。なのに、幸輔は栄二郎の解任に賛成しなかったのはなぜなのか。

少なくとも幸輔は、臨時取締役会が開催される以前に、このプランを栄二郎から聞かされていたとしか考えられない。

なのに、私に黙っていたの？

私を、嵌《は》めたわけ？

許せないと思った。

幸輔に対する新たな怒りが、寿々子の中に、猛烈に込み上げてきた。

早々に西村との会話を切り上げた寿々子は、画面をタップし、幸輔のスマホに電話をかけた。

ところが、「おかけになった電話は、電波の届かない場所にあるか、電源が入っていないため、おつなぎできません」というメッセージが聞こえてくるだけである。

「あの男！」

罵《のの》りの言葉を吐き、苛つく気持ちを抑えようとしたのだったが、同時に複合商業ビルの建設構想が潰れてしまったことを一刻も早く下村に報告しなくてはと思った。

実際に身を置いたことはなくとも、『バッドニュース・ファースト』は、ビジネス社会の基本とされているのは承知していたし、ことこの件に関しては、始末をつけられる人間は、自分をおいて他にいないからだ。


「詫びなければならないこととおっしゃいますと？」

問われるままに、寿々子は事情を話すべく、

「実は今日、マルトミで臨時取締役会が開催されまして……」

と切り出したのだが、下村から返ってきたのは意外な言葉だった。

「ああ、そのことでしたら、知っていますよ」

「えっ！……」

「実は臨時取締役会が招集される直前に、お兄さんと四井の徳田専務が訪ねて来ましてね、四井と『築地うめもり』のバックアップの下《もと》、マルトミが業態転換を図ることになった。債務については四井が保証するので、うちにも協力してくれと言ってきたんですよ」

「どうしてそのことを知らせてくれなかったんですか？　複合商業ビルの構想には、頭取も乗り気になられていたではありませんか。私はそのつもりで兄を解任すべく、票固めに動いていたんですよ」

本当は、背信行為だと続けたかったのだが、さすがに東亜銀行の頭取には言えたものではない。

「もちろん存じておりますよ」

ところが下村は悪びれる様子もなく、あっさりと言うと話を続ける。

「確かに、寿々子さんの案は、バンカーとして最も堅実、かつ現実的なものだとは思いましたよ。ただし、あの時点ではね。でも、栄二郎さんのプランを聞いて、考えが変わったんです。実に魅力的なプランだし、成功すればマルトミ、いや日本の地方産業の活性化にもつながりますのでね。是非、成功して欲しいいし、応援しなければならない事業だと思ったわけです。実際、臨時取締役会でも、無事承認されたじゃないですか」

紛れもない事実だけに、言葉が続かない。

黙ったままの寿々子に向かって、下村が続けて問うてきた。

「寿々子さんは、過半数を確保できたと思い込んでいたようですが、賛成するはずだった幸輔さんが反対に回ったそうですね」

「えっ……どうしてそれを？」

「昨夜、栄二郎さんから電話を頂戴しましてね。臨時取締役会の通達を受け取った幸輔さんが、栄二郎さんの部屋を訪ねてきたそうでしてね」

「主人が兄さんの部屋を？」

そんなこと、幸輔は一言も言わなかった……。やはりプランを知っていたんだ……。

考えを巡らせる間もなく、下村は続けた。

「実は、栄二郎さんが徳田専務と一緒にここを訪ねて来た時に、あなたの意を受けた役員が、臨時取締役会の冒頭で解任動議を提出するかもしれないと、お伝えしましてね」

「えっ！　頭取が？」

それって、完全な裏切り行為じゃないか。

そう返したくなるのを、すんでのところで堪えた寿々子に、下村は言う。

「理由は二つありましてね。一つは、四井が債務保証をすると言うなら、うちには反対する理由がないこと。二つ目は、できることならば、マルトミが小売り業界の雄《ゆう》として、生き残って欲しいと願っていたからです」

下村の言葉には、まだ先がありそうだ。

「よく銀行は、所詮カネ貸しだと言われますが、ただのカネ貸しではありません」

黙って聞くことにした寿々子に向かって、下村は続ける。

「カネ貸しの原資は、金主《きんしゅ》のおカネ。銀行の原資は、お客様からお預かりしたおカネです。つまり、銀行が保有するおカネは我々バンカーに対するお客さまの信頼の証《あかし》なのです。だから融資を行ったおカネは絶対に焦げつかせてはならない。審査が厳しくなるのも当然なら、危ないと見れば、鬼、非情と罵られても債権確保に走るのです。でもね、銀行にはもう一つ、重要な役割があるんですよ。寿々子さん、それが何だかお分かりですか？」

そう問われても、俄《にわか》には思いつかない。

「さあ……」

短く返した寿々子に、

「ビジネスを育てることで、社会を豊かにすることです」

下村は力強い声で断言する。「有望なビジネスプランを持っていても、資金が足りない。資金さえあれば大きなビジネスになって、会社も成長する。そんな会社におカネを貸して、育てるのも銀行の仕事であり使命でもあるんです。事業が育てば、会社も大きくなる。雇用が生まれ、人々の暮らしを支えることになる。それが人々の幸せに繋がるからなんです」

「それでは、頭取も兄の業態転換案を評価なさっておられるのですね」

「寿々子さん、プランの内容をお聞きになりましたか？」

「先程、専務の西村から聞かされました」

「それで、どんな感想を抱かれました？」

「それは……」

「栄二郎さんがおやりになろうとしているビジネスは、単にマルトミが新しい小売り業に乗り出すだけでは終わりません。コロナ禍が収束した後は、間違いなくインバウンド需要は回復、いや以前を凌《しの》ぐ勢いで激増するでしょう。その時、地方物産のセレクトショップとなったマルトミは、日本を訪れた外国人観光客が買い物目当てに訪れる、東京のホットスポットとなるだけでなく、日本観光のゲートウェイにもなるでしょう。それだけではありませんよ。四井がこの事業を海外で展開するようになれば、日本の地方物産の販路が格段に広がることになるんです。廃《すた》れゆくばかりだった伝統産業、伝統の技も息を吹き返し、充分な収入が得られる職業となれば後継者も現れ、地方の過疎《かそ》化にも歯止めがかかり、人口増加に転ずる効果に繋がることも、大いに期待できるんです」

「でも、兄がはじめようとするビジネスに、東亜銀行が加われる余地があるのですか？　四井と『築地うめもり』のビジネスにはプラスになっても、御行にはメリットがないのではありませんか？」

「地方の産業が活性化すれば、そこに資金需要が生まれるじゃありませんか。建設費を用立てて、テナント集めて家賃で稼ぐ。それで終わりのビジネスよりも、銀行にとってはよほど魅力的ですよ」

そう言われてしまうと、いよいよ返す言葉が見つからない。

沈黙を寿々子が納得した証と取ったのか、

「寿々子さん……」

下村は諭《さと》すような声で呼びかけてきた。

「はい……」

「あなただって、マルトミを何とか存続させたいから、複合商業ビルなんて構想を持ち出したんでしょう?」

「それは……」

下村とて、寿々子と栄二郎との確執は重々承知しているはずである。そして寿々子の狙《ねら》いが、マルトミを栄二郎に代わって支配することにあったこともだ。

しかし、そこには敢えて触れないでおこうとするかのように下村は続ける。

「解任動議のことを伝えた時に、栄二郎さんはこうおっしゃいました。解任動議を出すからには、寿々子は幸輔君に賛成するよう命じるはずだ。長年一緒にマルトミを率いてきた幸輔君が従うのなら、私は解任を受け入れる。身内に信頼されないような人間に、経営者の資格はない。それに、そもそも幸輔君が自分を裏切るような人間とは思えないとね」

「兄さんが……そんなことを言ったんですか……」

「寿々子さん、『骨肉相食《こつにくあいは》む』という言葉がありますが、親子兄弟で争うことは世間にはよくある話です。その原因の大半は、財産、カネを巡《めぐ》ってのものです。でもねえ、寿々子さん、あなたはどう思っているか分かりませんが、栄二郎さんが、幸輔さんのことを実の弟のように思い、接してきたのは確かなんです。これから先も、一緒にマルトミを率いていきたいと、切望なさっているのもね。そうでなければ、そんな言葉が出るはずないじゃないですか」

下村の言う通りだと、寿々子は思った。

いつの間にか溢《あふ》れた涙が、頰《ほお》を伝わり落ちていた。

これまで胸中で渦《うず》を巻いていた栄二郎に対する負の感情が、まるで涙と共に流れ出していくかのように、急速に薄まっていくのを寿々子は感じた。

「頭取……私……」

声の震えを抑え切れない。

言葉が続かなくなって、寿々子は沈黙した。

そんな寿々子の心境の変化を察したらしく、

「寿々子さん」

下村は、再び優しい声で呼びかけてきた。「親兄弟といえども、独立した人格である以上、様々な感情を抱くのは当然のことです。親は子を選べない。子もまた親を選べない。そして兄弟もまた同じなんです。この世に生を享《う》け、縁あって親子、兄弟になった以上、この関係は生涯、いや死してなお、断ち切ることはできないんですよ」

「はい……」

寿々子はそう返すのが精一杯で、下村の話に聞き入るばかりだ。

「切れぬ縁なら拗《こじ》らすよりも、どうしたら良好な関係を結べるか、維持できるか。そちらに知恵を働かせるべきではありませんか？　人生もまた同じじゃないですか。傍目《はため》には恵まれた人生を送っているように見えても、誰にだって運、不運はあるんです。思い通りに行くよりも、思い通りに行かぬ事の方が多いのも、皆同じなんです。その度に己の不運を嘆き、恨《うら》みしていたのでは、いつまで経っても前に進めませんよ。それじゃあ人生をつまらなくするだけじゃないですか。運、不運は人の一生には付きものだと割り切って、日々を暮らした方が幸せな人生を送れるんじゃないかと、私は思いますが？」

「はい……」

再び短く返した寿々子に向かって、下村はさらに続ける。

「それにね、寿々子さん。人の一生に起きる様々な出来事には、全て意味があるのだと、私は思うんです。実際、私にしても頭取になるまでには、いろんなことがありましたからね」

「いろんなこととおっしゃいますと？」

「そりゃあ、たくさん……」

苦笑する様子の下村だったが、一転どこか懐かしげな口調で続けた。

「一つ例を挙げますとね、初めて支店勤務に出た時に、支店長に指示されるがままに実行した融資が焦げついて、責任を押しつけられた挙《あ》げ句《く》、都内でも、東亜が最も営業力に劣《おと》る地域の支店に飛ばされたことがありましてね」

「頭取がですか？」

「もちろん、恨みましたよ。組織の不条理さ、人の狡《ずる》さ、周りの人間が信じられなくなって、退職願を出しかけたんです」

スマホからは、下村が忍び笑いを浮かべる気配が伝わってくる。

もちろん、頭取まで上り詰めたからには、退職願は提出しなかったのだろうが、寿々子は俄然《がぜん》興味を抱き、話に聞き入った。

「でもね、やっぱり見ている人はいるものでしてね」

果たして下村は続ける。

「新入社員の頃、教育担当だった上司に呼び出されて、酒を飲みましてね。その場で、事の顚末《てんまつ》を洗いざらい打ち明け、辞《や》めると言った私をこう諭したんです。『運不運は表裏一体《ひょうりいったい》、紙一重《かみひとえ》だ。人の一生なんて、下駄《げた》を履《は》くまで何が起こるか分からんのだぞ。禍福《かふく》は糾《あざな》える縄の如《ごと》し。災《わざわ》い転じて福となす。何で俺がこんな目にと思っていたことが、後の幸運に繋がることもある。だから恨むな、辞めるな』とね」

「そうおっしゃるからには、その災いが後に頭取に福を呼び込んだわけですね」

「その支店というのは、秋葉原《あきはばら》でしてね」

下村は言う。「バブルが崩壊して、巨額の不良債権を抱えた都銀が処理に奔走《ほんそう》していた時代にあって、営業力に劣っていた秋葉原支店には不動産関係の融資がほとんどなかったんですよ」

「じゃあ、債権処理に奔走せずに済んだんですね」

「その通りなのですが、弱小支店とはいえノルマはあります。それも誰が見たって、到底達成不可能な高いノルマがね。つまり、私を秋葉原支店に飛ばしたのは、無茶なノルマを課して、音《ね》を上げさせるのが狙いだったわけなんです」

そこまで聞くと、下村がどんな幸運に巡り合ったのか、聞いてみたくなる。

「それで、どうなったんです」

「秋葉原は電気街だったのですが、ちょうどパソコンが一般家庭に普及し始めた時期で活況《かっきょう》を呈していましてね。もちろん資金需要も旺盛でしたから、他行だって優良取引先の確保に必死です。パソコンを販売しているような大口はなかなかものにできないでいたのですが、そこに一人の青年が小さな店を開いたんです。他行が融資に応じてくれないので、なんとかならないかと私に懇願《こんがん》してきたんです」

そう聞けば、その経営者との出会いが、下村を見舞《みま》った不運を幸運に変えたのだと察しがつく。

「それは、どなたです?」

下村が語る名前を聞いて、寿々子は驚愕した。

今やＩＴ業界の雄にして、巨大企業の創業経営者。巨万の富を築き上げた立志伝《りっしでん》中《ちゅう》の人物である。

下村は続ける。

「言葉は知ってはいても、インターネットがどんなものなのか、皆目見当《かいもく》もつかなかった時代に、彼はその秘めた可能性を熱く訴えましてね。彼の先見性、ビジネスに懸ける情熱、不退転の決意に私はすっかり感動しまして、上司を説得して融資を実行したんです」

「でも、銀行の審査は厳しいんでしょう？　まして、開店したばかりの名もない会社への融資なら――」

「部下のノルマは上司のノルマ、最終的には支店長のノルマですからね」

下村は、苦笑するかのように声を震わせ話を続ける。

「それに、秋葉原支店に配属された同僚は、みんな私のようなワケアリばかり。とにかく数字を作らなければと必死だったんですよ。融資額もそれほど大きなものではありませんでしたし、本部だって焦げつけばワケアリに進退を問えるんですから、すんなり審査が通ってしまったんです。そうしたら――」

「店は大繁盛、その後の展開は、あの方の読み通りになって、瞬《また》く間に大企業へと成長したというわけですか」

「そして、私は本部に返り咲き、マルトミさんを担当させていただくことになったんです」

そこで下村は、短い間を置くと、しみじみとした口調で言う。

「もし、あの時私が辞めていたら、秋葉原支店へ行かされていなかったらと思うと、正直、いまでもゾッとすることがあるんです。そして、辞めるなといった上司の言葉は本当だった。災いとばかり思っていたのが、後の幸運に繋がることもある。日々、我が身に起きる出来事には全て意味がある。だから一喜一憂《いっきいちゆう》してはならないのだと……」

下村が話す一言一句《いちごんいっく》が胸に染《し》み渡《わた》る。

今まで、なんとつまらぬことに執着していたのか。無駄な時間を費やしてきたのかと、寿々子はしみじみと思い、己を恥じた。

「だから、寿々子さん。あなたが本当に、会社のことを案じているのなら、栄二郎さんが新たに始めるこの事業を、応援してあげるべきなんです。お父さまだって、実の子供二人が、仲違《なかたが》いするのを望むわけがないんですから」

「はい……」

もはや躊躇《ためら》わなかった。「私、間違っていました……。頭取には、大変なご迷惑をおかけしたにもかかわらず、こんな温かい言葉を頂戴して……」

それ以上、言葉が続かなくなり、寿々子は号泣《ごうきゅう》した。

6

あの騒動はいったい何だったのだろう。

ウイルスが変異を繰り返すごとに、各国の衛生機関やマスメディアは新たな危機の到来と訴えたのだったが、人間の我慢には限界がある。そして異常な状況が長く続くと、日常となるのが社会である。

入国者への規制も緩和され、コロナ以前とまでは言えないまでも、外国人観光客の姿もめっきり増えてきた。繁華街も賑《にぎ》わいを取り戻し、飲食店も深夜まで活況を呈するようにもなってきた。世界中が、かつての日常を取り戻しつつある中で、コロナ禍の名残を色濃く残す国がある。

もちろん日本である。

『マルトミ百貨店』から『東京ゲートウェイ』と店名を改め、リニューアルオープンを果たしてから四カ月。ランチ時を迎えた一階のフードコートは、すでに満席となり、各店舗の前にはテイクアウトの順番を待つ客の長い列ができている。

「相変わらずマスクをしている人がいるんですね、日本人だけですけど……」

その光景を中二階のバルコニーから眺めながら、由佳が呟いた。

「それでも、大分減ったんじゃないんですか。つい最近まで、マスク警察って呼ばれる人たちがたくさんいたのに、誰も注意しないじゃないですか。当時のことを思うと隔世の感がありますけど、国民性って、やっぱり簡単には変わらないものなんだってことを、改めて思い知った気がしますね……」

由佳の発言を聞いて、感慨深げに言ったのは山崎である。

「国民性ってどういうことです?」

言わんとすることが俄には理解できず、栄二郎は問うた。

「戦争の最中には、『鬼畜米英』、『進め一億火の玉だ』、『欲しがりません勝つまでは』とか言われ、ネガティブなことを口にしようものなら、非国民と罵られて糾弾《きゅうだん》されたのに、負けた途端『民主主義万歳《ばんざい》』『戦争反対』に世論は一変したじゃないですか。あれと同じで、今回もマスクを外すきっかけを作ったのが、来日外国人だったたってことですよ」

「なるほど、言われてみればその通りですね」

栄二郎は頷いた。「良くも悪くも、日本人は同調意識というか、個よりも集団に合わせる意識が極めて高いのが国民性ですからね。東日本大震災の時もそうでしたけど、危機的状況に直面すると、類《たぐ》い稀《まれ》な結束力を発揮しますし、安全な社会、衛生面でも極めて優れた社会が成立している要因もそこにあるのでしょうが、一旦方向性が決まってしまうと、今度は自力で変えるのが困難になってしまいがちになってしまうんですよね」

「やっぱり山崎は、考え方がユニークだよな」

隣に立つ徳田が、愉快そうに言う。「商社マンは海外の会社、社会と接する機会が多いから、比較文化論には一家言《いっかげん》持つ人間が多いけど、やっぱり山崎の着目点や考え方は独特だよね」

「分かるよ」

栄二郎は即座に肯定する。「でなけりゃ、プラチナタウンとか、地方の農畜産品を使った冷凍食品の輸出事業なんて、思いつかないよ。第一、案を出したところで、上手《うま》くいくならとっくに誰かがやっているとか、やってないのには理由があるはずだって言葉が返ってくるのがオチってもんだ」

「お褒めの言葉を頂戴するのは嬉しいんだけど、今回ばかりは俺も歳を感じたね。やっぱり若い人の発想力には敵《かな》わないとね」

山崎は隣に立つ、由佳に視線を向ける。「これからの時代を生き抜かなければならない世代の人は、危機感が違うんだね。どう頭を捻《ひね》ったって、ポップアップレストランなんてアイデア、思いつかなかったもの」

「でも、セレクトショップやフードコートは、プラチナタウンにお住まいの、元四井の方や、元万報堂にいらした方がお知恵を出して下さらなければ……」

「誰のアイデア、誰の功績でもいいじゃないですか」

傍らから新山が口を挟んだ。「先程、上の階を見てきたんですけど、平日の昼間だというのに、どのフロアも外国人観光客で大盛況ですよ。やっぱり、外国人観光客は滞在時間に縛りがあって、一度の旅行で全国を見て回れるわけではありませんから、地方の名産品を一堂に集めればってコンセプトは正しかったんです」

「それも、川俣さんのお力添えがあればこそです」

山崎が言う。「古巣の万報堂を使って、海外の旅行会社に、ここをツアー日程の中に組み込むことを売り込むことができましたし、早くもネットでは、ここは日本全国の名産品が大抵買えるってことで大評判になっていますからね。もちろん、フードコートや催事についても、フリーの観光客には、トラベルセンターが設けてあることもです」

「外国人観光客向けに、新たに開発した商品も好評だそうですよ」

新山は心底嬉しそうに顔を綻《ほころ》ばせる。「商《あきな》いは『飽《あ》きない』と言われますけど、それも売れてこそのことなんだってことを改めて思い知らされましたね。最初は懐疑的だった生産者や職人さんも、目に見えて売れ行きが伸びてくると、新商品の開発に積極的になって、いまでは向こうからアイデアを出して下さるようになったと、寿々子さんも喜んでいらっしゃいました」

新山が語る生産者、職人の変わりようもだが、栄二郎にとって何よりも嬉しいのは寿々子がこの事業への参加を申し出てきたことだった。

今までの軋轢《あつれき》は自分が生んだものだと詫び、マルトミ再建のために、是非協力させて欲しいと懇願してきたのだ。

もちろん、栄二郎に拒む理由はない。

そこで海外のブランドショップを巡り流行を追いかけた経験を活《い》かすべく、外国人向けの商品開発を任せることにしたのだ。

寿々子の働きぶりには目覚ましいものがあり、例えば団扇《うちわ》や下駄《げた》、扇子などは日本情緒を残しながら、外国人の美感を取り入れたり、和傘《わがさ》や和紙の透《す》かしのデザインに異国情緒をより強く感じさせる図柄を用《もち》いたものを開発し、開店時には多くの新製品が店頭に並んだ。

甚平《じんべい》や浴衣《ゆかた》、テーブルランナーやクロス、和箪笥《わだんす》や食器も同様で、それこそ全国を回りながら、生産者や職人と打ち合わせに追われる日々を過ごしている。

「今日は番傘造りの職人さんとの打ち合わせがあるとかで、京都に行っていますが、今夜の宴席には間に合うように帰ってくると言っていました」

「番傘、凄く人気があるんですよ」

新山が嬉しそうに目を細める。「日本人は見向きもしませんけど、素材は和紙で、しかも実際に使えるって聞くと、外国人の方は本当に驚くんですよねえ。これだけネットが発達した時代でも、まだまだ番傘の存在を知らない方が本当に多いんです。正直言って、私も番傘の現物を間近に見るのは初めてだったんですけど、透過光《とうかこう》だと色映えが殊《こと》の外《ほか》鮮やかで、それはそれは綺麗《きれい》なんですよ。寿々子さんが発案なさった、紅葉を模したデザインは番傘の売れ筋トップで生産が追いつかないほどの人気なんですよ」

「和紙の透過光の美しさって独特ですからね。和紙を使った照明でも感じていたんですけど、私も傘で見るのは初めてで感動しましたもの」

由佳が照れくさそうに笑う。

「滝澤さんがそう感じたのなら、外国人観光客はなおさらだろうね」

徳田が言う。「番傘に限らず、私も店内に陳列された地方の伝統工芸品を実際に目にして、これほど素晴らしい商材があるのに、なぜ気がつかなかったのだろうと、日本人の一人として猛省したし、日本人には過去の遺物とされてしまった製品に、実はとてつもないビジネスチャンスが埋もれていることを改めて思い知らされたな」

「見て下さい、あの盛り上がりぶりを……」

新山の視線の先を追うと、ランチタイムであるにもかかわらず、外国人観光客の中には、早くも酒を飲み始めているグループもある。

フードコートの一角にはアルコール類専用のカウンターが設けられており、日本酒、焼酎《しょうちゅう》、ビール、ワイン、リキュール等々、おおよそ全ての酒が販売されている。もちろんそれらの全てが国産品で、中でも最も人気があるのが日本酒である。

近年、海外で日本酒の人気が高まっているせいもあってか、ここに来れば背後の棚にずらりと並ぶ地酒をローカル食と一緒に味わえるのが評判になって、外国人観光客が殺到するようになったのだ。

　そんな中で、一際《ひときわ》目立つのが毛筆で書かれた『伊達の川』の文字と、馬に乗った鎧兜《よろいかぶと》姿の伊達《だ》政宗《てまさむね》のシルエットがプリントされた、大きな化粧樽《だる》で、その傍らにはピラミッド状に積み上げられた枡《ます》が置かれている。

「日本酒は、やっぱり人気があるんですよねえ」

　新山が嬉しそうに言う。「特に樽酒は凄い人気でしてね。樽に入れて熟成されるお酒はあっても、木の香りを一緒に楽しむってところが新鮮なんでしょうね。枡をお土産《みやげ》に購入する外国人が多いんです。中には化粧樽をインテリアにしたいんだが、どこに行ったら買えるのかって方もいらっしゃいましてね」

「聞いています」

　山崎がこたえる。「四井にいた頃に、日本に駐在している外国人の方から、何度か化粧樽が欲しいって相談を受けまして、プレゼントしたことがあったんですが、今に至っても人気があることが良く分かりました。海外展開に備えてホームパーティー用に、二升か三升樽を作ってみようかと考えているところです。もちろん、うちだけじゃなく、他の酒蔵にも声をかけて」

「それ、是非やるべきですよ」

　新山が確信の籠もった声で言う。「アメリカで一斗樽を飾っている家庭に招待されたことがありますけど、インテリアにはもってこいなんですよね。小さな樽を積み重ねるのもありですし、パーティーで空いた樽を譲って欲しいって方も必ず出てくるでしょうからね。そうやって、日本酒の需要が伸びていけば、米農家の生産拡大に繋がりますのでね」

今月のフードコートは宮城県の食がテーマだ。

仙台の牛タン、登米《とめ》のホルモン、気仙沼《けせんぬま》のカツオや海鞘《ほや》をはじめとする海の幸……。

箸で持ち上げた牛タンを訝《いぶか》しげに眺め、恐る恐る口に運び嚙みしめた途端、目を見開く。カツオもまた同様で、はじめて出会った美味《うま》さに感嘆の声を上げる。

梅森が言う。

「寿司は、今でこそ世界中の人に愛されるようになりましたけど、タタキや刺身でカツオを食べるのは、日本人ぐらいのものですからね。この時期気仙沼で揚《あ》がるカツオは脂《あぶら》が乗って、特に美味《おい》しいんです。正直、私はマグロよりカツオの方が好きですね」

「そんなこといっていいんですか？　マグロの方が、利益率は高いでしょう。マグロよりカツオが好まれるようになったら、困るんじゃないですか？」

徳田がすかさず冗談を口にする。

「仕入れ値はカツオの方が遥《はる》かに安いので、額はともかく利益率はそう大きくは変わりませんよ……」

苦笑する梅森だったが、一転して困惑した表情になると、不安げに漏らす。「でも、こうして主に日本人しか知らなかった味が世界に広まると、食材の争奪戦がはじまるんじゃないかと、ちょっと心配になりますね。実際、牛タンを好んで食べるのは日本人ぐらいのものでしたけど、最近では中国で日本式の焼肉が大人気で、中国人が買い占めに走っているそうですからね」

「確かに、それは言えているかもしれませんね……」

肯定《こうてい》したのは山崎である。「私が四井に入社した頃なんて、生魚なんてゲテモノ扱い。アメリカだって大都市にこそ寿司屋はありましたけど、客のほとんどは彼《か》の地の日本人でしたからね」

徳田が山崎の言葉を継いで言う。

「そうだったな……。クロマグロなんて、アメリカじゃゲームフィッシュで、釣った先から捨てられていたもんな。うちもそうだったけど、そこに目をつけた日本の商社が、片《かた》っ端《ぱし》から買い漁《あさ》って日本に空輸したもんだ……。空飛ぶマグロなんて言われてさ……」

「それが今や、世界中で争奪戦だ……。サンマだって日本人しか食べなかったのに、中国人に味を覚えられた途端に乱獲がはじまって、食卓に上りにくくなってしまったし……」

「限りある資源と需要とのバランスをどうやって維持するかは、今後ますます重要な課題となるのは間違いないでしょうね。資源が枯渇《こかつ》したら、ビジネスも成り立たない。結果的に、職業そのものが成り立たなくなってしまいますのでね……」

そうは言ったものの、ことこの件に関しては、栄二郎にもこれといった策があるわけではない。

この盛況ぶりが、食料資源の争奪戦の引き金となるのではないかと思うと、手放しでは喜んでいられぬ気分に襲われ、栄二郎は語尾を濁した。

一同の中に、沈黙が訪れた。

階下のフードコートから聞こえてくる人々の声が、吹き抜けとなった空間に木霊《こだま》する。

「そろそろ、会議を始めましょうか。滝澤さんは今夜の便でニューヨークにお発《た》ちになるんだし、早めに終わらせておいた方がいいと思いますので……」

沈黙を破ったのは、新山だった。

新装開店から僅《わず》か四カ月しか経ってはいないが、あまりの盛況ぶりに、四井は海外でこのビジネスのテストマーケティングを行うことを決断した。

マルトミが販売している商品の中でも、外国人観光客が好んで購入するような売れ筋商品を厳選販売する、日本食のフードコートを併設した店舗『NIPPON GATEWAY IN NEW YORK』をマンハッタンに開店することにしたのだ。

場所は、ミッドタウンのパーク・アベニューに面したビルで、その地上階をフードコートに、二階、三階を日本の伝統工芸品売り場とする計画だ。

店舗の選定、ロジスティクスは四井アメリカのニューヨーク支店の担当だが、フードコートの寿司屋と居酒屋は、『築地うめもり』が担当する。

築地うめもりが派遣する社員の宿舎やフードコートで提供するメニューを決めなければならないし、お好み焼きや、たこ焼きといったB級グルメのテナントは、現地で既にビジネスを行っている人気店を誘致する予定で、それらの手配、交渉を由佳が担当することになったのだ。

「せっかく、皆さんが一堂に会する機会だというのに、今夜の宴席に出席できないのは残念ですけど……」

由佳は申し訳なさそうに言う。

「滝澤さん、本当によかったわね。海外で働くって夢が叶《かな》って……。それも、誰も海外で手がけたことがない、新しいビジネスの立ち上げなのよ。こんなチャンス、滅多にあるものじゃないわよ」

新山は、心底嬉しそうに言い、「今生《こんじょう》の別れになるわけじゃあるまいし、宴会は滝澤さんが帰国したら、報告会を兼ねて盛大にやりましょうよ。ねえ、皆さん」

一同に同意を促《うなが》した。

「美味い酒が飲めるよう、期待してますよ。ニューヨーク店が大成功なら、うちの酒も美味さ倍増だ！　そんな酒が飲めるなら、東京だろうがどこだろうが、飛んできますから」

山崎の言葉に、一同から笑い声が上がった。

注

本書は月刊『小説ＮＯＮ』（祥伝社発行）に「ザ・フードコート」として二〇二一年九月号から二〇二二年六月号まで連載され、著者が刊行に際し、加筆、訂正した作品です。また本作はフィクションであり、登場する人物、および団体名は、実在するものといっさい関係ありません。

――編集部

切りとり線

あなたにお願い

この本をお読みになって、どんな感想をお持ちでしょうか。次ページの「100字書評」を編集部までいただけたらありがたく存じます。個人名を識別できない形で処理したうえで、今後の企画の参考にさせていただくほか、作者に提供することがあります。

あなたの「100字書評」は新聞・雑誌などを通じて紹介させていただくことがあります。採用の場合は、特製図書カードを差し上げます。

次ページの原稿用紙（コピーしたものでもかまいません）に書評をお書きのうえ、このページを切り取り、左記へお送りください。祥伝社ホームページからも、書き込めます。

〒一〇一―八七〇一　東京都千代田区神田神保町三―三
祥伝社　文芸出版部　文芸編集　編集長　坂口芳和
電話〇三（三二六五）二〇八〇　www.shodensha.co.jp/bookreview/

◎本書の購買動機（新聞、雑誌名を記入するか、○をつけてください）

_____新聞・誌の広告を見て	_____新聞・誌の書評を見て	好きな作家だから	カバーに惹かれて	タイトルに惹かれて	知人のすすめで

◎最近、印象に残った作品や作家をお書きください

◎その他この本についてご意見がありましたらお書きください

100字書評

日本ゲートウェイ

住所

なまえ

年齢

職業

楡　周平（にれ　しゅうへい）
1957年生まれ。米国系企業に勤務中の96年、30万部を超えるベストセラーになった『Cの福音』で衝撃のデビューを飾る。翌年から作家業に専念、日本の地方創生の在り方を描き、政財界に多大な影響を及ぼした『プラチナタウン』をはじめ、経済小説、法廷ミステリーなど、綿密な取材に基づく作品で読者を魅了し続ける。著書に『介護退職』『和僑』『国士』『食王』（以上、祥伝社刊）『サンセット・サンライズ』他多数。本書は常識破りのビジネスモデルで地方と東京の活性化を描いた『食王』に続く、大逆転の日本再生構想である。

日本ゲートウェイ
令和五年三月二十日　初版第一刷発行

著者　楡《にれ》　周平《しゅうへい》
発行者　辻　浩明
発行所　祥伝《しょうでん》社《しゃ》
〒一〇一―八七〇一
東京都千代田区神田神保町三―三
電話　〇三―三二六五―二〇八一（販売）
〇三―三二六五―二〇八〇（編集）
〇三―三二六五―三六二二（業務）

印刷　堀内印刷
製本　ナショナル製本

ISBN978-4-396-63640-1 C0093
祥伝社のホームページ　www.shodensha.co.jp/

祥伝社
四六判文芸書

食王

商売人として最後の
闘いを挑んだ男の
常識破りの秘策とは？

築地の社長衆に命を救われた外食チェーンの経営者が、
効率優先の閉塞日本に、義理と人情でカツを入れる！
熱きビジネス小説！

楡 周平